罌籠葬
久遠
插畫／Izumi

珠嬰神

「對珠罌牢的轉動而言，
生並不比死更重要。」

塚幽冥
塚系的義人，主掌羔戮五蘊中的受。
法寶為檀鈴。十六歲。

黔潤
篦庭十殿之一，無常殿的判官。
武器為雙鋒劍。二十三歲。
茨藟
世間僅存的羔戮，藉著將五蘊分別交由五位義人承受，
而得以不老不死。現年四百一十六歲。

東方晴
東方系的義人，主掌羔戮五蘊中的行。
法寶為檀墨。十九歲。
鍾拂梢
鍾系的義人，主掌羔戮五蘊中的色。
法寶為檀扇。十五歲。

烏樨臣
烏系的義人，主掌羔戮五蘊中的想。
法寶為檀弓。十七歲。
曹眫
曹系的義人，主掌羔戮五蘊中的識。
法寶為檀環。十三歲。

罌籠葬

久遠
插畫／Izumi

遠古之初，有眾神漫遊於世。

當時，除神不老不死，天下蒼生皆無不朽魂魄；直至諸神歸天，獨留主神珠罌於地創世。珠罌神予人魂魄，引死魂入輪罌粟，再待投胎。從此，世有輪迴，人有命數。宿運循環，天地不息。

珠罌所創之世，人之生死，無可更改，無可回返。其如牢籠，永不超脫。

人們感此，故稱世為珠罌牢也。

《珠罌命冊》卷首題詞

一弔　初迎謫仙

我獨自站在斑駁的光影之中。四顧無人。惶然不安。

聽得見人們的歌聲。

遠處人們牽著手圍成圓圈跳舞。

但唯獨我被排拒在外，不得其門而入。急速幻遷的光與影，由上而下籠灌，幾乎要盲了我的雙目。

我下意識用雙手環抱住自己身體，難以理解的痛意卻仍自體內深處，像是一株被囚禁千年的花莖，掙扎破土，撕裂般地想自我的體表穿透而出。

痛到我顫抖不已，一節一節手指都在痙攣著。

沒有比自己身體裡那株碩大花莖更恐怖的東西了——我如此確信著，並且因此更加懼怕。

蜷縮著背，冷汗覆滿全身，我不覺伏下臉去。

就在那時，我看見了。

一隻幼小的手臂越過朦朧光闇，柔若無物地，伸向了我。

那來世，我還是會來見妳的。

同時，某個未染塵埃，清脆琮琤的嗓音，悄聲在我耳邊，猶如璀璨的玉響起。

一切的光與影，歌與舞，都消失了。我睜開眼。

映入我視界的是一望無垠，彷彿要將整座珠璺牢吞進去般，氣勢凌人的雀藍穹空。

有一瞬間我遲疑著，不確定自己身在何處。

「幽冥？妳沒事吧？」有人急切喚我。

我有些困惑地看著那個跪坐在我身旁，正一臉擔心瞧著我的嬌小少年。少年的髮是柔和的淺茶色，頂端的髮向上束成一個方髻，穿過菊黃翎管固定，其餘的髮絲則柔順地披在頸後。

少年的瀏海下是一對和善的深褐雙瞳，眼角有一顆痣。

誰？

「幽冥？妳沒事吧？認得出來我嗎？」褐髮少年再次擔憂問道。

我只能呆呆地回望著他。

「……欸，該不會又失憶了？」

我的眼前突然出現另一道俏麗的身影。少女葵藍的濃密秀髮發出波亮的光澤，兩邊束起的髮以澎湃的卷度垂落，比一般人多出的髮量更襯托出少女下顎的尖細。

少女低頭俯視著我，耳墜輕響，銀色的上勾眼眸不以為然地瞇起。

「謫仙的能力本就千奇百怪，所以我才說不要讓新手一個人領軍……」

「啊！」

聽到謫仙二字，我茫然的思緒瞬間歸位，猛然清醒過來。

並幾乎是同時地，感到徹底的無地自容。

我紅著臉飛快坐起，顧不得衣衫狼狽，忙向圍繞著我的其他同僚低首謝罪：

「對、對不起！」

道歉的確切理由不明，確切對象不明。正因為如此才要道歉，這已經是我的習慣了。

褐髮少年，不，是曹畔，稍稍張大了柔和的眼。他忙搖手。

「等等，先別緊張，幽冥。」

「可是——」我再次提氣想說話。

「……妳啊，在道歉之前，先自己照照鏡子再說吧。身為義人，用那副糟糕的模樣在外頭跑來跑去，是想丟光籠庭的臉嗎？」

像是耐性告罄，一旁的銀瞳少女更加不滿地瞇起光華的眼，從懷中掏出一面小鏡，拋到我懷裡。

「……」

少女的名字是鍾拂梢。

應該說，這熟悉的不坦率語調，在我認識的人之中，除了拂梢之外，絕對沒有第二個人會使用了。

話說回來，方才我怎會認不出拂梢跟畔兒呢？

一邊對這一點百思不解，我一邊本能地往下看去，只見到鏡中映照出一個面色蒼白的少女樣貌。紫紅接近瑪瑙顏色的中短髮蓬散失序，原本繫在髮絲兩側表面的黑穗繩則幾乎滑落了一半。染了斑斑汗漬的小巧臉上，是一對看來飽受驚嚇的暗金圓眼。

唔……真的很慘。

只有迸出這個感想，我趕緊動手抹了把臉，順了順凌亂的髮絲，再將黑髮穗重新綁好後，將鏡子畢恭畢敬還給拂梢。

「謝、謝謝。」

講得有些結結巴巴。

收回鏡子，拂梢哼了一聲。

「……鎮殺，失敗了吧？」她問。

我顫抖了一下，低首，滑落的瀏海令我眼前籠罩一片紫影。

「是、是的……對不起，我沒能攔截住那尊謫仙……」

連自己都覺得自己太沒用，我不禁唯唯諾諾了起來。

「啊啊，妳是該道歉沒錯。」

斜站著的拂梢雙手交叉睇向我，葵藍卷髮晃垂，俏美的嗓音像是也有波度似的：「要不是妳太窩囊，我們現在早就完成降魂返回籠庭去了，哪還需要待在這破舊老街？」

挨罵的我本能縮肩：「是，真的非常抱歉……請問，謫仙呢？」

「當然逃了。」

拂梢揚頭，垂在她耳墜的紫鳳玦跟著搖晃叮咚作響：「難不成留在原地等著被鎮殺嗎？」

「應該說，我還沒聽過有哪個義人，只不過和謫仙近距離打個照面就會昏厥的。」

畔兒身後，另一名較為年長的少年，以優美的姿勢倚牆，淡聲說道。

這次，不像望見拂梢與畔兒時的遲疑，我立刻記起這名少年的名字，是烏樨臣。

樨臣冰水色的髮靜靜披散下來，一條略長的細髮束從旁抽出，垂在胸前，衣上的繩釦簡單卻精緻。他朝我投以冷目：

「雖說是新手，畢竟不是普通人，妳至少要做好臨陣上場的心理準備。」

「唔……」

樨臣向來待人冷漠，惜字如金。我還是第一次被他這樣一針見血地指責，當場啞口無言。

「樨臣，別說了。」

畔兒制止地瞅了樨臣一眼。樨臣聳了聳肩，但的確閉上了口。

「幽冥。」

將注意力重新放在我身上，畔兒早慧的眼柔和半瞇，半按住我不爭氣仍在發顫的手：「到底發生什麼事了？」

「……咦？」

仍然不敢把臉完全抬起，我畏畏怯怯地看向他。

「當我們發現星煙趕來時，妳已經昏死過去了。」畔兒解釋：「跟妳在一起的獄卒說，那尊謫仙接近妳時，並未發動任何可見的攻擊，但妳卻猛然失去意識昏厥倒地，他們也說不上來是為了什麼……妳自己曉得原因嗎？」

「……」

我搖了搖頭，對這點同樣一無所知。

當時，籠庭來報，有謫仙現身奈河支流之一的天道流域。為了降魂，我們五個義人以及協助的無常殿，兵分五路，分別在道中各處設點圍捕。我負責下游街區。

——是白天啊……

剛踏進天道流域時，身後跟著我的其中一名無常殿獄卒眺望著周圍天色，不知是失望還是鬆口氣地小聲感嘆。

「……請問，是白天……那又怎麼了嗎？」

在籠庭是初來乍到的我，一頭霧水地回問。

「啊，不是的。」大概是沒想到自語會被我聽見，那獄卒慌忙向我低首解釋：「只是由於陽光會減弱祂們的能力，謫仙鮮少在白日出現。小人才在想這次大概又是誤報，甚至是對籠庭的惡作劇吧……」

原來如此。我理解地點了點頭。

「誤報啊……」

我不自覺苦笑。

要真是誤報就好了。對於有這種僥倖想法的自己，感到難為情卻又同時覺得無可厚非。

「對了，塚姑娘是第一次以義人的身分進行降魂吧？之前完全沒有經驗？」

獄卒續問。見我緊張頷首，那名獄卒趕緊加以安慰：

「啊，請您安心。五瘟官系的降魂之能無所不摧，再說我等十殿也會盡力協助義人。」

「是、是的……」

「但到時若真不行，還請塚姑娘可千萬不要太過勉強自己。」大概是看出我的迷惘，那獄卒連忙補充：「幸好天道流域不廣，只要發出星煙警示，相信其他義人們必會趕來救援的。」

「——即便我是塚系的？」

我想都沒想地直接反問，那獄卒愣了一下。

「這個……」

「啊，對、對不起。」

見到那獄卒一臉為難，回神過來的我趕忙道歉：

「不用回答這麼無聊的問題也沒關係，真的很對不起。」

為了掩飾自己的不知所措，我拋下在後方的獄卒，加快了腳步。

「等等，塚姑娘——」

落後的獄卒急喚住我，而後，突兀地，聲音中斷了。

是發現了什麼不對嗎？

我疑惑地回頭，卻在下一刻僵在原地，無法動彈，覺得周圍的一切都靜止了。

「啊……」

我只能發出這個單音。

我眼前的獄卒以奇異的方式睜大了眼，直勾勾地注視著我，焦距卻是渙散的。兩道血泉自他的眼眶四周蜿流而下，如同淚痕。

兩隻半透明的手，美麗而修長，開展五指，一左一右，從後伸出，蓋住了獄卒的眼睛上下範圍，像是要保護他不受這汙穢世間感染似的。從那雅麗交織的指間，能清楚看見獄卒噴出血淚的雙目。

獄卒的背後，有著另一個半透明而美麗的身影，羽帶飄逸，隱約的輪廓如同呼吸一般微微波動。

我一時之間無法理解到底發生了什麼事。

「啊啊……」

「……嗚……」

直到我身邊的其他獄卒無法克制地發出嘔吐聲，我才突然懂了眼前的景象代表什麼意義。那個奇妙的身影，將自己雙手左右開弓，插進了獄卒的腦袋，再把指尖從眼睛部位穿出。

這就是我所看到的。

我突然猛烈地感覺到一陣反胃。

而那雙半透明，雪白的手開始動了。反轉，大張，像是鷹爪一般牢牢抓住已死去獄卒的頭顱邊際，往上拔開。

就像是採擷下一朵晨花般的優雅姿態。

失去頸部以上部位的獄卒身體不動立在原地。而他的頭顱，則被那抹身影捧在雙手中，像是什麼玩具似的，在左右雙掌中拋來拋去。然後，像是玩膩了，那雙纖長的手將獄卒的斷頭隨意丟開。

一邊不間斷地散發著如珍珠般的神聖光輝，那身影緩緩抬起頭，往僵硬站著的我看來。我得以窺見祂的臉。

那是一張猶如被芙蓉白粉掩蓋，戴著雪白無孔的面具，面無表情，毫無血色的臉。

「諸神面具……」我下意識囈語。

傳說，在眾神撒手返天，交由珠罌神降臨地上建創輪迴以前，那些曾經漫遊在人間的神祇們，都在臉上戴著各式各樣的面具，以區隔人神。

但如今，對珠罌牢倖存的人們而言，戴著面具本身，已是一種死亡與不祥的標誌了。面具所代表的，是那些閉眼後仍無法得到安息的，禁忌同類。

謫仙。

由人的死魂墜化而成的悲哀化身。

「塚姑娘，快降魂啊！」

其餘倖存的獄卒蒼白著臉，用力吞了口唾液後，急忙催促出神的我。

我明知他們是對的，身體卻擅自僵立原地。不由自主，視線被釘在眼前已不是生物，卻仍能如生物活動自如的東西身上。

謫仙的外表向來是美麗而莊嚴的，我面對的這尊謫仙也不例外。

繫結而起的髮髻，髮間點灑金翠如泉，華麗而寬大拖曳的烏角長襦直覆地面，宛若一道渾圓起伏波浪蓋住雕藤履尖。金與銀紅的軟紗蟬纏著外露的兩隻手臂，更顯豐澤綽約。

祂斂衣佇立在大道中央。

猶若神祇。

黃沙漫漫，天光晴烈，毫無窒礙地穿射過謫仙半透明的身軀，珠華勻溜曳地。

那些曾經看過謫仙的人，被問起謫仙時，總是用著害怕，厭惡，卻又同時敬畏的語氣喃喃唸著：

猶若神祇。

而在這猶如神祇的尊貴端麗之物面前，我發現自己無法做出任何攻擊。

我的身體拒絕接受我的理智所做出的任何指示。

然而謫仙卻動了。

對已到手的獵物失去興趣後，祂爽快地以指甲將獄卒的屍體從中劃開，一分為二。自己則從兩半死屍的中間空缺經過，以令人不敢相信的速度，朝我飄行過來。

金蔥的衣帶御風而揚，缺乏了一切的實體重量。

「可惡！大夥，保護義人！」

不知是哪個睿智的獄卒，及早放棄了指望我能有所反應的念頭，舉劍高聲一呼。呼聲猶如醍醐灌頂，眾獄卒紛紛回神過來，掩護著我，舉劍向謫仙刺去。

見狀，謫仙彷彿毫無重量的身影立即直起，金帶飛捲，像是一個生了觸手的漩渦，將所有朝自身刺至的劍身從中綁縛，向內側的中心一收，頓時所有的獄卒被迫撒手撤劍。

「怎……！」

「什麼？」

數名獄卒發出驚呼。

但那不是結束。還不是。

像是聆聽到什麼聲音，謫仙微微抬起虛白面具的臉，原地飄起，金色衣帶登時朝反方向旋轉成比方才更巨大的漩渦，每一根觸手的末端都繫著劍，輕輕鬆鬆，逆刃一劃，那些包圍著謫仙的獄卒便紛紛被自己或同儕的劍給齊頸斬斷了頭。

霎時，血沫、斷劍、頭顱，全都被彈出了高速旋轉的衣帶範圍，朝我與倖存的獄卒射來。

「……」

我得用力咬住下唇，才不會讓自己的呻吟不由自主溢出口中。感覺雙腿無止盡地顫抖。

「哇啊啊啊！」

一聲慘叫赫然響起。前方，首當其衝，被飛出的血沫貫穿單眼眼珠的某名獄卒，捂著自己的眼狂亂痛叫。

同時，一把斷劍兇狠朝我面門咬來，破空風聲炸響。我本能側頰，以雙指指間夾住那把斷劍，借勢回身一擋，將幾乎像是石塊一樣高速砸向我的人頭一分為二。

殘血濺到我的手與袖上。

「塚姑娘！」

「我沒事……請大家小心！這些東西的速度太快，能迴避就盡量避開！」

我搖頭，讓自己盡其可能地清晰叫道。

其餘人匆忙應聲，各自拔出劍來，把那些被謫仙衣帶彈出來作為攻擊物的東西打掉。然而每當那尊謫仙旋舞自己手臂，綽約衣帶便如同有著自己生命一般地改變彈出方向，伴著燐火合作攻擊，四面八方而來，我們幾乎難以防範。

「這樣下去不行……」

看著周圍的傷員越來越多，我喃喃低語。

「塚姑娘？您想做什麼？」

「我想辦法阻止那些衣帶……」我一跺地，身形往前筆直竄出，同時回頭向身後目瞪口呆的獄卒喊道：「那個，對不起，請你們盡量掩護我！」

無暇顧及獄卒們是否了解我的意圖，我直直往謫仙的位置衝去。一如我所預期的，數道衣帶像是蜘蛛的網，從天而降，試圖從中攔截我的去路。
我拔地躍起，金帶也如影隨形跟在我身後。我陡然在空中一翻身，改變行進方向。謫仙立刻再掀另一道衣帶朝我攻來。我向後仰，再次跳開，朝完全不同的方向跑去，但馬上又是新的數道衣帶，與本來目標就是我的衣帶，一起從不同方向刺及。
我不打不戰，只是不斷地朝不同方向逃避衣帶的直接攻刺。光是這樣，就足以耗費我全部的氣力。要不是有無常殿獄卒的全力援護，我恐怕早就被飛橫遍場的燐火殘刃或是屍骸擊中倒地了。
即使如此，也差不多到了極限。
數不清的無數道金蒽衣帶挾風刺來，猶如密網，網中的我終於無處可逃，被迫止步轉身。在我停下步伐的那一瞬間，所有金帶登時纏上我的身軀，將我綁得密實。
像是雜成一團，無論如何都沒法解開的結一樣。
不知何時，謫仙的攻擊已停住了。
或者應該說，祂暫時無法再攻擊了才對。
因為無論是作為攻擊工具的衣帶，或是帶有攻擊意圖的謫仙本身，目前都因與我相繫，處於無法自由行動的固定狀態下。
在確定這點後，我一手扭住身上所有的帶結，像是扭轉成一條巨繩般地將其聚在一起，然後用力反拉。

我的身體立刻像是反彈般地，朝著繫在另一端的謫仙毫無減速地衝去。這點，謫仙也是一樣的。祂雖試著收回衣帶，卻因打結紊亂而無計可施，只能看著我們兩個，像是一面鏡子的正反幻影般，從兩邊迅速朝彼此靠近。

在我們即將相撞之際，我舉起另一手握著的斷劍，對準謫仙揮下。

同一時間，所有衣帶並斷，如煙火在我們周圍散放。

無數破碎的金蔥布料，像是淡金的花，漫舞在蔚空之中。一瞬間，我的眼前皆是金彩，流動閃耀，竟看不清楚原來世界的模樣。

我則被衣帶裂碎的力道給震得後翻出去。我又眨了一下眼，才了解到失去衣帶支撐的自己正在往下墜落，連忙調整姿勢，以最小衝擊的方式著地。

金花碎帶隨著在我周身飄飄旋下。

「塚姑娘！」

「您沒有大礙吧？」

擔憂的獄卒們迅速聚攏到喘息不已的我身邊。

「我還好……」吃力地撩開眼前髮尾，我試圖想看清現在的情況。方才事情發生太快，我甚至不確定是手中斷劍砍中謫仙，或是祂自斷衣帶求生的行動快了一步。「謫仙呢？」

「我們也不曉得，那些衣帶斷掉的剎那，那謫仙的身影就不見了。」一名獄卒帶著些許樂天氣氛：「不過，八成是已經被塚姑娘降——」

他話未說完，一張完好如初的虛白面具，忽然從我們頭頂的枯樹倒吊下來，反抱住正在說話的獄卒全身。被反作用力連累的我，則被朝相反方向推飛出一大段距離，再次跌坐在地。

我趕忙爬起身，想要阻止。

「等……」

下一刻，獄卒的雙手雙腳全像是太過熟透的離枝果實，砰砰砰地互相撞擊滾了下來，砸在地面，濺出了像是爛熟果肉般的朱血。獄卒身上，四肢與軀幹相連的部分，則噴出了驚人的大量鮮血，飛濺上我的臉與前襟。

溫熱的血液，卻令我渾身如浸冰窖。

像是嫌這樣的血量還不夠似的，謫仙伸出美麗的蔻丹指甲，絲毫沒有猶豫地插進還在掙扎的獄卒頸項。鮮血立即從嶄新的傷口中盡情噴灑，獄卒的雙眼放大，僵直的身軀像是即將斷氣的魚，猛烈跳動了數下。

我張目結舌。

鼻腔滿是血的腥味，胃部翻攪而上的酸意已到喉口。

喪失了所有與其應對的勇氣。

我怕到什麼都不敢做，只能眼睜睜看著獄卒的屍身被隨意丟棄在地。而那謫仙，陡地轉面向我俯衝而來，周圍氣流都隨著祂的動作而震動。我的哀叫尚未出口，雪白的面具已貼近我的臉，月季花芳襲人。

我的眼前頓時一黑。

「——然後妳就昏過去了？」樨臣聽完，挑起了劍挺的眉，與頭髮同色的眼中寫滿不可置信：「在這種無法提供任何有用情報的狀況下？」

「呃，要這樣說也沒錯……」我再次把身體縮了起來。

「不是『要這樣說』，而是『只能這樣說』吧。」樨臣闔眼，不抱任何期待地重重嘆了口氣：「……以罪系之出而言，妳還真是悠閒的個性。」

「是……真的非常抱歉，什麼用都派不上……」囁嚅著的我，頭低得不能再低了。

「樨臣！」

畔兒警告地出聲喊著樨臣。

通常，顧慮到自己是眾人中年紀最小的，即便擔任義人的資歷排第二，畔兒與其他義人講話時都仍輕聲細語，超出必要的客氣禮貌。如今這般，以他而言，已算難得的強硬語調。

樨臣眉挑得更高，看似想說什麼，卻又不說了。

「幽冥，妳真的完全不記得了嗎？關於那謫仙的任何事或特徵？」畔兒不死心地問我。
我歉疚而毫無頭緒地搖了搖頭。
「我只覺得祂身上帶有一股懷念的氣息而已。」
「懷念？」拂梢瞪大了銀眸。
「嗯。」我點頭，試著描述：「很強烈……當祂朝我衝過來時，我覺得身上好像有什麼被奪走了，又像是我從祂身上奪去了什麼一樣……對不起，我說得這麼不清不楚。」
唯一能篤定的，是那股強大的莫名感，激烈到在交會瞬間，就淹沒了我的意識。
「真的很對不起。」挫折感很重的我再次垂首道歉。
眾人聽聞我的話後，不約而同地沉默了，互相對視一眼。
「……算了。」樨臣率先短嘆口氣，淡水色的眸閃過理解：「既是如此，的確也不能全怪妳。」
「咦？」我錯愕地發出單音。
這態度的轉變會不會有點劇烈？
「沒辦法，這是生死的問題呢，幽冥。」
接話的畔兒淺淺苦笑。
「謫仙畢竟是人，卻又不是人，介於活人與死人之間，渴望著生，戀慕著死，卻兩者皆不可得。一旦碰到兩者兼具的我們，會感覺氣被搶奪是很正常的事……大家在剛來到籠庭時，都經歷過與妳類似的恐懼，只是妳的反動最大罷了。」

「大家都是？」

「不管是誰都會怕死的。」畔兒將手掌輕按在我垂落的前額髮，強調般笑笑：「即便是義人也不例外。」

「誰說的，我才一點都不怕呢。」拂梢噘嘴嘟囔。

雙手抱胸的樨臣斜斜瞥了她一眼。

「……妳只是比誰都嘴硬而已。」

這評語太中肯了，以致於畔兒一邊露出不好意思的表情，一邊卻還是抿脣笑了出來。

「抱歉，拂梢……」他拚命忍住笑地解釋：「不過樨臣說的也沒錯，妳還是直率一點會比較好喔。」

葵藍頭髮的少女不滿地回以冷哼一聲。

「煩死了，怎麼每個傢伙都這麼囉嗦啊……好了，快點站起來！一直杵在地上，看著很礙眼。」嘴仍微嘟，把氣轉出到我身上的拂梢眉間微蹙，不由分說地粗暴伸手把我拉離地面，續道：「現在的當務之急是盡快找出那隻謫仙，不然等到日落就麻煩了。」

「……這也不一定。」樨臣偏冷的面容微繃，水色的髮絲擋住了他上衣的血紅襟飾：「這次有些蹊蹺。」

「怎麼說？」拂梢問。

「謫仙大多僅在夜間出沒，是因為沒有肉身的祂們，一旦曝露在日光之下，魂體會變得不穩。但照新來的所說，這隻謫仙能受烈日炙曬而不影響分毫？」

樨臣探詢，見我肯定頷首，他蹙起眉，揮手叫來其中一名在旁待命的獄卒。

「回去通知黔潤，要他準備多餘人手預備後援，我怕鎮殺時會生變數。」

「遵命，烏公子。」

獄卒領命退下。

「這樣好嗎？晴不會高興聽見黔潤也來了的……」

畔兒有些猶豫。像是了解前者顧慮，樨臣同樣皺起眉，搖了搖頭。

「沒辦法，緊要關頭，我沒心情顧及那位心高氣傲的大小姐了。」

他們兩人的對話，提醒了我另一個缺席的同伴。

五義人，色、受、想、行、識。其中，拂梢主色，我主受，樨臣主想，畔兒主識。而主行的晴，地位則居於五義人之首。

「對了，晴——東方小姐呢？」

環顧四周沒看到人，我頓時產生憂慮：

「該不會是受傷了……」

「拜託，要是連最強的晴都會受傷，我們幾個哪還有可能好端端站在這裡？」拂梢顯然無法忍受我的杞人憂天，俏麗的鼻尖皺起。「她說沒那個閒情逸致等妳醒，單槍匹馬追捕謫仙去了。標準晴的作風。」

「一個人？不要緊嗎？」

「嗯，要論到孤身作戰時的戰力的話……」

沉吟說著，拂梢先是質疑地用滿溢華光的銀眸打量了我一眼，才決定放棄地搖搖頭。

「我們其他人先不論，但妳穩死。」

基本上是把我視為一塊朽木，拂梢的語氣中充分表達了這個想法。

「唔……」

雖然早預料到這個結論，但我還是有點受到打擊。

「喂，不要哭喪著臉！我說的是實話吧？」拂梢似乎對我的反應感到不滿。

「可、可是，就因為是實話才更讓人難過……」

「不要囉哩囉嗦的。」瞪著我，拂梢束在兩邊的濃厚卷髮像是兩把大鐮刀似的霍霍跳動。

「至於晴的話，就算一個人大概也什麼都應付得過來吧。東方系的人啊……」

拂梢停住口，不予置評地搖搖頭。

倏地，某個奇異的聲響，猶如有人吹響尖銳口笛，在下個瞬間，吸去在場所有人的注意力。緊接著的是一道火光拖著煙尾拔空飛起，在清藍蒼空中央爆開，如無數星火散殞。

「是星煙！」

某個獄卒失聲驚叫。

畔兒頓時臉色大變：「不好，以睛的個性，要不是真的處於危急，斷不會輕率放出星煙。我們快過去……幽冥妳……」

他欲言又止，看來似乎是在考慮要不要讓我先回籠庭。

樨臣對我輕輕點了個頭。拂梢雖沒說什麼，但眼裡也是有著贊同讓我回去休息的神色。

但我慌忙握緊了交疊在裙前的雙手。

「我、我沒問題的。」

「……好吧。」畔兒躊躇了一下，最終還是點頭同意。他轉頭向其他獄卒：「那麼，待會請十殿人特別留意受義人的安危，可以嗎？」

獄卒們回了聲是。

畔兒抬起頭，朝我綻出一抹柔暖微笑，牽住了我的手。

畔兒的溫柔總是如春天靜寥的奈河般，足以撫癒人心。

檀黑中帶著略微骨銀閃澤的九連環在他手中逐漸發光，柔和的光紋如同潮水將我們一行人團團包覆住。這是曹系的法寶。

「那，我們走吧。」

畔兒說，以靈巧的手法，將第一個掛環與第三個的順序對調。我回握畔兒的手，閉緊雙眼，等待著接下來的衝擊。

我想，無論累積多少次的親身經驗，無用如我，大概還是無法習慣畔兒的串坤術。

「幽冥，沒事嗎？」一抵目的地，畔兒便急急收起九連檀環，扶住搖搖欲墜的我。「妳的臉色都鐵青了！」

「對、對不起，我只是有點暈……」我說到一半，強烈的反胃便令我不得不掩住口。

串坤術是曹系法寶檀環的專屬之法。術者利用各環間的牽制替換，能夠在一定範圍內，隨己意串連不同空間，進而縮短移動時間。這項便利的法術只有一個壞處：當被施術者的體質不適合時，天旋地轉，猶如被狂浪襲捲般的嚴重暈眩，會足以要了一個人的命。

而我恰巧是那個體質極度不合的人。

頭暈未退，我的腳步不由得踉蹌了一下，身形嬌小的畔兒則被我拖累跟著往前摔去。

「啊……！」

畔兒的驚叫尚未結束，樨臣便已從後頭拎住他的衣領，而另一股力量則反方向撐住我的後脊，及時止了我的跌勢。

我還來不及抬頭確認來人身分，口裡就被眼明手快地塞進一枚薄餅般的藥片。刺激的清涼感登時在我舌上化開，擴散至太陽穴，近乎霸道地，強制將我額際揮之不去的暈眩鎮定下來。

「這是輪罌粟的鴉片，含著能解昏暈。」

仍托著我的青年，邊眨眼邊對錯愕的我以明朗的聲音說道。

青年擁有烏黑的髮與同樣色澤的眼，長短不齊的髮型顯得有點雜亂無章，幾綹翹起的髮絲掉在青年輪廓清爽的臉前。

黔潤。

身為無常殿判官的他似乎是帶著增援的十殿人，比我們先行趕到了。

太過吃驚，我張合了好幾次嘴，好不容易才問出口：

「為什麼會曉得……」

「自然是我們貴重的茨羊說的。」知道我要問什麼，黔潤俐落答道。

「繭？」

「普天下還有誰有此能耐？我出來前，他突然攔住我，說什麼可能會用到鴉片所以叫我帶著，我當時可是一頭霧水呢。」黔潤兩手一攤，做了個敬謝不敏的鬼臉。明明就是老大不小的人了，無常殿判官的表情卻仍像是孩童般變化萬千，充滿活力。「話說回來，雖說羔翾的五蘊皆繫於五義人身上，但彼此之間的感應增強到這種地步，不覺得有點誇張嗎？」

「唔……」

我還來不及回答，不可置信的問句便從另一方向傳來。

「黔潤？」

我循聲轉頭，只見墨綠長髮垂腰，衣衫狼狽的睛，步履蹣跚地走來。

平日總是一副儼然不可侵犯的她，如今身上有好幾處掛彩，但墨黑的細長鳳眼仍是生氣勃勃，怒火中燒地瞪著我們……主要是我。

我困惑地站在原地。

「……咳。」樨臣握拳舉至脣邊，輕嗽了一聲。示意的眼神從我身上瞄向我身旁的無常殿判官。

啊！

收到救命暗示才總算恍然大悟的我，連忙慌慌張張從黔潤身側連退了好幾步，還因太急躁而狠狠絆踩到自己的腳。

「唔！……」

眼角含淚，我默默把「好痛！」的感言給壓了下去。

一旁的拂梢無言投給我同情的眼神。

「睛，是樨臣叫黔潤來的，以防萬一……」同時，畔兒試著緩頰。

睛的眼神瞬間變得銳利，原本便已如墨的瞳更形漆黑。

「回去！我不需任何人助陣！」她斷然拒絕。

「可是星煙……」

「那是在打鬥途中不慎從我衣間掉落，被對方的燐火燃個正著。我可不像某人丟臉得用來求救。」

斜眥的睛意有所指得過於明顯，我不由得垂下頭去，試圖用兩側滑落的髮絲來遮掩臉紅。

「咦，是嗎？」

狀況外的黔潤一臉不能理解。

「我倒覺得有自知之明的人比較不會給大伙添麻煩呢。」

「……啊啊，又來了。」一旁的樨臣低聲抱怨：「遲鈍過頭的傢伙。」

「深有同感。」

補上這句，拂梢慘不卒睹地翻個白眼。

就在這剎那間，一朵妖豔燐火自我們身後隱蔽街角凌厲射出，直取毫無防心的拂梢胸臆。

下一瞬間，火星四濺。

「鍾姑娘！」

獄卒呼喚拂梢的聲音，夾雜爆風，如響雷沖痛我的耳膜。塵屑飄飆，我屏息張眼，只見拂梢在千鈞一髮之際，雙掌舞出她的法寶，硬是擋住了奔燒而來的幽幽燐火。

「喂，沒事嗎？」同樣震驚的黔潤揚聲問。

拂梢沒有回答。

大概是事發過於突兀驚險，自己也嚇到了吧。拂梢沉著臉，展扇舉至胸前的右手腕仍在劇烈顫抖，手中檀扇邊緣則被火燒得一圈烏黑。

「……拂梢？」

擔心的畔兒剛想走上前去，卻被藍髮少女喝住：「別過來！」

畔兒驚訝止步。

「——我沒事。」

深吸一口氣後，拂梢低聲這麼回答。她如波浪般的葵藍秀髮被方才引起的黑煙所燻，喪失不少原有的光澤，幸好本人似乎無恙。

我剛放下心來，又是兩朵燐火兇狠逸來，直劈過道路中央。

首當其衝的我與畔兒分往左右兩邊跳開，然而又是更多魅炎飛出，直擊後方待命的十殿成員。獄卒們走避不及，有不少人被火灼得慘叫。

「護地，現身！」

畔兒叫道，手中九連環宛若擁有生命似的接尾出複雜圖形，連續散擊周圍空間。被那波動震撼，附近街屋瓦牆紛紛掉落。隨著這些飛降土石，無法繼續藏身的謫仙，也就是我們追捕的目標，悠悠飄出現形在眾人眼前。

那神祇一般華麗莊嚴的身影仍舊令人望之生畏，腳底下飄著黃濁后土的冥厚氣息。

樨臣片刻都不耽誤，手挽檀弓，禊箭如駒快衝而出，對準那謫仙襲去。然而，出乎眾人意料，向來箭無虛發，百射百中從不失誤的樨臣，這次箭鏃卻失了準頭，未能射中標的。

不，應該說，箭鏃確實命中了，但它原本瞄準的標的卻不在原本的位置上。

是空的。

在樨臣的箭抵達的前一刻，謫仙的魂體如同打破的玻璃珠般朝外呈塊狀結晶散開，形成空洞，導致箭矢毫無阻礙地穿過了祂的魂體中央而不造成任何損傷。

在箭穿過之後，結晶分塊的魂體又重新聚合成本來的平整模樣。

見狀，我們都愣住了。

「怎麼可能……」畔兒在錯愕之中喃喃，茶目張大：「沒有哪個謫仙的魂體能分割開來，卻不魂飛魄散的啊？」

「——原來如此。」黔潤撢開黑色長袍上的灰燼：「與一般的謫仙不同，能夠自由分解躲避攻擊嗎？難怪連行義人都會栽在祂手上了。」

誰都行，卻偏偏是黔潤講了這話，這下子漲紅臉的人換成是晴了。

我默默把與黔潤之間的距離再行拉大，眼角餘光瞄到好幾名獄卒為判官數年如一日的鈍感搖頭嘆息，就連向來溫厚的畔兒都不禁掩面。

「栽在祂手上？你是說身為東方系義人的我嗎？」

咬牙低道，晴冷傲孤美的面容驟沉。

她倏地橫袖，漆黑的墨如同潰堤的江，又像傾巢而出的烏蛇，自她的藍蟬褂袖之中傾洩，奔向猶在半空盤旋的殘餘燐火。墨水蜿蜒攀上焰心，緊緊纏住，彷彿是讓後者窒息一般地，在瞬間令所有鬼火靜寂熄滅。

被晴懾人的氣勢一震，謫仙稍稍往後仰了一下。

「……你們都給我讓開。」晴與謫仙互相盯視，頭也不回：「衝著剛才那句話，就算是賭上東方家譽，我也非得親手鎮殺這隻謫仙不可！」

「晴，別意氣用事！」畔兒一驚，趕緊想阻止她：「祂能分散重組，對五義人中使用墨的妳來說，應該是最吃力的才對。請妳暫且退到後邊，這裡由我跟幽冥接手……」

「想都別想！」

晴激烈回應，已充盈四周空間的墨也跟著激烈振動，交舞而上，形成一條巨大的辮繩，自措手不及的謫仙足底蔓至腿脛再爬上胸腹，徹底將謫仙五花大綁。

晴趁機倒轉皓腕，然而，就在黑墨即將掐斷謫仙魂體的那一瞬間，謫仙又像剛才躲避樨臣的禊箭時一般，分成無數的碎片四散飛開了，就像是不慎墜地而滑摔開來的烏紅彩珠。

懊惱的晴用力咬住下脣。

見狀，意圖幫忙的畔兒撒手擲出九連環，環環相扣，打算在半空截住重組途中的謫仙魂塊。眼看烏銀檀環就要成功套住，察覺到身後的畔兒有所動作的晴，卻在這時反手一揮，洶湧蠕動的墨放棄攻擊謫仙，反攻己方，直竄至畔兒鞋尖。

畔兒倒抽口涼氣，停止原先的攻勢，急速召回九連環在自己身周繞成九星護體，驚險萬分地將晴的墨擋下。

「東方晴！」見到畔兒受襲，向來喜怒不形於色的樨臣也動了怒氣：「妳瘋了嗎？竟對付自己人！」

「我說過……」沒有撤回仍對畔兒虎視眈眈的墨蛇，晴高叫：「除了我，不准任何人出手！」

就像是知悉敵人之間的內訌機不可失，一直以來，處於相對被動的謫仙，忽地冷不防祭出漫天魎火。焰影團團，以刀削般的速度朝晴而去。晴雖發現到了，卻因無法及時催動墨回守而陷入危險窘境。

「行義人！」獄卒大叫。

幾乎是本能地，我抽住懷中扯鈴繩的一端，指間夾著兩顆宛如滾栗作響的檀鈴縱身跳起，身軀在空中垂直翻轉，以右足踩住繩的另一端，借力使力，甩出閃著檀木光澤的鈴鐺。

檀鈴劃出優雅的半圓弧，錯身而過，拉著扯鈴繩，恰好形成一條稜線的兩端點，懸在睛的眼前，及時消弭了燐火。

「啊，成……成功了……太好了……」

放下心的我才剛想喘口氣，對睛攻勢受挫的謫仙卻立刻轉移了目標，屍白的臉轉向我。來不及收回已出手的法寶，當下毫無防備之力的我，只能眼睜睜地看著祂高舉鋒利手爪，朝我快速接近。

手爪鐵光幾乎刮傷我的瞳孔。死之陰影。盛開的遠古花莖。

我不由怕得緊閉上了眼睛。

同時，有人攔著我的腰身反轉一圈，跟著而來的是破空疾風，一股衝擊的力道透過摟著我的人直傳我身上。我睜目，驚怔地發現黔潤因痛楚而稍稍扭擰的臉龐近在眼前。

他替我挨了那一刺。

顧不得鮮血淋漓的後背，黔潤反折出手，扭絞兀自掙扎的謫仙咽喉。

「動手！」

不用黔潤斥喝，樨臣也老早架起檀弓，唰的一聲，禊箭這次穩穩自謫仙肩頭斜插而入直至沒柄。立即地，箭傷開始腐蝕魂體，受不了降魂之痛，謫仙發出一連串令人血液發冷，直鑽耳膜深處的尖叫。黔潤被那尖叫所驚，手鬆了一下，謫仙頓時自他手中逃逸無蹤。

這幾下間，兔起鶻落，包含我在內，眾人根本來不及做出任何反應。

沉默約莫停留了幾次換息的時間。

好不容易，畔兒先開口：

「……我去追祂。」他轉頭喚：「樨臣。」

「了解。」

極有默契地應聲，樨臣收起弓，與畔兒交換一個眼神後，兩人分往不同方向的小路追去。

「那……那麼，先讓吾人為您療傷吧，鍾姑娘。」

從眼前一片殘瓦中大夢初醒的獄卒，慌張替方才因硬阻火攻而手受傷的拂梢包紮。拂梢痛到連話都說不出來了，一張俏華臉蛋毫無血色，泌著點點冷汗。她不吭一聲地任憑獄卒處置。

「塚姑娘呢，沒受傷嗎？」

黔潤問我。見我點頭，他安心地放開我，聲音少了平日的中氣，顯得有些氣虛：

「那就好。畢竟我答應過塚夫人，即使賠上性命也得保護妳呢。」

娘的那種賭氣話大可不用當真。

我想這麼說，話到喉頭卻又吞了回去。

即使外貌和善，黔潤是石爛海枯也不變動的人，他屬於這種類型。

晴沙沙快步跑來，一看到黔潤被謫仙指甲劃破的背後便花容失色。

「你受傷了！」她低聲，卻掩飾不住焦急地叫道。

「只是小傷罷了。」黔潤不著痕跡地推開晴的手，技巧十足地拉開兩人距離：「還請東方姑娘別在意屬下，先去追那謫仙要緊。斬草不除根，後患無窮。」

「可是——」

「東方姑娘。您是五義人馬首是瞻的『行』。請您自制。」

被黔潤這麼一說，晴像是窒息般沉默須臾。

而後，恨恨瞪了畏縮的我一眼，掉頭快步遁去身形。她選的是樨臣的方向。

「……那我也走了。」我小聲道。

「是，請小心。」黔潤邊接受同僚療傷，邊躬身答道。

我急急追隨已經看不見的畔兒背影而去。

我很快便追趕上畔兒腳步。

時近黃昏，隔著磚壁轉角，隱約看見畔兒嬌小的身影。我正要出聲喚人，卻又硬生生在灰牆後收住步伐，同時本能屏住聲息。

畔兒沒有注意到我。

他整副心神都放在自己面前的謫仙上了，後者此刻，正如一灘爛泥，毫無支骨地倒在地面，九連環的降魂法光像是帶雨虹彩，靈活地在那團破爛魂體身上四處遊走。

在我抵達以前，畔兒已給予那謫仙最後一擊。

我安靜躲在牆後覷看。只見謫仙散亂的魂體逐漸變得透明，輪廓不再清晰，一點一點地，縮成極小極淡的光點，懸空浮起，飄上飄下。在日暮時分的漸紅天光中，美得幾近褻瀆，卻又神聖得令人不由驚心動魄。

畔兒默默伸展雙手，像是要挽攏起這些光的點滴，卻又在碰觸到光點前半吋之處，停下來不再動作。

無所憑依，光點在畔兒的手中慢慢消散，終於，一點曾經的光芒都不剩了。

所有的存在一概都被抹去，不再復甦。

謫仙的下場都是如此。

雖然光點都消逝了，畔兒卻持續維持著伸手的姿勢，微抬下顎，凝望著不再閃耀的半空。

出現在他側臉上的那個神情是我從未見過的。

我想悄悄離開現場，卻在轉身時不小心摩擦到衣衫，窸窣之聲立即引來敏銳的少年注意。

「站在那裡的人……」畔兒背對著我出聲：「這氣息，是幽冥吧？」

「──畔兒。」我現身，怯生生地喊。

畔兒沒有看我。

「欸，幽冥。」他輕輕問：「這世上，還有比變成謫仙更恐怖的事嗎？」

畔兒的眼瞳中央，駐映著在此刻下沉的半輪暮陽。橘紅的夕彩如血，燒得他的臉龐他的髮絲他的衣衫皆是一片火霞。

如此刺眼而遙遠。

「非生非死……任憑我想破了腦袋，也無法想出比這還要淒慘的情況了呢。」畔兒說。

我沒有出聲。

覺得自己的立場不容許在這場合說出任何話。

曾經逃避過與謫仙的戰場，甚至為此不惜與其他義人家系兵刃相見的塚系一家──身為那樣的塚系義人的我，沒有辦法對畔兒那麼溫柔的疑問做出任何回答。

像是知道我的想法，畔兒閉眼，深長地吸了口氣，他的胸脯悠久地起伏。而後，畔兒睜眼，轉回過頭來對我笑了一笑，又變回那個我所認識的早慧溫柔的孩子。

他髮頂的菊黃翎管靜靜反射著夕彩。

「回去吧。」畔兒牽住我的手，曹系的九連檀環在他懷裡發著幽微的光：「……回去我們的籠庭。」

這次我不會用串坤術的。畔兒猶如縱容般地補充這一句。

二弔　籠中古玉

「還手！」

晴厲聲喊。

深重色調的日之紗西曬著紫紅廊地，花窗紙影重重疊疊現於木隙之間。晴指下揮灑出的墨，猶如萬條黑色彩帶，狡獪向我千風捲來。

我勉強往側滾開，才在緊要關頭躲開墨的觸手。而墨水所濺之處，悉數腐蝕，紫紅木廊，龍白柱簷，被黑墨玷點的地方皆一塊一塊剝落，忒不駭人。

東方家法寶的威力一直都據五系之首。

不中用的我見狀不由得心生懼意。我試圖跟晴和解：「晴，我不想……」

「拿出妳的檀鈴！」晴根本不打算聽我之言，墨的攻勢未停：「免得到時說我這場比試勝之不武！」

「可、可是……」我吃力地連續跳躍，躲避墨的噴溢範圍，連帶使得說出的話語也變得破碎起來：「晴，啊，不，是東方小姐，我沒有想與妳比較的意思，更何況妳的傷勢還未完全痊癒……」

剛說完，我又被逼得一個大後躍，拔足離地，緊追而來的檀墨則在我方才站立的地方燒出一窟大洞。

今天已是鎮殺後數日了。雖然大部分的十殿人都已康復，但傷勢較重的如拂梢等人仍留在祥憩殿靜養。而傷得也不輕的睛，才剛獲得祥憩殿判官黃翁的離開允許，就執意與我比試。見我拒絕，態度強硬的睛乾脆直接以墨攻擊。我一路避戰逃跑，直至御選殿範圍內，才在這道花廊被睛追上。

「…呼…可恨……呼呼……」

三番兩次都沒擊中目標，畢竟還沒恢復元氣的睛忍不住氣喘吁吁。她蒼白的臉色令我更加惶恐。

「請、請妳聽我說，東方小姐，」我嚥了口唾液，徒勞無功地解釋：「前幾日鎮殺時，我真的不是有意搶在妳先前出手，完全是因為……」

「少囉嗦！妳再不還手我就真的殺了妳也無妨！」

與我原意背道而馳，反而被我踩著痛腳的睛厲色一喝。檀墨再度向我凌厲襲來，這次直取我咽喉。我逼不得已，只能一個下身，抽出衣中扯鈴繩拉直，揮開墨水，同時指間夾住兩顆鈴鐺，以繩彈出，迴旋舞向措手不及的睛。睛臉色一變，雖馬上往旁滾開，但我的鈴鐺仍然削掉了她髻側幾縷墨綠髮絲。

我回身站直，飛揚的半長紫髮以圓形兜攏回來，檀鈴隨後也以同樣的圓滑弧度旋回我的扯鈴繩上。

望著自己原本一絲不紊如今卻被削掉的髮尾，晴睜大了眼，幾近殺機的激烈怒氣在她的墨瞳之中聚集：「好啊，一個庶出子竟敢……」

「好了，到此為止。」

開朗過頭的嗓音在窗櫺方向響起，黔潤單手撐著窗沿跳了進來，刃光滴滴的雙鋒劍擋在我與晴兩人之間。

「義人間切磋武藝是好事。但現在，東方姑娘有傷在身，塚姑娘也尚未從初次出陣的疲勞中回復，不宜繼續。雙方就此打住吧。」

「黔潤？」我愕問：「你的傷沒有大礙了嗎？」

會這麼驚訝，是因為黔潤傷勢大概是當天在場眾人之中最重的了，理應沒這麼快獲准行動才對。

「託塚姑娘之福。」黔潤一笑，更顯紅潤無恙的氣色：「我這個人是標準的賤命耐磨。」

「——把你的劍移開。」聽著我與黔潤對話而臉色越趨冷沉的晴凝聲命道。「我與她之間不關你的事。」

黔潤似乎不太能明白晴意思地眨了眨眼。今天的他依舊是黑髮亂糟糟的，長短不一。

「呃，當然與我有關吧？我是無常判官，有責輔佐五義人降魂，以及協助五義人避免一切可能對鎮殺引來惡性影響之事。要是兩位哪方在比試中受傷了，可都會給我們十殿帶來大騷動的。」

「……換句話說，」迂迴溝通無效，晴索性用手指著茫然的我，如杏瞳仁瞪著黔潤：「你打算護著她就對了？」

「若東方姑娘無異議的話。」黔潤彬彬有禮地一彎身。

「——很好。」

冷冰冰吐出這句，晴拂袖，黑墨猶如一尾歸穴小蛇，靈動竄回她紫月褂袖之內。不再對我或黔潤投去任何一眼，晴掉頭，以最有尊嚴的傲步離去。

啊啊，這下糟了。

我總算了解為什麼籠庭眾人會私底下在黔潤背後暗暗叫苦了。

「……那、那個啊。」

覺得這樣下去不是辦法，吞吞吐吐的我捏著自己裙角，下定決心開口。

「是？」黔潤徵詢地望向我。

「就是……」我努力換了口氣：「下次，我跟晴再有爭執的話……能請你不要干涉嗎？」

「喔，原來是指這個啊。」

黔潤親切地拍了拍我的頭，活潑的黑眼半瞇：

「不要緊啦。義人間的人際關係問題也在我等十殿協助的範圍之內，不用怕麻煩到我們喲。」

「不，所以我的意思是……」我困擾著該不該把話說清楚。

「妳就直接告訴他，他越干涉，晴只會越火大而已，不就好了？」

看不下去，仗義直言的冷淡聲音傳來。我本能地轉頭循聲望去，樨臣與畔兒沿著花廊轉角朝我們走來。

「烏公子，曹公子。」

黔潤向兩人行禮。

畔兒友善微笑，樨臣則應付地微點了一下頭，手負在背後：「我們五義人有要事商談，汝等十殿先退下——順便請代為通知喜綬殿，找工匠到這兒修繕。」

掃顧周圍我與晴留下的狼藉慘狀，蹙著眉的樨臣再加了最後一句。

「知道了。」黔潤行禮如儀地轉身離開。

「……謝謝。」

等黔潤走遠，我以幾乎聽不見的氣音朝另兩人道。

「……沒什麼。」樨臣掉開一雙水色的眼：「要怪就怪黔潤太不懂得避嫌了，莫怪晴會火冒三丈。」

我沮喪地苦笑了一下，曉得自己瞳孔中的金影一定也跟著黯淡下來。

「我並不覺得黔潤有刻意對我另眼相待……硬要說，大概是對曾經差點殺死我這件事，還耿耿於懷罷了。」

對於我的說詞，樨臣僅是輕輕冷嗤了一聲。

「黔潤在塚之亂中殺的人何只數十？我不覺得身為無常殿判官的他會為此心軟。」

「那是……」

「樨臣，不要說了。這不是幽冥的責任。」

畔兒適時幫不知該說什麼的我解圍，拉長的茜窗陰影落在他的纖巧眼睫。

「再說，晴的心結只能靠晴自己解開，我們旁人是插不上手的。」

紅夕綺搖，蟋蟀在外庭唧唧地鳴著，向誰道別似的。

「啊，對了。」我想起來：「要事是指什麼？」

「『鎖玉之陣』。」樨臣雙手交叉胸前，優雅的眼型因有些煩躁而伏垂：「一段時間沒擺陣了，地殿稟告亙玉的靈騷變嚴重，光憑他們鎮壓不來。」

「判官焉火想請義人擺陣。」畔兒接下去：「拂梢還在療傷，我們本想找經驗較為豐富的睛，不過現在……」

即使畔兒話沒說完我也了解他的暗示。在氣頭上的睛，恐怕比九十九個謫仙加起來還難以降伏。

「那麼……意思是，由我擔任陣式第三人嗎？」我不太確定地問。

鎖玉之陣是輔助箱玉之術而生的小型陣式，用以鎮撫亙玉裡騷亂不安的死魂，重新引導祂們進入深層的寧靜眠睡狀態。擺陣時需有三位義人在場，以彼此的法寶連串各系的降魂之力。

「還有其他選擇嗎？」

樨臣反問。不是針對我，但他話中的冷酷之氣仍讓我被嚇得急急左右搖頭。

「那就好。走快點。」

如此說著，樨臣率先起步向地殿入口走去。畔兒跟著，而慢半拍的我則匆匆追在其後。

籠庭共分十殿。除去最中央由羔戮居住的中廂臺，及第二內環的五義人居殿後，十殿便以功轉殿—陰陽殿—歸天殿—地殿入口—無常殿，以及喜綬殿—籤寶殿—御選殿—祥憩殿—南柯殿的順序，分占裡外二環。而這四區，又合稱為內籠。

其中，之所以要註明是地殿入口的原因，是因為地殿的本體並不在地上，而是位於籠庭地下。更精準來說，是橫跨了整個內籠區域的大小。

要通往地殿，便必須經過地殿入口設置的階梯，往下走才能抵達。

我跟在畔兒與樨臣身後，小心地一步步踏下乾冷的石階。

「哇啊……」

雖然之前不是沒來過地殿，但現在的我一看到地殿全景，還是忍不住敬畏地發出嘆息。

珠罽牢的六道主要奈河支流都在地殿匯聚，流進來的河水瀰漫在高凸而起的卍字形石臺之間。因水幾乎不流動，地殿的光線又僅靠數盞夜燈維繫，使得奈河的水面看上去，像是鑲嵌在地殿地板中間的靜止黑璃一般。

殿中央，森嚴像是瀑布般的垂直水柱直通地上的大水池。

半空中，凝脂白玉般的渾圓乳白亙玉漂浮在地殿內部，上下左右，猶如繁浩星辰。每一顆亙玉裡，都透著微隱的黑影，如同日晷般緩緩轉動。

「久候三位義人大駕。」

已等在殿內的地殿判官焉火見到我們，躬身行禮。畔兒與樨臣各自回禮，隨即，眾人的目光落到了遲遲沒有動作的我身上。

「啊，失禮了。」

發現自己的失態，慢半拍的我慌慌張張跟著彎腰。

見狀，畔兒不禁苦笑，樨臣則闔眸發出一聲幾乎聽不見的輕嘆。

「對、對不起……」我支吾。

然而正值壯年的地殿判官僅是不以為忤地沉穩垂目。

「不會。受義人既是新手，出錯也是在所難免。那麼，請三位義人火速開始進行鎖玉之陣，靈騷的狀況越來越嚴重了。」

「啊，是的。」

我垂首應允，正要轉頭聽取畔兒的指示時，來自焉火背後，一道倒抽涼氣的聲音吸去我的注意。

「——沒搞錯？塚系的人要幫忙擺鎖玉之陣？」

「喂，真的不會出問題嗎？那個塚系可是把我們籠庭搞得人仰馬翻耶！」

「就是嘛。上頭的人在想什麼，竟然把這麼重要的職責交付給一個不知是不是間諜的傢伙……」

我僵硬了。

停在原地，筆墨難以言喻的尷尬在我臉上熱辣辣地擴散開來。我杵在畔兒與樨臣之間，不知道自己是該繼續待在這裡，還是轉身逃出地殿會比較好。

「噤聲。」

就在這時，地殿判官堅毅的嗓音及時響起。焉火轉身，代替了我，用責備的目光掃過手下心虛的地殿獄卒：

「五義人為了籠庭鞠躬盡瘁，不容汝等輕蔑視之。」

「可、可是，判官，那女孩是塚臥季的妹妹……」

「正是。既然你們都記得這點，那麼想必你們也都記得，在塚之亂之前，塚臥季是位多麼出色的義人的這件事。事實上，你們之中，還有不少人是被他所救，現在才還能站在這裡的吧？」

焉火的質問平靜卻強烈。那些對我投以不信任目光的地殿獄卒們，在判官公正的視線之前，也只能紛紛將他們帶有疑慮的眼低了下去。

「我相信，身為臥季公子的庶妹，幽冥姑娘也必然有著足以擔當義人一職的能力。」焉火微頓，中規中矩的語氣中不帶任何刻意的戲劇感，反而更為有力地打入人心：「同樣，我也信任選擇她的則先生與曹公子。這是作為地殿判官的我的判斷。有人有異議嗎？」

他問。無人出聲。

「很好。」

焉火頷首低聲說道。他伸出手，示意讓路與我先行。我卻有點不知所措。

「那個，我……」

「受人點滴，湧泉以報。我只是做我該做的。塚姑娘，妳也只要做妳該做的就行了。」焉火平淡說著。

「閒言閒語，毋須太過介意。」

耿直的地殿判官，向來是少數籠庭中對我不帶偏見的人之一。

「……是的，我會銘記在心。」

低聲說完，我充滿感激地對他一個小幅度俯身後，才快步追上在前方等待我的兩位同僚。

「幽冥。」

向會合的我打聲招呼後，畔兒先是面帶不忍地凝望著半空中的白球玉，閉了閉眼，而後轉將視線投於我與樨臣身上。

「開始吧。」他說。

「……就位。」

樨臣淡淡提醒我，我連忙應了聲，快步走到自己的位置。

將所有的亙玉都算進距離之內，我們三人分別站於地殿三個不同方向之角，拉成一個半菱陣式。居主位的自然是資歷在我們之中居冠的畔兒。

只見畔兒示意地舉起手臂。

我與樨臣遵照指示，各自拿出了檀弓與檀鈴，畔兒也將九連檀環並於手中，拈起二指。

頓時，一道柔和的木質金光自畔兒的九連環發出，同時往左右兩邊奔馳，抵達樨臣的弓與我的鈴，再以相等速度，將弓鈴兩個端點連起。

見到陣式已完成，畔兒輕斥一聲，三樣法寶各自自主浮起，三線互相連結的金光則往線內擴張，融合成為一片巨大的半菱金毯，流光燦瑩逼人。

畔兒，樨臣，與我三人一同用掌結印。

「起！」

畔兒喊，三法寶所圈起交織而出的金光便以驚人的氣勢往上浮射，猶如巨大簾幔一般，將殿內所有亙玉一律包覆，玉內黑影強烈振動，像是某些欲撲翅飛去卻不得夙願的籠中雀。

那振動經由無形的連繫傳到我的指尖。我咬著唇，用更大的力氣與那振動搏鬥，一小滴汗水由我的額際滑下。彼此隔的距離太遠，我看不清樨臣與畔兒，但他們兩人的情況應該也跟我差不多。

那股振動又垂死掙扎地持續了一會。

而後，光散去了。

我們連忙各自檢查鄰近亙玉的情況，只見大部分的亙玉都已經恢復原本潤潔清白的模樣，僅有少數還能看到一點點的黑影透出。這代表著，絕大多數的死魂已經重新進入輪罌粟的共眠狀態。

畔兒吁了口氣，收起九連環，朝殿中央走回來。樨臣與我也都各自收回法寶。

「幸好，靈騷的情況沒有太惡化。」畔兒首先欣慰道。

「阿修羅道惡化的程度最為嚴重。」樨臣細看幾顆亙玉，蹙眉：「如果我沒記錯，那流域的反珠勢力也是最興盛的吧？」

「嗯，實地走一趟調查比較保險。」畔兒審慎地望向我：「幽冥，等拂梢癒後，能麻煩妳們兩位去嗎？」

五義人中目前資歷最深的雖是晴，但由於東方系的義人戰力最強，也最常與無常殿搭配出任務，因此常常不在籠庭內。相對之下，資歷第二深的畔兒待在籠庭的時間長，個性又穩重識大體，不知不覺之中，變成五義人中最後下決定的人物。

樨臣進籠庭的時間雖僅比畔兒晚了一點點，但自從這兩人在數年前，聯手平定籠庭一場內亂後，彼此之間似乎建立了某種不可言喻的默契，所以也不會有搶奪權力的隱憂。

「啊，好的。」我當下點點頭。「不過……應該調查什麼才好？」

「自然是水燈與死亡的居民人數。」樨臣在旁淡淡說明：「知道確切數字，歸天殿才有辦法算出實際需要的亙玉數量，看現況是不是還要增加。」

「咦？」我愣怔：「亙玉的數量是能增減的嗎？」

「一開始既是陰陽殿做的，當然能再做……妳是認真問這件事嗎？」饒是櫂臣，此刻也不得有些傻眼地注視我：「……莫非妳連亙玉的本質是什麼也忘記了？塚家的人不是先教導過妳相關知識後，才把妳送進籠庭裡來的？」

「聽是聽過，但一時間細節記不得……」看到櫂臣無言地皺起眉，原本心虛的我越趨心慌：「抱……抱歉，是我太不中用了。我現在馬上去南柯殿查清楚——」

「……老是那麼容易退縮不好喔，會看不清重要的東西的。」

一隻小手及時拉住了想離開的我，畔兒先是安撫地對我綻出一個微笑，再將略帶責備的目光朝櫂臣投去：

「櫂臣也是，別對幽冥太過嚴苛。她之前失憶，又才剛來籠庭沒多久，會出些紕漏也是在所難免。」

畔兒說得在情在理，我羞愧地低下頭。櫂臣則輕嘆了聲，撇開頭看另外一個方向，冰色的髮絲如水滑落。拜託，偶而也讓曹畔有不識大體的時候吧。他小聲嘀咕。

「……」

裝作沒聽見櫂臣的喃喃抱怨，畔兒充當夫子跟我解釋：

「亙玉是模仿雞鳴珠而做的……啊，雞鳴珠是珠罌神用來暫時拘魂的法寶。」

見到我露出困惑神情，畔兒進一步說明：

「在珠罌神還掌管地上時，偶而會出現有人明明大限未屆，卻因某些意外而使魂魄擅自離體的情況。這些未達生死關的魂魄照理是不許進入輪迴的，但也不能放祂們在外頭晃蕩。因此，神就會將那些飄蕩在外的魂魄暫時收進雞鳴珠，等到時機成熟，再將那些魂魄放回原本的軀殼裡。」

不過，在珠罌神死的那日，雞鳴珠也跟著不見了。畔兒補充道。

「那現在的亙玉……」

「是依據人們心中殘存的記憶而勉強仿製出來的。」畔兒仰頭望著殿內四處飄浮的白脂玉球：「誰叫神給我們人類殺了呢。」

我冷不防顫慄了一下。

「啊，我們還是趕緊出去吧。」注意到我在發抖，畔兒連忙建議：「地下溼氣重，待久了說不得會寒出病來。反正鎖玉陣也擺完了。」

語罷，無異議的樨臣與我連同畔兒，三人一同離開潮濕陰暗的地殿。

書室中，線香在盤中靜靜裊繞。

遠古之初，眾神歸天，獨遺珠罌一神與其五屬神於地上。珠罌建輪迴，定生死，所治之處，人間俱不井然繁華，蔚稱珠罌牢。然珠罌之律甚嚴，百姓愛生之心難息，遂起叛念。神側孟婆憂而進言，然神……

這些都是我很熟悉，甚至默背到滾瓜爛熟地步的段落了。我跳翻過幾頁，接著從醒目的「罪弒」這一條目下面繼續看下去。

罪弒，指人謀刺珠罌神得成一事。既時，神除孟婆，尚有五瘟官侍其左右，散布死瘟，輔其拘魂。然五瘟官身在血榭，心暗憫民，遂犧牲自投於井。五鬼門因而洞戶大開，逆民一舉衝破血榭攻之。神逝，後人感念五瘟官恩德，尊五義人……

這段也不是我想找的。我又心急地快翻數頁，出現在我眼前的換成是關於羔戮的篇章。

神肉身撕裂而亡，血濺在場諸人，千洗不去。並詛曰：「爾等染我血者當為羔戮，至爾等死絕，還血之日，余將重臨地上。」咒畢，神死，罌粟花凋，但人之大限仍存。輪迴喪，死魂無所依歸，墜化謫仙屠躪同族，而被屠者復化謫仙又為屠人者，周而復始。故人間生靈塗炭，血積頹池。羔戮連禍尤深，罪弒十年，盡數於謫仙之手殞矣；唯茨家么子倖存，年方十六。

懼血詛成，神將返仇於世。眾人決傾群力，維殘存羔戮之安續。遂設籠庭十殿，結羔戮與罌粟，以奈河水燈為引，領徊魂入亙玉，將之凝眠。且另將羔戮繫生之五蘊，色受想行識，分封五義家系。五瘟官系雖已失神格，仍保降魂之能。由其後人擔羔之生死，戍衛籠庭，則羔戮不老不死矣。此云箱玉之術，取亙玉之魂為玉，羔戮為守其之箱。亦若羔戮為玉，五義人為守其之箱之義。

施箱玉術，珠罌牢縮至水燈引魂之奈河六道流域，序為地獄道、畜生道、餓鬼道、阿修羅道、人道、天道……

在此頁則多附了一篇功轉殿所添舉的義人列記。

五瘟官，本乃珠罌神之五屬神。為憫人而叛神，投井而亡。五瘟官與人有子，其子雖有神力，仍屬人格。其後代又稱五義人系，記如下：鍾系，法寶檀扇，主色。現任義人鍾拂梢，現年十五。塚系，法寶檀鈴，主受。現任義人塚幽冥，現年十六。烏系，法寶檀弓，主想。現任義人烏樨臣，現年十七。東方系，法寶檀墨，主行。現任義人東方晴，現年十九。曹系，法寶檀環，主識。現任義人曹畔，現年十三。

列記上，塚系義人的名諱已由臥季大哥換成我的，讓我不得不驚歎功轉殿辦事效率之快。

箱玉之術將色、受、想、行、識，等掌管羔戮肉身世界的五蘊律，交由單一義人，強制淨化、靜止羔戮生命。羔戮的意識則半埋葬沉眠於罌粟之下。五義人在殿時，籠庭的防禦近乎無懈可擊，無人傷得了羔戮。而羔戮的「生」也被降低至最低限度，本應會老化，腐朽的身體交由義人承業，由義人代替羔戮老化及死去。五義人候選全挑生命力旺盛的少年少女擔當，因為必須額外承擔羔戮五蘊的他們，壽命比平常人都短上許多，其中大多早夭。由芳齡十九的晴在我們之中已是最年長者，可見一斑。

「奇怪，到底樨臣說的那段在哪裡……」

我百思不得其解地前後翻動書頁。就在此時，「啾！」除我之外空無一人的書室內忽地竄出一個突兀聲響。我本能地愣了一下。

「啾！」又一聲。

第二次，總算聽出奇異聲響發自我足旁的蒲團。我戒慎恐懼地用手挪起蒲團，覷眼查看。

「啾啾！」

蒲團下，一窩萌黃的小雞，猶若鮮綻的春，此起彼落地以啾聲鳴和，以一種興高采烈的氣勢向我打著招呼。

完全沒預想到會出現這種場面，我石化般僵在原地。

「啊，妳在跟雞玩？」

清淨如水的問句在我背後冷不防響起，我嚇得頓時失手扔出手裡捲著的線書。輕薄的線冊飛過廂閣半空，恰好落在我背後剛進房門的少年頭頂。

「……繭！」

我接近失聲尖叫。

穿著寬大袍衣的白髮少年眨了眨玉色的瞳，動作有些緩慢，像是對我被嚇到的反應不太能理解。最後，他稍稍偏了偏頭，露出一抹無垢的微笑。

「是，我是繭。」

籠庭守護了四百年的箱中之玉，羔戮，此刻像是在跟我做初次見面打招呼一樣地略低下頸子，乖巧向我致意。透白的帶圓弧短髮也跟著窸窸窣窣往下垂落。

「啊、哪裡，您好。」

雖然實際上已見過面了，我仍是本能地回禮如儀。

而後，在抬起臉的瞬間，驚駭地發現我方才丟出的書冊仍蓋在繭的頭頂上。

我頓時嚇到聽見體內血液回流的聲響。

「那、那個，我不是故意要把書朝您丟過去……不、不對，應該先問您沒受傷嗎……不，也不對，羔戮根本不會受傷……啊啊，我到底在說什麼……」

我陷入了習以為常的大混亂中。

「得令，陰陽殿遂以雞鳴珠為源，模亙玉而置地殿……」

相對我的混亂，繭則是心平氣和地拿下頭上的書，順鬆的白色短髮隨著他的動作像盪圈般地往外滑開，劃出個半圓後，又貼回耳邊。過長的大片斜瀏海幾乎蓋住他一邊的眼睛：

「……啊，是《珠罌命冊》？」

同時，看到關鍵的那本書不在繭頭上後，我的混亂狀態也總算告一段落。

「……是，打、打擾了！」

在籠庭地位最崇高的羔戮面前，我重整旗鼓地立直身子，試圖解釋來意：

「我到南柯殿去，那兒的獄卒說命冊被借走了，而圍雲說我能自行進來中廂臺找沒關係，所以才……」

在籠庭裡，中廂臺是羔戮專用的區域，獄卒沒有圍雲或藺親自准許不能擅自闖入。五義人身分特殊，不在此限制之列，但仍事先報備較為適宜。

藺歪了一下頭。他綠色的眼瞳神祕晃動，像是有映照出我的身影，又像是沒有映照出來似的，難以看清。

「嗯。通常命冊是常年放在我這的。」

招手示意我重新坐下後，藺跟著在矮案另一側跪坐，邊說邊以令人擔心的笨拙手勢倒茶。

平常，這些雜事都是由身兼喜綬殿判官一職，同時也負責照料羔戮生活起居的圍雲代勞：

「除了我，其他人都不太讀這些舊東西。幽冥在找的，就是我剛才唸的那段？」

「……是。」我微一苦笑，對於羔戮與五義人間的感應習以為常：「先前被榍臣斥責了。我想是自己用心不夠，打算複習一下。」

約莫半年前，我在名為「塚之亂」的事件中身受重傷，連帶也失去了所有的記憶，至今沒有復甦的跡象。身為籠庭一員，目前的我是靠拚命硬記來彌補，但對這罪弒後的新珠罌牢的認識卻始終是半吊子。

「……圍雲不在這裡。」繭悠然環視廂房一圈，純淨的青蒼瞳孔最後對準了我：「妳知道她人在哪嗎？」

「呃，有修繕工事，圍雲以喜綬殿判官的身分去監工了……」我戰戰兢兢回答，使用的音量也比平常還要小：「她有請我向您轉告。」

「監工？」

繭略一傾頭，想了想。如曇雲般緩緩掠過山天的綺麗面容，而後像是雨後天晴般的亮了起來。

「啊，我有聽說，妳今天跟東方義人在諒茜堂外的花廊旁大打出手？那圍雲是派遣工匠去修被妳們破壞的樑柱囉？」

繭毫無心機地問。

「唔！」

心虛的我登時被熱茶嗆到，猛地咳出淚來。繭啊了聲，過來幫我拍著背，好不容易，我的呼吸才平順過來，但臉大概還是紅的。

「對、對不起，」我感到愧疚難言：「身為義人卻做出如此失序的行為——」

啾啾啾啾啾——

滿室亂跑的小雞也跟著吱吱喳喳鳴叫，不費吹灰之力掩過我微弱的道歉聲。

「耶……」

雞鳴來得突然，容易受到驚嚇的我也跟著跳了起來，有一隻莽撞的小雞眼看就要被我飛落的袖角掃到，啾地急叫了聲。

下個剎那，兩根碧綠的罌粟藤蔓分別纏住我的腰身與小雞身體，朝相反方向帶開。還來不及眨眼，罌粟藤便已輕柔將我放下，讓我在書房地板立定站好。而一直啾啾鳴叫，似乎搞不清楚東南西北的莽撞小雞，則被藺柔柔地用雙手捧起。

兩條完成任務的罌粟藤像是被飼養的寵物般親暱滑回藺的袖中。

「幸好，來得及呢。」

在錯愕的我面前，藺只是靜靜微笑說了這句。

「謝謝……呃，請問這些雞是……」

完全不懂前車之鑑為何物的其餘小雞們依舊在我腳邊活蹦亂跳。我只好邊問邊手忙腳亂地避開牠們。

「祥憩殿養的，但常常會跑到我這兒來。」藺摸著掌心黃絨絨的小生物：「因為神血的緣故。」

珠罌神被分屍時，鮮血狂濺，使得在場的所有人都沾到了弒神之血。而遭到背叛的神以血為咒詛，施下最後一個法術：一旦沾到神血，便會烙上無形的羔戮之印。而祂將用所有羔戮的命，去換祂的再臨。

當羔戮盡死，珠罌神便將復活。

最初，人們原本以為無神便無命數，為了迴避死亡才殺神。但在珠罌死後，人們卻痛悔地發覺他們依舊會死，肉體依舊會腐朽，唯一的差別是，缺失了輪迴，人們的死魂再也無處可去，僅能永恆飄徊在地上。而那種狀態超出人心智所能承受，便使得魂魄逐漸薄化成戴著雷同面具的謫仙。

珠罌乃蒼生之宿。即便墜為謫仙，出於本能，還是會無意識受到珠罌神的呼應而來。當珠罌神已不存這世上，謫仙們的目標便自然而然轉到因受血咒而體內帶有微量神血的羔戮身上。珠罌神便是料到謫仙將會因追尋神血，而對羔戮趕盡殺絕，才會下此毒咒的。同樣的，這也是為何在發展出箱玉之術前，僅僅十年間，羔戮會被屠殺到只剩一人的道理。

撇開這些，我純粹對繭的話感到不可置信。

「咦？這些雞是飼養的？」

在這個據說對珠罌牢很重要很偉大很神聖的籠庭？可是，沒聽籖寶殿提過籠庭的財政惡化到需要養雞來貼補啊……

「不是為了賺錢，而是黃翁的興趣。」繭放低手，讓絨黃的小雞從他掌中顫顫巍巍的走回屋外泥地：「因為沒有人提出異議，所以就養了。」
他口中的黃翁是籠庭十殿之中，執掌醫藥的祥憩殿判官。
「……是、是這樣啊。」我感到冷汗泌出。
就算沒有異議好了，難道只有我一個人覺得在籠庭裡養一群到處亂跑的小雞是很奇怪的事嗎……莫非這只是籤寶殿的藉口，其實籠庭還是很缺錢的……
「塚幽冥。」
藟的呼喚打斷了我關於雞和財政的思索。他叫人時習慣連名帶姓，小孩子般稚氣的口吻。
失去神力，籠庭的運作是靠羔戮與罌粟同化，才勉強維持住的。死魂雖無法輪迴，卻能藉罌粟鎮眠降痛之力，進入安息狀態，儲藏於籠庭殿內飄浮著的亙玉之中。
本來，死魂會經由罌粟反哺進入輪迴。但自神滅，與羔戮同化的罌粟最多僅能保持儲存的功能，且還不是絕對。謫仙的出沒，便是少數死魂執念過於強烈，無法順服奈河水燈的指引導致。總之，羔戮守護亙玉，而五義人守護羔戮，這套過渡的生死系統已在失去神的珠罌牢運行四百年了。
其中的關鍵便是身為最後的羔戮，同時也是罪弒現存的唯一目擊者的茨藟。
在剛進籠庭時，黔潤曾跟我解釋過箱玉之術對延長羔戮壽命的影響。

「用一句話來說呢，」黔潤揉著眉頭，似乎嫌麻煩的樣子：「不死的羔羊。」
「喔……」當時的我不是很能理解地應聲。
「這樣好了，」黔潤彈了下手指，黑眼灼灼：「妳已經見過繭了吧？」他問。
見我點頭，他滿意地續問：「妳覺得他歲數約莫多少？」
那時的我只匆匆見過繭一次而已，印象相對飄忽。
「呃，十……五？」我不確定地猜。
「到今日剛好滿四百一十六年又十三天，一天不少。」黔潤說。
「怎麼可能！」我霍然站起。
「——哎呀呀。」
對我激烈的反應眨了眨眼，黔潤僅是嘴角淺勾，整個人微微往後仰，一手支臉，另一手則隨意置於膝上：
「我說，羔戮的歲數是珠罌牢一般小孩也能倒背如流的常識喔。身為塚系後人的妳，反應會不會太大了？」
咦？
這麼說來，的確好像是……
我轉念一想，登時臉紅了，支支吾吾地坐回原位：

「對、對不起，我想我還沒唸到那部分……」

失憶之後，我要填補的記憶空缺實在多過我所能負荷的太多。

黔潤不在意地聳肩笑笑。

「那麼，就當是我替妳額外上了一課吧。」他坐直回身子：「我沒說錯，茨繭的確活了四百多年了。呃，大概是珠罌牢數一數二最老的人了吧？」

「但他的外表……」

完全就是清嫩的少年樣貌。

「軀殼中止老化現象了。」黔潤用雙手比劃出一個大箱子：「感謝箱玉之術。那小鬼看起來不總是一副少根筋，神遊太虛的模樣嗎？那是因為他的元神大半與罌粟共存進入沉眠。在他眼裡，我們這些活人應該跟南柯一夢很像吧。」

「……因為活了四百年的漫長時光，我們相對太過短暫？」

「唔——不知道。」黔潤皺起的臉猶如醃香菇般難以言喻：「我只是在想，那小鬼那樣也算活著嗎？」

我咦了一聲，而黔潤伸出兩隻手，一左一右，各自攤開。微微笑了，但瞳孔深處卻是搖晃著的光。

「這是活著。」

黔潤舉起左手，晃了晃。

「然後，這是不死。」

這般說完，黔潤這次晃了晃右手，長短不一的前髮滑過眼下。

「接下來，就是最重要的問題了。」黔潤啪地合起雙掌：「即使能如此地密合，即使幾乎完全長得一模一樣……但，我的左手，真的能等於我的右手嗎？」

他輕巧，然而極度慎重地問道。

當時的我掩住嘴，無法答出一字一句。

「塚幽冥？」

帶點困惑，繭又喚了我一遍，聲音顯得有些異樣的遙遠。我回神抬起頭，只見繭以及腳邊簇擁的小雞們，已走下低矮廡階，到了廂房外的庭院。

在庭院外，便是圍繞著整個中廂臺的大水池。

透過雲霞，潮濕的春日浸白了繭所佇立的草地，水綠綠的。與一身蒼青色的繭幾乎要融弭了兩者界線。

「到外面來吧。散步。我喜歡散步。」

繭半轉回頭，看見手足無措留在原地的我，露出微笑安靜地道。

以前，我在南柯殿第一次撞見繭時，繭也是如此。稍微停頓，注視著我，像是在思考什麼難解之謎，而後有點遲緩地啊了一聲，隨即露出不可思議的，宛若快消失的朝露一般的微笑。

——嚇我一跳，我以為除了我之外沒有人會來這裡。

站在南柯殿的偉岸壁畫前，繭那時如此對我說。

現在的微笑跟那時一模一樣。

我依言步出遮廊，帶點料峭寒意的空氣立刻爬上我裸露在襖裙外的雙腿。

建在大水池中心的中廂臺，與外面的廂房是靠五道竹橋連接。我在繭身後亦步亦趨，最終在某道懸浮池面的竹橋上停步。

微風掠過平靜池水徐徐吹來，清涼帶著襲人水香。

雙臂憑欄遠眺的我被舒宜的風吹得半眯起眼。不知道為什麼大水池沒有專屬名字啊，我喃喃道。

「有啊。」繭搖頭：「只不過，是珠罌神還在時的舊稱。」

現今的籠庭是依據當年珠罌神所居的血榭舊址改建而成。大水池又是輪罌粟的根部所在，就算是從遠古時代便流傳至今也不足為奇。

我不以為意地問繭是什麼名字。

「血池。」繭靜靜道。

枕著欄杆的我被這肅殺過頭的名稱驚得往後一靠，結結巴巴反問：「血……血池？為什麼取這麼可怕的名字？」

「這池子以前是紅色的。猶如鮮血一般的濃紅色，所以得名。」

我將視線投向底下明鎮如鏡的水面，無數深青色的藤蔓在底層交織重疊，如同沉眠的獸群一般蟄伏。

「可是……現在完全看不出來這水有顏色啊？」

「紅色來自輪罌粟花朵的冰紅色。」解釋的藺偏首：「珠罌神滅，罌粟花凋。自然池子的水也不會是紅色的了。我雖試圖與輪罌粟共生，也能讓死魂留在亙玉之中暫時沉睡，卻無法做到珠罌神所做的。」

我看向他，藺的面容平穩一如佛的睡顏，玉色的瞳像是能潤出水來。

「我無法讓輪罌粟開花，也無法令珠罌牢重回輪迴之中……沒有任何人能做得到。生死是人的籠，卻是屬於神的領域。」

「神？」

「珠罌神。」藺說：「被我們人類集體殺掉的，一切因果的化身。」

可是，即使珠罌神不在了，因果卻仍在持續累積。藺輕聲說。

「直到，人與神之間的因果被償還為止。」

他的語氣有些異樣，我不禁微微蹙起了眉，直覺下倉皇看了看四周，幸好沒人。

「……請不要說這類的話。」我有點緊張：「可能會被誤會是『反珠』的言論的。」

藺眼睫顫動了一下，朝我看來。

「……為什麼不可以說反珠的言論呢？」

他細聲問。沒有不平，沒有抗爭，單純感到疑惑的透明朦朧語調。

我一時語塞。

「為什麼不可以，這……反珠是籠庭的首要敵人，您更是反珠分子最欲除去的目標。即使您貴為羔戮，要是說出類似同情反珠的言論，被則先生聽見的話……」

則先生，全名東方則，是睛的同族親戚，也是少數以五義人系之後的身分，出任十殿判官的男人。可能也是因為如此，則先生對於維護大統與箱玉之術尤其執著。他執掌的，是負責五義人系事務的功轉殿，算是十殿判官之首。

而個性嚴厲的則先生，生平最痛恨的便是反珠。

一想到則先生不怒自威的臉，我就忍不住反射性蜷縮起身子。

「啊，妳又在害怕了呢。」

藺偏著半邊的首，靜靜不帶責備地說。

他向我緩慢跨出一步。而後，令我愕然地，將他的手指柔柔覆觸於我的額。舒服得像是貓被呵癢的觸感：

「妳最恐懼的是什麼，塚幽冥？」

「咦？」

「因為幽冥好像總是在害怕什麼。」藺稍稍歪頭：「是什麼呢？」

沉浮在血水染紅的河中的人們的歌舞。

我發了個抖，在藺的手指碰觸下不由自主閉起雙眼。輪罌粟的催眠力量令身為生物的我無法抵抗。

「……死亡。」我據實以告。

「死亡？」藺問。

「我怕……我無法盡到五義人的職責，無法保護羔戮——無法阻止珠罌神的復仇。」

到時珠罌牢就真的會血流成河了。只要一想到當時發生在塚系的悲劇將在籠庭重演，我就不由得渾身戰慄，整個人被一股類似強烈懼意的情緒所攫獲。

原來如此啊，藺輕聲道。

「可是，一旦珠罌神回來了，輪罌粟之花便會再度於奈河水中綻放了喔。在輪迴中，我們不會真正死去。」

「我不懂您的意思……」我困惑地睜大雙眼。

「在無限的輪迴中，我們無限的死去，也無限的活著。這就是珠罌。」

沒有什麼東西會真的消失。所以死去不算是死去。

「——有想見的人的話，」

藺的手徐緩收回，風吹起他柔潤如柳的髮端，純淨而不染一芥塵子的眼眸凝視著我：

「無論死了幾次，也一定會再見到對方的。就是這個意思。」

三弔　奈河血

「幽冥姑娘夜安。」

最後一組守夜的獄卒回到殿內，向我躬身。我慌張點頭回禮，目送前者離去。

已是子初之時，夜露深重，無聲的冷月高懸在籠庭前河一排輝煌的水燈上。接近月白的緗黃燈火，耀著闇濁而莫測高深的奈河。

大致巡了大殿內外一遍，確定無人逗留後，我躡步退回殿內，單手憑袖拂過半空。隨即，在原本空無一物的大氣中，浮現出某個散發著幽魅青銅金屬光澤的圓盤，形狀與門環類似。

鬼門環。

將無名指貼近唇邊，我稍微猶豫了下後，狠下心來用力一咬。

「唔……」

指頭小顆的血珠滲出，伴著令人蹙眉的細小麻痛，逐漸在我留下的齒印邊緣凝結。趁血未乾，我趕緊將自己的血滴在眼前的青銅門環上。

血很快被青銅吸滲進去，取而代之的是門環開始渾體通透出光，在盤正中央浮現出一個清晰的金邊「受」字。我復振袖，門環便如來時那般不留痕跡地消匿在空中。

完成自己的工作，我吁口短氣，掉頭走回籠庭。

籠庭的形狀是五邊形。最外圍一層，是五扇鬼門所在的五大殿，分由五名義人負責掌管。現在的我，已對關鬼門這件例行事很熟練了。不過，當初到底要不要讓我接任塚系義人一職，在籠庭十殿和其餘四系中，其實是倍受爭議的。持正反意見的人都有，爭論不休沒個定見，直到最後才決定由我的血統純正與否來判斷。

為了接受試驗，我獲准進入籠庭，由黔潤替我帶路。正當我們兩人在重殿中穿梭之際，迎面遇上了某個年輕女子走來。女子盛裝，及腰的墨綠長髮頂端抓了一綹盤起，點以大朵淺粉石蒜花，看上去華而冷豔。

一見到對方，走在我前頭的黔潤登時停步，畢恭畢敬欠身：「東方姑娘。您今日回來得要比平常早一些？」

「不過就是鎮殺一二隻不成氣候的謫仙，還能花上多久時間？」彷彿不悅黔潤看輕自己實力，年輕女子微皺著額間回答，同時注意到瑟縮躲在黔潤身後的我：「新來的獄卒嗎？我沒聽說御選殿近日有徵召新卒的計畫——」

「東方姑娘誤會了。」

黔潤不動聲色地將下意識想往後退的我拱到女子面前。

「容我介紹，這位是塚幽冥，預定的下任塚系義人。塚姑娘，妳眼前的這位便是現任行義人東方晴。」

事已至此，我只好硬著頭皮向晴致意。晴以露骨的輕蔑眼神瞧了我一眼。

「姓塚……那個專生懦夫的家系還沒從五義人中去除掉嗎？」

「唔！」

我不由得退怯，壁上銅鏡映出的臉色也不爭氣地發白。身旁的黔潤及時插入我與晴中間。

「東方姑娘，塚姑娘是妳未來的同僚。請自重。」

「那也得看對方有沒有這資格。」晴倨傲昂顎：「我聽則先生說過，她是前塚系家主的庶出子吧，換句話說，是塚臥季同父異母的妹妹。十殿難道不覺得這身世頗有可疑之處？」

「在先前無常殿的初步測試中，塚姑娘已經證明她能使役檀鈴，確實流著五瘟官系的血緣了。」黔潤說這話時，視線始終放低盯著地面，卻不減銳利：「再說，箱玉之術須聚齊五義人才能臻至完備。莫非東方姑娘有除了箱玉之術外，其他更能保護羔戮的方策？」

晴冷哼一聲。

「還不知道這女的是否真的就是受義人呢。固然能使檀鈴，也不代表就一定會被五鬼門承認。後者對血統的要求門檻可是比前者嚴多了。」

「正是如此。所以我們現在才要去證明這點。那麼，因為功轉殿判官應該已在等我們，令他久待未免過意不去，請恕我們先行失陪。」

黔潤以同樣的殷勤禮節再行欠身一次後，便自顧自地側身繞過臉色鐵青的晴身邊。落後的我匆匆向晴點了個頭，同樣從旁掠過。

黔潤個頭比我高出一截，導致我著實花了一些時間才追上他的步伐。

「對不起。」當我趕至與黔潤齊肩時，他微微苦笑向我說。「雖不懂為何，東方姑娘素來不喜歡我，卻無端連累塚姑娘了。」

當然，等我在籠庭生活一段時日後，慢慢就會曉得黔潤的遲鈍已到了人神共憤的程度。晴會氣得七竅生煙也不是沒有道理的。

遇見晴的插曲過後沒多久，我與黔潤抵達功轉殿。

為了讓籠庭及義人的汰換系統運作無虞而常設的監督行政組織——十殿，共分為功轉殿（掌管關於五義人的擇選汰換）、無常殿（主要戰力，協助五義人降魂）、陰陽殿（提供降魂相關道具，與五法寶的維護）、喜綬殿（掌管生活起居）、籤寶殿（財政收支）、御選殿（選拔各地人才進入十殿）、南柯殿（記載罪紞前後史實。保管所有的古籍、文獻、遺跡與骨董）、祥憩殿（醫療、針灸，與丹藥之術）、歸天殿（維持各地的箱玉之術，務求讓死魂能夠平安歸返回籠庭地殿的亙玉之內），以及地殿（亙玉放置之所）。另外，依殿管轄職責性質不同，各殿為首的判官之下配置人數不一的獄卒。

當時，功轉殿的兩名獄卒看見我們到來，便將封鎖入口的厚重對扇石拱門往外拉開。將黔潤留在殿外，我獨自進入石森清冷的功轉殿內，判官則先生已等在裡頭。

「恭候您多時了。」

向我稍一欠身後，則先生領我走進堂內深處。

擺在殿堂末端的是一座凸出地面的石造祭壇。壇上並無燭火，取而代之的，是五個謎樣的漆金支座。其中四架都是空的，惟有右邊數來第二個支座上，仍安插著某個色調古老的青銅盤，盤的邊緣雕著繁複的罌粟藤紋。

「這便是鬼門環，籠庭的出入口。平時無形無狀，隱於四方。」則先生向我介紹：「罪弒前，神將血榭入口分為五鬼門，交由五瘟官分別治理。當五鬼門同時關閉時，血榭對外界的通道一律斷絕，自成堡壘。籠庭也承繼了此項術轉，而鬼門則交由五瘟官後裔，也就是五義人來管理。承姑娘所見，如今，籠庭只有四扇鬼門是運作中的。自從前任塚系義人叛逃之後，無主鬼門便一直暫由吾等功轉殿代為保管至今。」

「……我該如何做？」我低聲，開門見山。

「請姑娘將自身的血滴在這扇門。它若認可您的血系，自會承認您為下一任義人。」則先生態度恭雅地自懷袖內抽出一把短刀，遞呈給我：「請。」

——自從前任塚系義人叛逃之後……

「叛逃」兩字的重擔將我的腳步不由自主往前推去。我怯弱地朝祭壇獨自走近幾步，壇上的青銅盤如花瓣散出朦朧流光。

背後則先生的視線如影隨形，盯著我每一個細小的動作。

畢竟還是無法安心吧。再怎麼說，我都是來自犯下了謀逆之罪的塚家，而且還是沒得選擇之下被推出的庶子。

我再往前了一步。

青銅盤面映出我的面貌，卻因質地及底色而有些失真。原本紫紅的髮色變成厚重赤朱，金色瞳孔也在青銅的光芒下顯得詭譎，蒼白的臉色，不像活人，倒像死者復返。

又想起了血泊中的人群。

我深深吸了一口氣，心一橫，手起刀落，用短刀在我手腕處劃出一道細細的口子。血流登時聚出，我平伸直左手臂，微側，讓血能毫無阻礙地垂直滴落在壇上的青銅盤。

一滴，滴答。二滴，滴答。

青銅盤開始起了變化。驚人的光亮自原本黯淡的盤中透了出來，整個銅盤變得如上好玉石般透明。盤中央，一個顯眼的「受」字浮現而出。我驚恐地往後退了一步，而重新復活的鬼門環則倏地騰空飛起，在半空中轉了五圈後，輪廓淡遁入四方空氣之中，再無蹤影，留我怔怔瞪視著眼前祭壇上的五個空蕩蕩的支座。

「賀祝您。」

那時，當下將我喚回神的是則先生公事公辦的謹肅嗓音。後者斂襟向錯愕的我抱拳行禮：

「自此刻起，您已正式被冊封為新的受義人了。」

這消息立刻傳遍籠庭，我就此以五義人一員的身分留下。至於與晴以外的三義人初次會面，又或是與繭的相遇，都是更後來的事了。

「守夜辛苦妳了。」

從大殿回到自己居殿的路上，恰巧遇見從陰陽殿方向過來的畔兒。他微笑向我致意，嬌小的個頭像是要被華麗的月夜凌駕過去。

考慮到人員出入的需要，以及籠庭整體的安全，平常五義人間會擇一輪流擔當開關鬼門之責。所有人由單一鬼門進出，最後再由值日義人關閉鬼門，藉此控制籠庭與外相連的區域。這樣一來，即使謫仙想進而攻之，籠庭方面也能迅速將兵力集中在唯一的鬼門附近防禦。

今晚是輪到我。

「哪裡……」我慌忙推辭，一邊注意到畔兒懷裡捧著滿滿物事，信箋、衣物、錦緞、玩器等等琳瑯滿目，應有盡有：「呃，這些是？」

畔兒注意到我的視線，帶笑地喔了一聲。

「是家裡送來的。」他說：「今天是曹系使者固定每月一次的探視日。其他四系也都類似不是嗎，幽冥應該也碰過吧？」

「唔……」

我不禁支吾其辭。

自進籠庭以來，我與塚系間幾乎是徹底地斷了音信，沒有任何家書或隻字片語捎來。事實上，人丁凋零的塚系，目前光是維持封地就自顧不暇了，應該也沒有心思指派使者來籠庭吧。

「——對不起，是我說話太欠思慮了。」

察覺到我為難的表情，畔兒自責地說。

「啊，不不，沒事的。」飛快搖手，我趕緊將不慎滲出的苦笑收斂起。

雖然我這麼說，畔兒似乎還是無法釋懷。他想想後，撚起一串藏夾在綢紗間的束髮結穗，突兀地遞給我。結穗編工精緻，烏黑的線珞配上金繩，尾端結著細小的透明碎玉，猶如晶瑩的草葉之露。

我不解其意地回望他。

「這個，」畔兒說：「請收下，當作我失言的賠禮。」

我吃驚地瞠大雙眼。「可是，這是你的族人專程帶給你的禮物……」

「不打緊的。」畔兒一笑，大概是剛沐浴過，他的茶髮沒有束髻，而是隨意垂散下來：「而且，這繩子跟幽冥的眼睛顏色一樣，應該很相配才是。」

「但我是塚系的人……」我遲疑。

半年前的塚之亂對許多人來說都是記憶彌新。雖不像塚系幾近滅門，但曹系的人應該也有不少死於那場亂鬥中。要是知道畔兒將他們的禮品轉送給等同是敵人陣營的我……

「我說沒關係就真的沒關係。」

畔兒出乎意料地堅持。

「塚系是塚系，幽冥是幽冥……而且，塚之亂我們也不是完全沒有錯。」

「咦？」

我愕然地看著語出驚人的畔兒。但他似乎是認真的。

「以前，在塚之亂還沒發生之前，我曾經見過幽冥一次。」

畔兒說完，看見我困窘的神情，隨即笑了起來。「沒關係的，我曉得現在的幽冥已經不記得這件事了。不過，我真的非常印象深刻唷，對那時的幽冥。」

我嚥了口唾液，突然感到喉嚨乾啞難耐。

「……以前的我，是什麼樣的？」

「嗯，外貌上完全沒變。如果幽冥是想知道這個的話。」畔兒嘴角稍稍上揚：「猶如瑪瑙的紫紅頭髮，會隱隱發光的暗金瞳孔，或者是在髮側繫著黑繩珞的習慣，都一模一樣。真的比起來，與其說是美麗，幽冥更偏向可愛纖細的類型呢。與冷豔的晴，或是俏麗的拂梢，都有很大的不同。」

這跟五義人系的特質本身也有關吧，畔兒說。

統領五系，使命強烈的東方。

率性卻眷戀世間的鍾。

纖細敏感的塚。

孤高不與人近的烏。

世故睿智的曹。

「可是，幽冥的確改變了唷。就算外貌一模一樣，但只要看一眼，就能知曉現在的幽冥，與過去那個幽冥，是不一樣的。」

那時的妳，單手持劍，纖細的身體像是有不可侵犯的意志一樣，站得直挺挺的。雖然說話不多，但一雙金瞳中的凜冽氣息，卻足以讓人肅然倒退數步。

畔兒道。

「所以，當我看見為了成為義人來到籠庭的妳時，真的嚇了一跳。」

膽小且怯弱。

就像是不同的人一樣。

「現在想想，這也是理所當然的事。」畔兒的眼神放軟，飄向稍遠的長廊盡頭：「畢竟，經歷了那樣恐怖的亂事，不會改變的人反而比較奇怪吧。」

我噤聲。

「所以，我們並不是沒有錯啊。」

畔兒一貫柔和的聲音低低響起。

「塚之亂固然是臥季哥引起的，卻也不能說我們其餘四系及十殿就沒有責任。就像幽冥總是對我們感到愧疚一樣，我對幽冥及其他塚系人也是一樣的。再說，我並不真的認為臥季哥有那麼不容饒恕。」

我訝異地望向嬌小的少年。

「請不要誤解。我並不是說我贊同臥季哥的作為，也不是說我會跟他做出一樣的事。只是……」畔兒停頓了一下，而後垂低眼光：「只是，我覺得，沒親身當過義人的人是不會理解的。那種確切曉得自己在耗損既定生命給另一個人的絕望感覺……那真的，很恐怖。」

義人的生命，是屬於羔戮及珠罌牢的。

畔兒沒有明說，但我也知道他指的是這個。

「所以，在那種恐怖感的壓迫之下，即使臥季哥最後選擇拋棄義人身分，背叛籠庭，我也還是覺得那是可以被理解的。」畔兒輕道：「……並且，除了同樣身為五義人的我們之外，沒有外人可以置喙的餘地。」

畢竟，在選擇我們成為義人的時間點上，整個珠罌牢的人就已經先背叛我們了。

他說。

而我想起睛提起臥季大哥時，總是恨恨啐句「懦夫！」的神情。

因為是被等於同伴的人背棄，才會比被敵人刺了一劍更痛更恨嗎？

「不知道……樨臣與拂梢是怎麼想的呢。」我低語。

畔兒搖了搖頭。

「我也不清楚。我們之間很少提起這個話題。不過……幽冥大概是特別的呢。」

「耶？」

見到我面露疑惑，個頭嬌小的少年只是柔柔微笑。

「我們義人大抵啊，都或多或少認為是這個世界對不起我們。只有幽冥，老是像對這個世界感到愧疚的模樣，所以才一直動不動就在道歉啊。」

他說。

我還想說什麼，畔兒的手卻已趁我不備，敏捷地將結穗綁上我的髮側，柔悅一笑：「好了，幽冥果然適合。」

「…………」

為什麼同是義人，我的動作卻這麼遲緩呢？自己不禁想低下頭好好反省一番。

「……對不起。」

我到最後還是只能迸出這句。

見到我這麼沮喪，畔兒噗哧笑了起來。

「真的不用在意。」他安慰我：「我本來就打算把禮物分送給籠庭的大家，幽冥的份只是先給而已。」

「分送？」我的好奇心被勾了起來：「為什麼？」

「嗯——」畔兒收起笑容，轉回頭與我並肩走在夜風垂拂的涼廊上：「反正在自己房裡堆著，看了也只是徒生鬱悶罷了。」

我遲疑了一下。

「……如果是太難整理的話，跟圍雲說一聲，喜綬殿應該就會派人來幫忙了呀？」

我是還好。但嗜讀書的樨臣房裡常會發生書堆崩塌砸人的慘劇，通常都是靠喜綬殿的獄卒清理善後的。晴跟拂梢也不擅打理房間，因此喜綬殿會派人在月底固定掃除。據黔潤說，五義

人大多都是由嫡生子女接位，素日在家嬌生慣養，因此這種情況可說是司空見慣。

「咦？啊，不是那樣的。」畔兒失笑：「是因為覺得自己好像被這些禮物收買了一樣。」

我親娘，是自戕而亡的——畔兒說。

震驚的我止步，瞠目望向畔兒。

「是真的。」畔兒露出微笑，往前走的步履依然雲淡風輕：「當時我已經來籠庭了，所以不曉得詳細情況。但似乎是因為太過思念我的緣故……我娘本就是個很敏感又異常執著的人，我接下識義人時她也是極力反對……大概就是因為如此，才會連在死後，都會因執念太深而化為謫仙吧。」

我微不可察地壓下身體本能的顫慄。

「令堂……沒有接受水燈引路嗎？」

畔兒輕輕嗯了一聲，肯定我的問題。

「在我娘呼吸停止的瞬間，芙蓉面具便覆現在臉上了，簡直就像是她有意識地徹底拒絕水燈的歸引一般………」畔兒輕柔地垂了下肩：「這些，是我爹寫信告訴我的。」

「那，謫仙呢？」我小聲問。

「——我求樨臣代我鎮殺她了。」

雖明知個人私情不該影響到五義人的職責，但我自己實在是下不了手。畔兒道。

「可是，即使如此，我並不責怪自己。」畔兒平靜地微搖了搖首：「因為我自認從頭到尾沒有犯錯……我只是運氣不好，被賣到籠庭裡關著出不去而已。」

默不吭聲跟在畔兒身邊踱步的我，在聆聽他說話的過程中，不知不覺將眼光投往庭園對端的高聳宮牆。春月的水滴一點一點，濡濕了朱紅古垣。為了珠罌牢的生，而充滿著珠罌牢的死的場所。

悠久的時間。

「逃不出去的喔。」畔兒突而說道，話語如箭，猶如看穿我此刻的心思一般。他看著我，一貫早慧而哀愁的淺笑：「籠庭滴水不漏，沒有誰能逃得出去的。」

生死的籠，我們之中，沒有人能逃得出去。

畔兒說著，他的聲音過於平靜到令人心碎的錯覺。

塚之亂。

起因於塚系家主之子，出任受義人一職的塚臥季，懼怕義人所帶來的必然夭折，以及無數鎮殺謫仙的兇險，遂不告而別，擅自逃返位於餓鬼道的塚系封地。

籠庭得知此事後，刻不容緩派遣十殿精銳，在其餘四系的奧援下，領軍攻打叛變塚系，雙方在奈河水邊正式開戰。塚系雖人人奮不顧身力抗強敵，但在十殿壓倒性的戰力下，仍是血腥慘敗。亂事平定，塚氏一系則在雙方激烈交戰中，死傷慘重，盡乎凋零，其中也包括臥季在內的全數嫡系子嗣。在無可奈何之下，無常殿判官黔潤，迎回塚系僥倖存活下來的家主庶女，作為下任義人候補。

以上這些事情，都是娘後來轉述給我聽的。我自己雖是當事人之一，卻對事發經過沒有任何殘餘印象。

我完完全全忘了。

自己的事，娘的事，臥季大哥的事，塚系的事，珠罌牢的事。我沒有一件想得起來。就像是一個初來乍到這世界的無知嬰兒一般，手足無措。

據娘說，塚之亂時，身為塚家一員的我在隨母親等女眷避難的過程中，意外被領兵追擊而來的黔潤一劍刺成重傷，就此陷入昏迷，連記憶也一併喪失了。而我所有稱得上清晰的記憶，都是從叛亂平定後，重傷的我躺了三天三夜，終於在自己房間內睜眼醒來那時開始。

「呀，妳終於醒了。」

松與雪花的天井。

我將視線從上空轉回，發現第一個飄進我惺忪意識的輕快嗓音，來自盤腿坐在我榻邊的不認識的年輕人。

青年略大上我五六歲，清爽的眉目，長短不齊的黑髮尤其令人印象深刻。青年的闐黑眼眸閃爍著忽遠忽近的光芒。

怕。

我在惶恐中縮起身軀，卻因傷口劇烈抽痛而差點昏厥過去。

「別。」

發覺到我痛楚的喘息，那個年輕人的手立刻像撫慰淋水子犬般，略使力將我壓回被上，不讓我再亂動。

「妳的傷已請祥憩殿的醫官診查過了，再過半個多月就會完全痊癒。」他輕柔地說，像是奈河水潺潺流過的船唄：「妳記得妳自己的名字嗎？」

「名字？……我……不曉得……」我吃力搖著頭，痛得快要無法呼吸：「不曉得……我……是誰？」

當時，我唯一能辨認出的是恐懼。

除了這個情緒之外，我體內沒有其他的東西。空洞得嚇人。

是嗎。那年輕人聽見我的回答，幽幽輕道了聲。

壓住我的手變得稍微溫柔了些。

「……對不起。」他喃喃道歉。「……我沒預料到會演變成這樣。」

不懂年輕人在說什麼，我只能困惑地回瞪著他。

「失憶啊……」年輕人輕聲自言自語，困擾與罪惡感交互籠罩那張本應輕快的面容：「……這對妳而言，不知道該算是好事還是壞事呢……」

那是連自己都無法確信般的語調。

「對不起，那個，你……是我認識的人嗎？」

我從混沌的腦中擠出這句反問。那年輕人先是怔忡，思索了一下後，才帶著難以釋懷的意味苦笑：

「認識的人……？應該算是吧。」

「算是？」

我因這個完全無法帶給人信賴感的答案蹙起眉。

見到我的表情，那年輕人的笑意咧深了。

「別生氣別生氣。雖然外表上可能看不太出來，但我現在的心情可是跟妳一樣混亂。事實上，像這樣若無其事坐在這跟妳講話，對我而言就已經很吃力了。」

我訝然地看向他。後者態度自然地對我眨眨眼。

「所以，並不是刻意想敷衍妳才這麼說的。不過，現在的我也沒有餘力做出能讓妳滿意的解釋。這樣，妳可以接受嗎？」

徵詢我意見的年輕人表情輕佻，眼神卻是驚人的真切。

「…………」

於是我默默點了點頭。

「很好。那既然我們已有共識，在我的腦子整理出妳可以接受的答案之前，妳先再睡一下吧。醫官叮嚀妳必須多休息才行。」

年輕人不由分說地將被褥拉蓋上與我的肩齊平的位置，微笑一閃一閃。

「現在，睡覺睡覺。」

「…………」

總覺得自己好像完全被牽著走一樣，但沒有反抗的力氣也是真的。

我乖乖依言躺好，或許是藥效的功用，睡意很快朝我襲來。

「——等妳康復，就以五義人的身分來籠庭吧。」

始終坐在我的榻邊，那年輕人突地道。

我吃力地眨了眨眼。傷勢帶來的深層疲勞開始侵入我的意識，我模模糊糊地反問：

「……籠……庭……？」

「嗯。籠庭。血榭。」

年輕人的聲音到最後如軟語呢喃，我逐漸聽不清，也追不上他話語的涵義，只來得及抓到最後一句。

「——那是，屬於妳的地方。」

而我再次昏睡了過去。

等我康復總共花了約莫兩個月的時間。

身體上的傷勢的確一如當初年輕人告知的，過了半個多月就癒合了。但失去記憶所產生的缺口，則需花上更多時間來填補。直到兩個月後，我才總算對「塚幽冥」這個人，及其名所代表的所有事物，有了能跟他人對話也不覺得太突兀的基本認識。

但我的記憶始終沒有回復。

一確定我痊癒後，籠庭立刻派使者來催我上路。而戰事過後，苟延殘喘的塚系其實沒有剩下太多選擇。我答應到籠庭去。當我向十殿使者表達意願時，在一旁的娘也只是默默順服地垂下眼角，什麼都沒多說。

「明日就要啟程了，行囊都收拾得差不多了嗎？」

臨行前夕，我正忙著做最後準備，背後房門處有人開口問道。我回頭，映見一張清爽臉龐正對我微笑。

「……黔潤大人。」我怯怯回禮。

在我康復得差不多後，當時陪在我病榻旁的年輕人才自我介紹，說自己正是無常殿的判官黔潤，同時也是這次平亂的主要十殿負責人。

「咦，行李就這麼一點啊？」悠哉晃進房內，黔潤不可置信地環顧我清空的房間：「妳這一去，很有可能就不會再回來了喔，妳應該也知道吧。」

「因為籠庭來信說會準備必要的用品，要我盡量輕便……」我小聲解釋：「而且我本來就沒什麼身外之物……」

我說得委婉，而黔潤總算想到地啊啊了一聲。

「說得也是……因為是庶生子嘛。」

「是的。」我微微苦笑以對。

但同時也因為是庶子，才得以在這場狂潮中活了下來。

與橫死在十殿劍下的異母手足們相較，我已經沒有感到不滿的立場了。即使是對最初掀起這場戰火的臥季大哥也是。

臥季大哥愛惜著自己的生命。

所以怕死。

這應是一體兩面的邏輯，清楚得猶如奈河底部綿延的輪罌粟花莖。沒有什麼好質疑的，沒有什麼好推卸的。應該如此才對。

臥季大哥不能算是罪人。我也同樣恐懼死亡，誰都是。自己一旦死去，懷中的世界肉身也會跟著腐朽無法運轉下去吧。只要一想到這點，自然而然，會為此深深恐懼著。

可是人們對愛生抱持敬意，卻對怕死輕蔑置之。

我無法明瞭其中的差別。

「啊，對了……我還尚未向您表達感謝之意。」

我向黔潤小幅度地揖身一禮：

「聽說是您將全身濕漉，失去意識的我從河中撈起，抱回塚家治療的……多謝您的救命之恩。」

「妳當真要跟我道謝？」黔潤的黑眼透著意外：「我可是將妳刺成重傷失憶，害妳家破人亡的罪魁禍首喔。」

「……是，娘有跟我提過了。」

黔潤不能理解地轉了轉眼珠子：「那為什麼？」

「我認為是……兩回事。」被黔潤凝視得稍稍不自在，我垂下視線：「您殺害我的族人，與您救了我，是兩回事。我是針對後者向您道謝。」
「但不代表就能將前者一筆勾銷，是嗎？」
黔潤笑了，明明是淒寒的臘冬，僅著薄衣的他卻毫不覺得冷似的。
「妳意外的是賞罰嚴明的人呢……不，或許也不能說是意外吧。」
說著，他撫著喉嚨輕咳了幾聲，蹙了下眉頭。
黔潤動不動就會咳嗽。怕是染上風寒，娘之前派丫鬟上前關心過，但被推說是老毛病給擋回來了。如今我再問了一次，只見黔潤的眉頭蹙得更緊了些，左右搖手。
「真的是很多年的老毛病了，拜託別讓祥憩殿的人知道。」
「可是……」我猶豫。
「拜託姑娘了。」止住咳，黔潤一臉苦相：「否則那群大題小作的醫官們，鐵定會煎上一堆苦得要命的藥茶逼我喝下肚。啊啊，熱得都出汗了。不好意思，我先回房梳洗。明天一早，我會來接姑娘。」
「那個，請暫留步——」
出於某種下意識的衝動，我拉住作勢欲離開的黔潤：
「請問……假如我臨時反悔逃跑了的話呢？籠庭會怎麼做？」
黔潤定定地注視著我一瞬，而後平靜答覆我的問題：

「什麼都不會做喔。如果妳是想問塚系下場的話。」

「咦……」

「如果妳不當義人，羔戮就遲早會死，就算不是被謫仙殺死，至少也會自然老化而死。而羔戮死了，珠罌牢也會跟著毀滅。既然如此，再對塚系額外做什麼處罰都很多餘。」黔潤笑了笑：「難道姑娘不這麼覺得嗎？」

我無言。

「那麼，我先回房不打擾姑娘休息了，夜安。」

像是了解我的沉默，黔潤微微一笑，背對著我走出房門：

「還有，要逃跑就趁現在喔。等到進入籠庭，就一切都注定了。」

他的足音在小雪堆積的廊庭漸行漸遠。

「……為什麼我非得跟最弱的妳搭檔不可？」

拂梢的不滿非常明顯。

在她頭頂兩束豐厚的葵藍秀髮泉般垂下，蜿蜒的卷度像是同樣忿忿不平地跳動，連帶使髮下夾著的耳墜晃呀晃的。
我跟拂梢兩人正在巡視阿修羅道的途中。
「對、對不起，是我能力不足……」
我怯怯陪罪，但其實不太懂拂梢心情不好的原因是什麼。應該說，拂梢的脾氣本就不能算好，自從上次鎮殺時受傷後，更是比以往難以捉摸。
拂梢銀眸上揚。
「別動不動就道歉。妳真的是那個臥季的妹妹嗎？」
「其實我也不太確定，畢竟又記不……不，應該是，絕對是，請務必不要懷疑這點。」
被俏麗少女狠狠瞪著的我頓時很識相地改了說詞。
老實說，我已經不太清楚塚系義人在籠庭內的低下地位，是因為塚之亂還是我個人的因素造成的了。
「而且都出來籠庭了，竟然一名獄卒也沒帶……」
拂梢暴躁不減地嘟囔。我下意識解釋：
「啊，因為現在是白天，我猜謫仙不會出現——」
「要是出現了呢？」
「咦？」

「上次不就出現了嗎？在白天也能行動自如的謫仙。」拂梢心情很差地直指。

「啊！」

我這才後知後覺地想了起來，登時慌張為自己的疏忽道歉：「對、對不起，我忘了……」

「妳再跟我道歉一次，我就把妳五花大綁，從阿鼻塔頂端丟下去。」

「……耶耶耶耶？」

「當然是說笑的。但妳那個信以為真的驚駭眼神讓我很想付諸實行。我看我還是真的這麼做好了？」

「……是我誤會了，請千萬不要做出這種危險行為。」

聽到我低聲下氣的討饒，葵藍髮色的少女又賞我一記白眼，才嘟嘴轉開視線。

「受不了，妳讓人火大的功力簡直跟臥季那傢伙有得拚……」

正在偷偷擦冷汗的我一怔。

「臥季大哥？我跟臥季大哥像嗎？」

從來沒有人跟我這麼說過。

這次怔住的人是拂梢。

她微愣，想了一會，才低低回答：

「……不像。」

「一點都不？」

我越發困惑了。

剛才說我跟臥季大哥一樣容易激怒別人的，明明就是拂梢自己。

「是沒錯，但我沒說你們兩個令人生氣的是同一點吧。」

「也對……」

「撇開其餘不談，單就身為一名義人的能力而言，塚臥季是個出類拔萃的傢伙，而且他自身也很清楚這點。」拂梢略略低下臉，看向遠處。她的厚髮簾幕垂下，嗓音朦朧異常：「妳跟他，不管是個性或能力，都沒有絲毫足以相提並論的地方。」

談論著臥季大哥的拂梢神情有些陌生。

「……啊啊。」

閉上口，像是要甩開什麼似的，深呼吸後的拂梢忽然如此輕喊一聲，索性雙臂叉腰。

「可惡，縱然是曹畔的命令，還是令人很不爽。追根究柢，晴就算了，為什麼我非得被年紀比我小的小鬼使喚不可？」

「……」

「欸，妳想說籠庭內論的不是年紀而是資歷深淺吧？廢話，這點我當然也知道。」

「……不，我什麼都沒說……」

「陰陽殿也還沒查出上次的謫仙為何能不受陽光干擾……真是，盡是些煩人之事。」大傷初癒的拂梢步伐仍帶著不穩，左手習慣性扶在右手上保持平衡：「……我說，塚系的。」

少女突地掠起葵藍髮絲，銀眸回勾瞪我。

「是？」我愣愣回應。

「妳走得這麼慢，是想害我們天黑都還巡視不完呢？還是瞧不起我這個病人，刻意放慢腳步來配合我？」

「不不不不不是，絕對不是！」

被一語道破心中顧慮，想掩飾的我急急忙忙加快步伐，卻又差點撞上走在我前頭猝不及防停步的拂梢。

我連忙及時止住前衝之勢。

「拂梢？」我訝異出聲。

「……啊啊，又被破壞了。」

沒理會我，拂梢彎身，撿起隨著奈河水波載沉載浮的水燈碎布。看來這就是讓她陡然止足的原因：「曹畔料得果然不錯。」

「嗯，破壞得好嚴重……」

我輕聲附和。

遠遠環望周圍河域，只見本應整齊並排在河濱兩岸的水燈，近半已被人為破壞，原本的點狀引路光線也跟著潰不成道。

水燈是引導死魂，好讓後者沿著奈河進入籠庭地殿亙玉的重要裝置。平時由歸天殿負責管理，自然是嚴禁破壞的。

會不惜違反籠庭律法也要這麼做的只有……

「是反珠？」

我低問。拂梢點了點頭。

「大概。」

「果然嗎……」

我無奈地吁口氣。

阿修羅道本就是反珠勢力惡名昭彰的流域。

在罪弒後，因為沒有適當的替代輪迴的系統，十年間，幾乎人人死後都會轉成謫仙，反過來屠殺同類。原本的人口急數減少，即便是如今，珠罌牢也只剩下以奈河支流能抵之地區才有人居住。而在剩餘的遺民之中，有不少人當初並沒有參加，也對弒神的計畫不知情，卻得一併承擔失去輪迴的苦果，因而對理應負責的當權派傳承而下的籠庭心生不滿。更甚者，還祕密倡導著殺死羔戮，重歸輪迴秩序的反叛意圖。

這些分子，一概被十殿稱作反珠。

但說歸說，籠庭戒備森嚴，加上五義人與箱玉之術隨侍在側，反珠分子根本不可能碰到身為羔쮀的繭一根寒毛，只好藉偷偷摸摸破壞水燈來洩忿。至今，水燈的毀損也不是第一次發生。但這麼大規模的破壞行為仍屬少見，或者該算是對籠庭的公然挑釁了。

「負責引導的水燈殘缺成這樣子，待在地殿裡的亙玉當然會不安定……這些人還真是沒事找事做。」拂梢皺鼻：「改天派歸天殿的人過來，把附近的異議分子徹底清查一番，全抓起來好了。」

我聞言不禁遲疑。歸天殿的判官與則先生一樣，都是屬於鐵腕派的人物。

「那個，這樣會不會太輕舉妄動了……」

「不然還有其他辦法嗎？」

拂梢隨手將殘燈丟回奈河，用左手擰了擰自己涉水而濕的袍襬：

「水燈被破壞，箱玉之術的效力就會減弱，代表謫仙會跟著增多。妳知道那有多危險嗎？我可不想一天到晚賭上性命跟那些白面幽鬼纏鬥。」

「但要是出動十殿，村民必會死傷慘重……」

就連訓練有素的塚系，都落到那般不堪的下場了。

絕對性的壓制。背叛。

被血染紅的河水。

模糊記憶中，自己任憑宰割的痛苦感觸，真實得令我不由得渾身冷顫了一下。就像是一股猶如驚濤駭浪般的暴力毫不留情地將我包圍。

我不想死。

「敢跟籠庭作對，這是理所當然的吧？」

拂梢沒看我，逕自往前邁開步伐。她的聲音要比平時低啞一些：

「妳難道沒質疑過五系是為了保護什麼才存在？是羔戮，是珠罌牢，是所有棲於這珠罌牢的人們。為了箱玉之術，為了保護這個世界不淪為神的煉災，為了讓珠罌牢的人們能夠高枕無憂，歷代無數屆的五義人毫無怨懟地獻上了他們自己的性命……即便是我們，也早都註定了會比常人短命的事實。我不奢望人們感恩，但恩將仇報，就委實太過分點了吧？」

「拂梢——」

「只要是人，當然都想活下去啊。貪生怕死到底有哪裡不對？」

我一怔，拂梢的反問聽來非常熟悉。

「那個，之前……」覷眼觀察著同僚的反應，我謹慎開口：「我讀過關於塚之亂的族內紀錄，其中寫到臥季大哥的某次發言內容……」

拂梢沒回頭，持續往前走的腳步。

「所以呢？」

「……不，沒事。」

我搖搖頭，卻下視線，為自己的好奇心感到愧疚。拂梢回話的語氣已說明了一切。

「對不起。」我誠心道歉。

拂梢仍然連看都不看我一眼。

「幹嘛道歉？」

「剛才的發言，是我把事情想得太簡單了。沒有顧及拂梢和其他義人的心情。對不起。」

為了表達我的歉意，我深深地鞠下躬去。

「……廢話。」

拂梢背對著我，她的背影忽地顯得比往常還要纖弱。

「……要不是情非得已，誰會自願當義人啊。」

沙沙啞啞，像是混入砂礫的潮水聲。

我直起身，裝作沒聽見她的哽咽，尷尬地將視線轉往其他方向，卻直到這時，才猛然察覺了某個不對勁的地方。

幾乎是本能地，我止住步。

「喂，走走停停的，妳這人很怪耶。」勉強收拾好情緒的拂梢不解地回頭看我：「又怎麼了？」

「拂梢。」

我低語，盡量使自己的聲音別洩漏出太多緊張：

「路上沒有人——這麼大的村子，路上卻一個人都沒有。」

同時，也沒有聲音。

如同死野般的闃靜，不知不覺之間，衮蓋了我與拂梢的周方天地。靜得好不自然。

太不自然了。

我的目光從面帶困惑的拂梢身上，轉移到她足下被奈河水沖上岸來的殘燈。突然間，電光石火。預感如春林中被追逐的鹿般全力狂奔，無數的葉片貫穿我身。

我像是被驚雷打到般地震懾跳起。

「喂，新來的？」

「快退！」

乍然想通，我迫切抓住錯愕的拂梢的手，大叫：

「他們是刻意破壞水燈引籠庭的人前來——這是陷阱，是陷阱啊！」

在我的聲音劃破彌靜的同時，十數個事先埋伏的村民拿著刀斧，自緊閉的門窗毫無預警跳出，沒有隻字片語，手中武器便朝我和拂梢殺氣騰騰揮舞過來。

逼不得已，我鬆開箝握拂梢的手，各自跳開，讓出更大的空間活動。

就在這當兒，好幾人鎖定我攻來。我慌忙地後仰上半身，避開村民朝我襲來的柴刀，再用手肘架開另一人持斧的腕。還來不及調整急湊呼息，另兩人又拿著武器橫砍我下盤。我及時跳起，半空中足踝反勾將其中一人踢飛出去，再藉著反作用力，在落地時同時原地快速迴轉，揚起手背，斜斜朝剩餘一人的後頸劈下，那人慘叫一聲，就此倒地。

我甫歇一口氣，身後傳來的拂梢尖叫聲，又頓時令我渾身血液為之凝結。我趕忙回頭，只見七八個村民仗著人多勢眾，團團圍起來不及使出檀扇的拂梢，將她掙扎不已的手足壓制在地，令她無法動彈。另一人，則雙足分站，橫跨在試圖扭動掙脫的拂梢上方，手持利劍，高舉而起。閃著日環，幾乎要撕裂我瞳孔的冰寒刃光，筆直地在拂梢驚駭起伏的胸膛一劍刺下。

「拂梢！」

我驚叫，當下鷂身翻轉跳起，連踩幾點簷緣躍進。身還未到，手裡的扯鈴繩已憑本能甩了出去。

嗡聲呼嘯，我的檀鈴在空中交會，分別採兩條弧形路徑斜劃過眾村民的頸。在繩束緊的一瞬間，我跳回地面，藉著體重的下墜力往回拉。

一排村民被我的繩懸空束頸吊起，像是待宰的鳥，不停踢著雙足掙扎卻無濟於事。

絕對性的壓制。背叛。

我不想死。好可怕，好可怕，我不想死。

我下意識拉緊了手中的繩。

「好了！塚幽冥，妳當真想殺人滅村啊？快鬆手，這些傢伙會被妳勒窒息的！」脫險的拂梢大喊，我被她的聲音一震，回神，才被自己的動作駭住。

我嚇了一大跳，連忙鬆手。

失依的扯鈴繩猶如斷根的蔓，靜靜自我僵緊的指間滑下。束力不再，將近沒氣的村民們三三兩兩從半空中自行墜落回地面。

一時間，我的四周躺滿了呻吟不已，無法起身的人之肉身，唯我昂立。乖順回到我腳邊的檀鈴像是瑟縮的貓，在我腳邊發出一聲短促清鳴。

奈河流聲幽幽。

拂梢藍髮亂散，驚魂未定地瞪著我。

而映在她放大眼中的我的身影，則是雙腿一軟，茫然地滑坐在地。

「關於那些偷襲妳與色義人的人，經過清查，果然是反珠分子偽扮的。真正的無辜村民，全被他們鎖在村中的穀倉中藏了起來。目前十殿還在追查是否還有其他人牽連在內。」

則先生以慣有的簡潔風格說明。

我被動地聽著，感覺戰鬥後獨有的疲憊猶如死靈，憑依著我的四肢百骸。

「……勞先生費心了。」

則先生若有似無地瞥了我一眼，裝作不經意地啟脣：

「我聽色義人報告過了。據說，為了救她，塚義人下手有些過重？」

我充滿罪惡感地垂手。

「萬分抱歉，是我一時太衝動……」

「是啊。」則先生輕輕附和：「雖說是情非得已，但無論有何種理由，五義人的失控都非籠庭所樂見──尤其是在有了令兄的前車之鑑後。」

他強調。

我低下眼，緘默。

「五義人分擔羔戮的命蘊，情緒波動本就應比常人激烈。不過，」則先生略為沉吟：「妳的情況，似乎對人群集體的施暴反應特別濃烈，與其說是憤怒，不如說是對深層恐懼所做出的自保攻擊……不管哪一個，都跟妳平日展露的性格不符。」

則先生瞥了退縮的我一眼，意在不言之中。

「不知塚姑娘有頭緒是何因導致的嗎？或許與姑娘的過去有關連？」

完全不懂他所指，我手足無措地回望。而則先生再也無法掩飾對我的不信任，深深皺眉。

「只能設法從本人遺失的記憶中找答案了是嗎……」

則先生低喃，負手轉身：

「黃翁，接下來交給您處理了。可以嗎？」

我順著則先生的目光看去，光線錯落，一球一球，照亮庭園裡林木掩蔭的粉壁洞門。

在看清來人面孔後，我慌忙向那跨過洞門緩緩走來的蒼老身影低首致意。

祥憩殿判官黃翁，一臉不太樂意地捻著他顎下那一把長而柔白的鬍鬚，在則先生與我面前站定。

「……確定要這麼做嗎？」他問。

「沒有其他的法子了。」則先生的答案依舊四平八穩。

「失去輪罌粟花作為藥引的夢迴之術，不但不保證成功，最糟的情況還有可能會反害被施術者自身，鑿生無法彌補的損傷。即便如此，先生仍然執意一試？」黃翁再問。

這次，則先生用直接轉身離去取代了回答。

看著那決絕的背影，黃翁無可奈何地深深嘆了口氣，將皺紋之下的雙目轉向我。那對眼睛充溢著猶如厚實土壤的暖意，潮濕，隱隱的腐朽與抽芽訊息。

我不禁想，如果是擁有這對眼睛的主人，就算是要求在死氣沉沉的籠庭中養群生機盎然的春雞，或許也不是件多奇怪的事。

「妳呢？即使在施術過程中魂消魄散，也無所謂嗎，塚系的小姑娘？」

我有一瞬間落入沉默，而後，朝著黃翁深深鞠了個躬。了解我的意思，向來是老好人脾氣的黃翁只好苦笑：

「……看來，妳也沒有拒絕的餘裕呢。」

沒有開口，我直起身。黃翁半旋過腳步。

「——那麼，就隨老夫來吧。」

「進來吧。」

黃翁說，推開了祥憩殿的狹小破舊椿門。

我微側身跟著走進。這地方與我以前來的時候一樣，低迴的空氣中飄著沉厚，卻不至令人嗅之生厭的藥材香。

黃翁拄著杖，先我一步進入漆黑內室。老醫官十足耐心地以顫巍手勢剪去燭花，隨即燃起一室曳生燭火。橘紅的光搖著我們兩人的臉，顯得詭譎。

黃翁擺了個輕微手勢，示意我躺坐到房中央的石屏太師椅上，自己則在一旁的黃楊矮櫃裡翻找器具。

「所謂的夢迴之術，原本是讓被施術者能一窺己身前世，進而懂得此生因果而解開心中憾恨，由血榭御用醫者施行的術法。」

黃翁邊找出全套灸針，一根一根依長短排好，邊跟我解釋：

「後來，醫者們逐漸發現，夢迴也能運用在治療失憶的人身上。只要當作藥引的罌粟血花份量控制得宜，醫者不但能夠掌握病人看到第幾世的前生，也同樣能決定要讓後者看到失憶前後多久的歷史。」

「但在罪弒後，輪罌粟已經……」

「對，隨著神滅，全數血花也一併凋枯。因此，夢迴之術在珠罌牢漸漸失傳。一旦少了罌粟花，醫者頂多只能強迫被施術者進入假性夢迴，卻無法確定後者看見的是否真是曾經發生的過去，或者僅是被施術者的妄想而已。」

黃翁面目寫滿凝重：

「最危險的，莫過於被施術者在過程中，極有可能會被自己的夢反傷。少了罌粟引導，夢與真實，過去與現在，前世與今生，這些分界都會嚴重混淆。到最後，被施術者再也分不清兩者的差異而走火入魔，這種事不是沒有發生過……老夫說了這麼多，妳的決心還是未動搖嗎，丫頭？」

——姑娘是履行諾言的人呢。

冷不防地，我想起黔潤在我們離開塚家，朝籠庭啟程的那天對我說過的話。

在對我下最終通牒的隔天，黔潤發現沒逃也沒躲，反而依約打開房門，向前來接人的他微微欠身的我時，面上浮現的神情複雜得難以筆墨形容。

「……姑娘是履行諾言的人呢。」

瞪著我無語一會後，當時的黔潤分不清是嘲諷還是苦笑地說。

我移動手，撫摸自己左胸下。隔著衣物，仍能感覺到指下，心臟跳動的位置，有著微微凹凸不平的疤痕。

如此清晰且不容磨滅。

然而，我卻想不起自己被刺時的一幕，也想不起刺我的人的臉孔了。即使黔潤說，那就是他。

我甚至不記得自己被刺。

所以無法真正理解黔潤身上那股總是非常明顯的內疚所為何來。

「……我想找回來。」我低聲說。

「幽冥姑娘？」

或許是我說得太小聲，年邁的黃翁沒聽清楚。

「我所缺失的……如果可以，我想找回來。」

這次，我的音量放大了點。

「……是嗎，老夫曉得了。」

見我下定決心，黃翁又是低低咳了一聲後，才拿起套針中最長的一根，稍頓，而後刺入我的右手掌心。

「……可以嗎？」

黃翁邊問邊觀察著我的表情，我點點頭。黃翁隨即如法泡製地把另一根針刺進我的左手。

大概是刺進穴道，不覺得疼痛，也沒有滲血。

處理完我的雙手，黃翁再依序將其他根針，根據順序安排，一一插入圍繞著我的燃燒燭芯之中。當他都完成時，這些針彷彿是跟彼此起了共鳴似的，紛紛開始顫動，形成了一道集體的低沉嗡鳴。

就像是某人的吟喃低語迴盪在這內室中，並帶著一層又一層的回音覆蓋，重複著。

在這低音之中，我的意識逐漸與閃爍不定的燭火同步。

明，滅。

明，滅。

生，死。

無數次的輪迴。墜落，靜眠，復又張眼，甦醒。

火光是怒起的潮汐，內室的紙窗則一如風雨飄搖的岩洞洞壁，被火吞噬，靜靜灼出一朵一朵，鋪連不斷的紅蓮，焚燒著我的神智。

燠熱難禦，臥在椅上的我痛苦輾轉。

朦朧的人影在我眼前浮出，帶著兇狠殺意的一張張面孔，像是飛蛾撲火般地，朝無法抵抗的我蜂擁襲來。數不清的刀刃，刀刃上滴下的血珠，血珠在地上匯聚成了一條小河。我顫抖著，看向那河的兩岸，許許多多的屍體面目朝下俯臥。我看不到他們的臉，卻能毫無困難認出他們是誰。

我所熟識的。

我摀著口，失聲尖叫出來。

「別怕，那是幻覺……妳看見什麼了？」

半夢半真中，黃翁溫聲誘問我道。

「唔……」我勉力維持清醒，瞇著眼，想看清眼前如夜半燭火般不住搖曳的幻影，卻稍嫌力不從心：「有很多人……手上拿著刀劍……血……到處都是血……還有哭聲，哀求人們住手……可是他們不停手，就是不肯停手……唔！」

椎心之痛襲來，我不由得痛得悶哼一聲，反射性蜷起太師椅上的身軀。黃翁嚇了一跳，連忙用顫巍巍的手按住我的肩膀。

「哭聲？妳認得出是誰的聲音嗎？」

我艱鉅地搖頭。「……不……知道……」

——求求你們，饒過……不要啊！

破不成音，反覆聽到的那個懇求人們住手的慟哭聲。

人們歡欣鼓舞的歌聲在同一時間爆出，蓋過那微不足道的哭喊。贏了，那些人大叫，我們贏了！

而我瞠目啞口瞪著，看見那悠久的小小血河，如同回到懷念的母親臂中似的，蜿蜒朝我流來。我用發抖的指去碰，溫熱的血頓時變得冰冷如霜，膨脹，升起，變為一片深邃血海，將措手不及的我整個人襲捲。

無法呼吸。

在血色的海水中載浮載沉，我掙扎著伸出手，忽而感覺到一隻幼小的手拽住我。那麼微弱的，完全不能與海潮相比擬的力量。

但那隻幼小的手仍拚命抓住我逐漸滑脫的指尖。

那來世，我還是會來見妳的。

飽含水氣，忍著，忍著，快要哭出來的稚嫩聲音。

我只來得及聽見這幾個字，血海便徹底捲斷了我與那隻幼小手掌的主人之間的聯繫，猶如巨獸般的鮮血浪潮將我沒頂。

一陣劇烈的頭痛奪去我所有的氣力，我從太師椅上體態崩落，整個人猛然跌到地上。

不知不覺之際，熱淚已爬滿我的臉頰。

「對不起……對不起……」

閉著眼，我邊啜泣邊道歉。兩手胡亂在空中揮舞，想抓住那隻曾向我伸出，卻不知在多久以前便已失去的那隻幼小的手。

「對不起……對……」

無聲無息地，兩隻透著涼意的手自黑闐中出現，輕壓住我兩邊的太陽穴。

「……噓。」

灰青色深衣曳地，我看到那猶如拂曉時的色調，不用抬頭，也知道是繭來了。

我的淚水止不住。

「沒事了，沒關係的。」繭輕聲道，白髮低垂，罌粟的鎮痛之力由他的指間滲透入我的腦內：「不要恐懼，塚幽冥。」

繭的氣息與輪罌粟合而為一。珠罌的血。

萬物終會回歸的古老之泉。

如此令人懷念。

愛憐。無奈。

「睡吧，塚幽冥。」乾乾淨淨，一字一字。

我重新闔起眼，在繭青色的衣襟之中失去了意識。

四弔　春殘茶苔

我初次遇見繭是在大水池旁。

當時，剛被授予義人身分，覺得惶惶不安的我，走出自己的居殿散心，沒走多遠，便看見了大水池的平靜水面。

當時正是隆冬，院落深深，白雪壓低周圍的竹枝。我在池邊站定，隔著一段合宜的距離，向池內眺望。只見青綠如蛇的罌粟藤在水中如網密集。

異樣的感覺悄悄爬上我心頭。

不解所為何來，我下意識往後退了一步，後足卻突然感到一陣燙人的熱度，在我足下的地面蠢蠢欲動。我驚嚇得踉蹌一下，眼看就要被那熱度吞噬，有什麼東西突然纏住我的腰部，用極快的速度將我及時往後帶。而我原本站的地面範圍，變為一團燒得金紅的軟土，火舌在土地邊緣跳動。

驚慌的我低頭一看，只見罌粟藤蔓彷彿擁有自我意志般的，從池中破水而出，牢牢地綁住了我。

我再度看回那團浮現地面的火焰，毫不懷疑要是我還留在原地，鐵定會毫不留情被那猛烈的金色火焰燒成灰燼。

淒豔的地之火閃了幾次。而後，只不過一眨眼的時間，那埋於地面之下的火光又消失了，恢復成原本烏黑無光的凍土。

「幸好。只差一點點就要被煉災吞噬了。」

在失神的我背後，少年的聲音說。

缺少抑揚頓挫，清澈得令人簡直不敢相信的少年的聲音。

「籠庭裡很多。」

站在隔了一段距離的竹橋上，個頭與我差不多高的少年對上回頭的我的視線，彷彿不特別意識到地緩緩眨了下眼。

青玉般的瞳眸。

無邪的，似乎不曾被時光撫觸過般的，那樣脫俗。

不像是活著的人。

「……不過，它們已經安靜很久一段時間了。」少年微動，纏住我腰間的罌粟藤便自動自發縮回水池：「是感應到妳的到來，才會被喚醒的吧。」

我無法掩飾我的困惑。

「煉災？」

「神的殘骸。神的悲嘆，痛楚。」少年說：「神的復仇。」

「唔……」

總算察覺到我的沉默代表什麼，少年的臉也浮上了好奇。他偏頭。

「妳沒聽過煉災？不知道煉災是什麼？」

「我不確定……」罪惡感地低下頭去，我不敢直視少年如幼獸澄澈的眼：「我因故喪失記憶，不記得自己以前知道什麼了。」

少年表示理解地慢慢喔了一聲。然後在我要求以前，便自行開始說明。

「那，妳曉得罪弒嗎？」少年問。

「啊，是的。至少……」我慌忙頷首。

「那妳一定也聽過珠嬰神是被人們活生生撕分肉身而亡的。」得到我的肯定答覆後，少年遂接續下去：「可是，與人不同，神的靈肉不滅。所以，在珠嬰神死後，祂飛散四處的屍骸非但沒有腐朽，反而是與血榭，也就是籠庭的土地化為一體。」

就像是神的怨恨過了四百年，至今仍不肯離去般地縈留在此。

「不只是針對妳，它會襲擊任何一個膽敢鳩佔鵲巢的人類。」少年說。

我想了想。

「……那如果，被煉災吞噬了，那個人會發生什麼事？」我問。

「屍骨無存吧。我想。」

聆聽少年太過平靜的語調，我不禁反射性抬起頭來。

在冬雪中，少年像是一具被罌粟纏身的美麗人偶。

「……你是誰？」我問，即使大約在心中已猜到了答案。

少年側過身，正面看著我。玄綠竹橋映著他的青石淡衣。鵝毛一般的小雪在我們周邊紛紛擾擾地下著。

我不知不覺中屏息。

「我是羔戮，」

茨藺輕啟櫻色的脣，回答：

「在這世上，背負了弒神之罪的最後一人。」

「果然……沒有記載呢。」

勞苦了一個下午，一無所獲的我低低嘆了口氣，死心地將案上好幾疊落的書依序放回櫃上原位。

在案上水晶草皿中寐睡的一窩小雞，被我的動作驚醒，紛紛吱叫起來。

我本想找關於塚之亂的更詳細情況，但命冊上除了一份無常殿所擬的簡單傷亡人數統計表之外，幾乎沒有其他相關篇幅。籠庭刻意想壓下此事的意圖太明顯了。或許是那段歷史太過血腥，所以不適合出現在輝煌的正史上吧。

娘曾告訴過我，塚系約有超過一半的族人死在籠庭派出的剿亂軍隊手下。而黃翁也說，除了我心口的劍傷，親眼目睹大量殺人的血腥場面造成的震驚，很有可能也是讓我失去記憶的原因之一。

「妳在夢迴中所看見的，應該是由十殿與其餘四系消弭塚系叛亂時的景象，再加以夢的囈語而成。」

當我因為繭的幫助而鎮定下來後，黃翁邊遞給虛弱的我一碗熱藥湯，盯著我喝下，一邊推測道。

「……那麼，我看到的血……」

「八成是妳族人的血吧。包括妳所說，反覆聽到的懇求聲，大概也是來自塚系某個遺族成員不捨親人的哭喊……這樣一切就說得通了。也難怪，血流成河的景象誰都受不住的。」

黃翁搖頭，安慰般地，輕撫了撫我的頭。

「雖是事出有因，如今看來，我們的手段仍是太過激烈了呢。對不住啊，小姑娘。」

從頭到尾，黃翁都體貼地避開直接提到類似「殲滅」，「塚系造反」之類的刺激言詞，怕又重新牽動到我好不容易平復的情緒。

「那是不是代表……」眼前還殘留一些燭火幻影，我用力眨了眨眼想將它們甩掉：「只要我能想起那時的事，我的記憶也會跟著恢復？」

黃翁沉吟一下。

「嗯……不能說是絕對，但的確，可能性很高。」他最後同意。

就是為了這個結論，我今天待在書室花了一下午調查任何有關叛亂的文獻，看會不會幫我多想起些什麼。可惜的是最後證明了徒勞無功。

果然，事情不會如自己所想的那般進行順利。

不由自主感到洩氣，我維持著跪坐的姿勢，駝著背將側臉貼在冰涼的矮案上。

突然有張臉出現在離我極近的眼前。

我一時之間驚嚇地放大了眼，連尖叫都忘了。

「塚幽冥。」

藺天真無邪，安靜的臉。他趴在我對面的矮桌上，長長的睫毛尾端幾乎能觸到我的鼻尖。白髮疊著我紫紅的髮。

「妳正在午睡嗎？」

就算是，此刻也已睡意全消的我慌忙抬起頭，正襟危坐。

「打、打擾了。抱歉，每次都不請自來……」

藺沒回答，偏首打量著我的臉。

「妳在沮喪？為什麼？」

「咦，啊……」

一怔，我慌慌張張地想搖手否認，卻不慎撞倒了桌上茶盤。小雞們被濺灑出來的熱茶驚嚇，嗚叫四下逃竄。

所謂的雪上加霜就是指這種狀況。

「對、對不起……」

我慌忙轉過身找抹布，一旁的藺卻早我一步先收拾好了桌上的狼藉。

見狀，我突然覺得做什麼都沒力氣了。反正自己什麼都做不好，連自己是誰都想不起來。

忍不住把頭伏在桌面。

「……對不起，但我這個人似乎很容易弄巧成拙呢。」沒辦法直視藺的臉，我呻吟般地低聲說。

藺安靜了一會。

「嗯，可能吧。」意外地，他非常乾脆地承認。

「唔……」

「因為幽冥總是很拚命地在害怕某些東西，然後很拚命地在逃離某些東西。」沒有否定我消沉的正當性，藺捧著嫩黃色的小雞，宛如什麼寶物般地捧在胸前：「可是，我覺得恐懼與軟弱不必然是共存的。」

我認識的塚幽冥，是在必要時刻會顯出堅強意志的人。

藺這麼說。

我愕然地抬起頭來，呆呆望著露出虛霞一抹微笑的藺。

而藺撐起身，越過我們中間的茶桌，將自己的指尖點在我的眉心，一陣沁涼的荷葉水香襲來。

「在妳體內，有著高貴而威嚴的氣息。即使幽冥不想要，隨時，隨地，都會存在於這裡。無論發生了什麼事，這點永遠不會改變。」

他靜靜道。

我忍不住伸手去摸藺碰觸過的地方，卻感受不到任何溫度。「……因為是羔羹，所以知道嗎？」

「不是。」藴慎重其事地搖頭。

「不是？」

「因為是珠罌神，所以知道。」

藴的回答帶著藴慣有的曖昧。

擅自將藴的話解釋成是他體內的血咒發揮效用，我點點頭，試圖振作起精神地按桌站起。

「我重新泡一壺吧。還有沒有剩的茶葉？」

我問，藴跟著起身，踱到書室角落的香几旁，取來一個繪著銀色麗蝶的硬殼罐子，遞給我。

「這是？」

「啊，似乎是茶。」

藴若無其事地回以不可思議的答案。我一時間還以為自己聽錯了。

「似、似乎？」這是很難確定的事嗎？

「圍雲說過這是上好的湄岱茶，所以我猜大概是。不過也可能是迥然不同的其他東西。」

「我不太懂……」我困擾地接過銀蝶罐：「圍雲沒沖過這罐茶葉給您喝過嗎？」

「有啊，但我喝不出來。」藴一臉無辜：「我喝不出茶與不是茶的東西間的差異，所以無法百分之百確定。」

「啊。」

我除了這一聲，就說不出其他的回答了。

自己怎麼會遲鈍成這個樣子呢，我忍不住在心中暗暗懊惱著。

明知將生之五蘊分給義人們的羔戮本身，幾乎是徹底感受不到這世界的一概聲色味香的。

「茶的味道是怎樣的呢？」似乎沒注意到我的僵硬，藺問道。

「……您以前沒嚐過嗎，在箱玉之術施行之前？」

聽到我問，藺稍微凝著臉，一副努力思索的神情。而後挫敗地搖搖頭。

「大概有吧，我記不太得了，因為是很久以前的事。」

「啊，說得也是。畢竟箱玉之術是四百年前施下的，任誰都不可能記得那麼遠……」

「那只是原因之一。」藺說。

我怔住。

「是嗎？」

「嗯，另一個原因是箱玉之術。把五蘊分給五義人的我，也同時將身為一個活人所必要的情感與記憶，分散出去，跟著輪罌粟一起沉眠在地殿了。」

藺以一種輕巧的角度歪著腦袋：

「所以，一直以來我都在忘記關於自己的東西。」

我愣愣地看著自述境況，卻還能像是幼鹿般眸光平靜的藹。

藹回我以寧靜的微笑。

「對幽冥而言，茶的滋味像是什麼呢？我想知道。」

我忍不住眨了下眼，看看自己手中的茶罐，再看向藹毫不懷疑的臉，最後下定決心。

「……對不起，我可能無法表達得很好。」

有言在先。我放下手中茶罐，端坐身子。

「嗯。」

藹溫順應允。

「硬要描述的話……」

我尋思著該如何描述才會最為貼切。

「茶的滋味，就像是一個人睡了很久後，在睜眼醒來的瞬間，發現自己的腳趾手指，都長出了細細的，薄薄的，春綠的苔，全身非常潔淨的感覺。」

這是最由衷的說法。

「妳說，長了青苔？」藹吃驚問道。

「對……」毫無自信，我再次縮起身子。

可是繭在想了一下後，卻笑了起來。

猶如春回綠野的麗景。

「乍聽很怪，卻很容易想像。幽冥的描述。」

「是、是這樣嗎？」心中七上八下的我總算鬆口氣：「幸好……」

「嗯。」繭偏首，似乎不太確定接下來要說的話：「而且，我以前好像也用過類似的說法。」

「以前？」

「非常非常遙遠的以前。」

迎上我疑問的目光，繭一笑，徐徐地。他的瞳孔映滿屋外的綠葉，影著他的白衣。

「即使一直以來我都很努力讓自己不要忘記，但我想，總有一天我還是會忘記。」

繭帶光的笑靨如此美麗，令觀看的我不由得感到痛楚起來。

「就是這麼遙遠以前的事喔，塚幽冥。」

向繭告退，離開中廂臺書室的我在途中，突然被一排雜沓的腳步聲吸走注意力。

我抬頭，見到幾個獄卒領著一長串被腳鍊銬在一起的人們，繞過轉角向我的方向走來。人們的臉色萎頓，衣髮凌亂，灰土般鬱苦的氣息包覆著他們。

「受義人！」

其中領導行列的獄卒察覺到我，連忙止步行禮。

我輕輕回禮。「請問，這些人是？」

「是，向您稟報！」

那獄卒振奮地答：

「這些人正是上次偷襲您與色義人的反珠分子殘黨。在黔潤大人幾日不眠不休地追捕下，終於全數搜拘到案了。因為人數眾多無法立刻清算，我們現在正要把這些反賊帶到阿鼻塔暫時監禁，等請示過後再作打算。」

「這樣啊……我明白了。」我站到一邊讓出通道：「茲事體大，請諸位先行吧。」

「多謝受義人。」

獄卒們向我道謝後，隨即催促著神色低靡的囚犯們加快腳步。一行人跌跌撞撞，猶如涉過死地的旅者般通過我的面前。

我禮貌性地垂下眼光，不去注視他們受盡懼怕與折磨的臉孔。某個囚犯卻在與我擦身而過時，腳下冷不防一個踉蹌，不穩的身軀朝我跌來。我吃一驚，本能地伸手扶住那個女性囚犯，同時，無法避免地與後者四目相接。

幽冥。

抓著我的袖尾，那女性囚犯以氣音微乎其微地喚了一聲。

太過驚愕，我下意識鬆開手，失去重心的婦人立時摔了下去，連帶讓我跟著一同跌地。

「怎麼了？」

獄卒們紛紛被這場騷動引來。

「您沒事吧？」其中一名獄卒擔憂地伸手將尚處於僵硬狀態的我拉起，詢問。我混亂地搖了搖頭。

見到我無恙，獄卒們似乎寬心了。另一名獄卒手中長矛瞄準仍倒坐地上的婦人，大聲喝問：「大膽！反珠逆賊，妳想對尊貴的五義人做什麼！」

婦人掙扎著想靠近我，獄卒的臉色頓時緊張起來，手中的長矛眼看就要朝前者刺下去，我連忙前傾抓住矛身，叫：「不要！她是——」

我及時止住了即將衝口而出的話語。

「……塚義人？」不解我動作的獄卒狐疑地看向我：「您識得此婦嗎？」

我蒼白著臉，欲言又止，卻見那婦人趁著獄卒們未注意之際，偷偷對我搖了搖首。

別說。

我毫無困難地解讀寫在她眼神中的訊息。

「……不，我不認識她。」我勉強找回自己的聲音與冷靜：「只是籠庭內不宜見血，才會出手阻止罷了。」

這不是謊話。箱玉之術本就是人為的東西，自然會不如神力所構築出的世界穩定。

獄卒理解地啊了一聲。「您顧慮的極是。幸好有您阻止。」

「不，哪裡……那麼，請快領走此人吧。」我試圖壓制自己搏動快速的心跳，裝作事不關己：「再拖下去，恐怕就會驚動到圍雲前來過問了。」

「是。」

喜綬殿就在附近。深怕喜綬殿判官當真來興師問罪，獄卒們趕緊同聲應和。某個獄卒將婦人扯離地面，其他人則重新整理一度騷亂不安的囚犯行列，一起往阿鼻塔的方向走去。

那婦人僅是轉頭，深深望了留在原地的我一眼後，隨即沉默跟隨隊伍離開。

直到他們都走遠了，我才終於喘出壓抑已久的一口氣。

全身開始顫抖。

幽冥。

她喚我的語氣，跟那時得到我醒來的通知，急急忙忙趕到房間確認我還活著後的語氣，毫無軒輊。

顫抖不止。

就在方才，我親手將我的生母送進了珠罌牢最為險惡的阿鼻塔裡。

五弔　夜亂阿鼻塔

阿鼻塔是一座高聳的五層朱銅塔樓。它是籠庭，卻又不是籠庭。更嚴密來說，阿鼻塔雖位於籠庭之內，也屬籠庭管轄，但卻不被包括在箱玉之術的施行範圍之內，自然也不在五鬼門的絕對禁閉之內。

之所以會如此，是因為在阿鼻塔的地底二層，埋著四十八名死去的羔羲屍骨。雖說在羔羲死亡的那一瞬間，神血離體，還血便已完成。殘留著神血餘韻的死人骸骨，卻仍是吸引著眾多不自覺追尋珠罌神的眾生，其中也包括了讁仙。而縱然藉助於五義人及箱玉之術，身為羔羲的鹼力量畢竟有限，無法完全覆蓋四十八名羔羲骨上的集體珠罌血香，因而造成了箱玉之術中的缺口。

害怕讁仙會由此趁虛而入，無奈的陰陽殿只好稍微改變了箱玉之術原本的設計，讓術法的效力僅及於阿鼻塔與籠庭空間相接的外牆。至於內牆之內的塔中空間，雖與外牆僅有一牆之隔，卻非籠庭的範圍，也不被箱玉之術保護。

換句話說，讁仙隨時可以入侵阿鼻塔內，卻無法離開內牆限制的範圍，抵達塔外的籠庭。

而塔內的每間獨立囚室，都會點上散發出與五義人法寶同樣沉檀香氣的離魂香，其效果雖不能降魂，卻足以鎮懾謫仙靠近。塔內其餘部分則完全不點離魂香。這樣一來，一旦囚犯擅自逃離有點離魂香的囚室，就必然得面對兇惡謫仙隨時會出沒的塔內。

受到骸骨血香吸引而來的謫仙，其數量雖不至於會讓一名有降魂法寶的義人受到威脅，卻絕對足以讓手無寸鐵的凡人斃命。而囚室內的離魂香容器是特別設計過的，只要犯人試圖把離魂香扯下帶走，香便會在瞬間迅速燃燒成無用的灰炬。

再講得更白一些，便是，缺少了十殿獄卒與五義人戒護，就算真有犯人能逃出牢房，也萬萬無法在謫仙處處潛伏的阿鼻塔中逃出生天。

娘與同一批其餘被抓的人，如今，就被關在第三層的塔牢之中。

要從對義人毫無防心的獄卒口中套問出母親的所在地不是件太難的事。手捧著離魂香，我在獄卒引路的火把中踏著潮濕的石階，拾階而上。

「不過，看到是塚義人來時，說實話我們還真嚇了一跳呢。」

走在前頭幫我帶路的獄卒隨口道。

我心裡暗驚，表面上卻一無所知地眨了眨眼。

「咦，為什麼呢？」

「啊，請您不要誤會。」

那獄卒急急澄清：

「只是我們得到的命令是曹義人當值官，而且黔潤大人曾交代過在您習慣籠庭前，暫時別讓您執行阿鼻塔的巡邏工作，所以……」

「原來如此。曹義人也是臨時有事，才託我交換的。」我胡謅。

幸好那獄卒並沒起疑心，先行數步，替我打開最外頭的第一道牢鎖。我道謝，將離魂香折了一半分給他，再從他手上接過火把，彎身進入狹小的柵道之內。

柵道兩旁是一間一間格局相仿的單人牢房，除去一柱柱離魂香頂端的微淡火星，每間牢房裡盡皆暗黑一片。我抬高了火把，蜷縮在凌亂稻草堆的囚犯們紛紛因畏光，而更加朝角落的陰影縮進去。

塔內長久封閉的潮腐氣味令人難以忍受。我以單手掩住口鼻，另一手仍然握住火把，一間間牢房依序仔細審查過去。

柵道尚未走到一半，就聽到有人殷殷呼喚著我名字。

「幽冥。我在這兒。」

我循聲轉頭，只見前方不遠處，娘抓住自己牢房門口的柵格向我招手。我先向柵道外瞥了一眼，確定獄卒沒有在注意我後，三步併作兩步，在母親面前單膝跪地。

「太好了。」娘滿懷欣喜地看著我，將雙手伸出柵格外，試著撫摸我被夜露弄濕的冰冷的臉：「看到妳沒事，為娘就放心了。」

我的反應則是直覺往後躲開。

在見到娘受傷的神情時，我才慌張察覺到自己鑄下的錯。

「啊，對、對不起，我不是故意的……」

失去過往記憶的我，無法對娘付出給我的親情與關懷感到理所當然地接受。母親對我而言，只是認識了半年，在認知中是我生母的陌生婦人。

我無法回應娘的情感。

「真的很對不起——」

事到如今只能道歉，我略帶尷尬地垂下視線。

「……沒關係。而且，該道歉的是我才是。」

彷彿知曉我的心境，娘微微露出無奈的苦笑，終歸是縮回了撫碰我的雙手。

她以與塚系側室夫人身分相襯的姿態朝我低頭一禮。

「抱歉。我落到這般境地，給妳添麻煩了吧。」

我搖搖頭。

「請您別顧慮我。只是，您不是應該待在塚系封地嗎，怎會跟這些反珠分子走在一起？」

會不會是十殿方面誤會什麼了？還是被反珠分子強迫的？

我正想這麼問，娘卻苦笑了一下，與之前的我一樣搖了搖頭。在這時，我才發覺我們雙方的輪廓有多麼相似。

即便失去了記憶，但我的確是眼前這個人的親生女兒，身上流著她的血。

這個事實是無法磨滅的。

「我是自願加入他們的。」娘突然說。

我瞠目。

「什……」

「當然，關於那次偷襲妳與另外一名義人的行動我不知情，如果知情我必會盡全力阻止。但其他，都是我依照我自己的意願行動。如果反珠有罪的話，那我就負著跟被關在這兒的任何一人同樣的罪行。」

娘臉上的堅決在火光映耀之下一清二楚。

「怎麼可能……」難以接受事實的我喃喃，身子下意識退後：「為什麼？反珠一直以來都在跟籠庭與五系作對啊？」

我完全不能理解娘投身敵營的行為。

「當然是因為籠庭是錯的！」

娘在可容許的範圍之內提高了聲音。

「什麼五義人，什麼箱玉之術，這個系統從一開始就大錯特錯！幽冥，他們是用妳與其他無數義人寶貴的性命去換那個不老不死的怪物啊！不，追根究柢的話，最應該負起責任的，不就是這些自稱羔戮，實則親手殺害了神的罪人嗎！為什麼事到如今，我們卻非得豁出生命保護他不可！」

娘以無法想像是她的猛烈力氣抓住我的手。

「逃走吧！」

娘低低吶喊，每一字都如鋼鐵敲打著我的脈搏：

「為娘一直都在後悔，悔恨當時沒有勇氣阻止妳成為義人。但加入反珠的現在，娘已經想通了，如果嫡子的臥季都承受不了恐懼私逃，身為庶女的妳又怎能負擔得了呢。反正妳爹如今也已不在人世，別管什麼塚系的存亡了。對娘來說，妳的命最重要，跟娘一起逃走吧！」

從未想過會從娘口中聽到這些言語，震驚的我反射性地甩開母親的手霍然站起，像在逃避什麼不潔一般，踉蹌往後退了二三步。

「幽冥——」

帶著懇求之意，娘哀切地喚了一聲我的名字。

我咬緊下脣。

就在這時，柵道的門傳來被人開啟的軋聲。

「幽冥？」前來值星巡邏的畔兒看見我，一臉意外：「今日不是輪到我嗎，為什麼幽冥會來這裡？」

「是……是這樣嗎？」我趕忙也裝出一副毫不知情的樣子：「可是有獄卒通知我臨時換人……」

「這麼說，是中間傳話傳錯了嗎？」

畔兒蹙起秀氣的眉，而後看似放棄般地搖頭：

「算了，人這麼多，要追究也追究不出來。在這遇見幽冥剛好。」

他的話令我的心跳瞬間快了半拍，遲疑回問：

「……找我有事？」

「嗯。」畔兒說：「黔潤與晴回來了。」

黔潤與晴是此次搜捕行動的最後一支隊伍，應該只是負責地點的善後處理而已。我無法明瞭畔兒憂心忡忡的神情所為何來。

但畔兒的確是憂心忡忡。

他望向我。

「一回來，黔潤就要求五義人和十殿判官全體立即在無常殿的昭艸廳集合。」

「理由呢？」

「他說，有東西非得給我們看不可。還有，幽冥，」畔兒一頓：「他們沒說為什麼，但黔潤與晴，那兩個人的臉色都很難看。」

不過多時，五位義人與籠庭十殿的判官已齊聚昭艸廳內。

「好了，可以跟我們解釋是怎麼回事了嗎，黔潤？」

地殿判官焉火率先開口，沉穩如暮鐘的語調。

站在眾人視線注目的中心，黔潤回以一個聳肩。

「不，我想我沒辦法解釋。」

樨臣揚眉，冰水色的束髮微動：「什麼意思？」

「因為我與行義人也不曉得自己看到的是什麼，連判斷對方究竟是不是生物都有困難。」

在黔潤敘述的同時，佇立一旁的晴臉上也跟著露出不舒服的神色，像是回憶起什麼令人作嘔的東西，但她仍強撐著挺直身軀。

「總之，先請大家過目再下定論吧。」

黔潤說著，伸手掀開自我們進廳以來，便一直掩掛於他身後的黑布。

墨黑的布幕褪下，飛開，出現在我們眼前的，是被重重鐵鍊五花大綁，不能動彈，只能躺在地上無助喘氣的裸身人體。其中有男有女。毫無例外的，是不論是男是女，都眼神渙散，極度飢瘦到宛如僅是一具具包著人皮的骨骸。

我們之中有幾個人倒吸了一口涼氣。

「太過分了……」

畔兒用單手摀住嘴，柔和的褐目中出現霧氣。他身旁的樨臣則是蹙起眉，微微別過了臉。

「押後的我與東方義人，是在最終一次巡視反珠分子遺留下來的基地時，不意中發現一扇隱藏的暗門，並在暗門之後找到這些——」

說明的黔潤在找尋適當措辭時遇到若干困難，他皺了一下臉，才繼續說了下去：

「——這些人的。包括鐵鍊在內，我們一發現他們，他們就呈現目前的這個狀態了。我想，把他們綁起來，打算把他們活活餓死的，應該是反珠分子自己吧。」

「可是為什麼？這些——人，」拂梢吞了吞口水，她的耳墜靜默下來：「難道不也是我們抓到的那群反珠的同夥嗎？」

「為了自保，我猜。」

忽然插話的陰陽殿判官酆喬別過頭，看向與他露出相同理解神色的黃翁。後者頷首，肯定前者的臆測。

「那個……」我怯怯出聲：「我不懂兩位的意思。」

「我也持相同意見。」在我身旁的則先生簡短道。

「簡單來說，就像這樣。」

酆喬走前幾步，蹲下身，向被綑在地上的其中一人伸出手。

像是在試探受傷的野貓一般，酆喬將手在那人眼前輕輕左右搖晃。那人的反應來得即時，昏濁的眸光猶如發狂的野獸，下一刻，張開血盆大口，就要朝酆喬的虎口咬下去。早有預料的酆喬及時縮手，退後站起。那具失去攻擊目標的生物，則躺在地上憤恨抽搐，試圖縮短與陰陽殿判官間的距離。

酆喬改轉頭看著駭然的眾人。

「這就是反珠分子為何要綁起他們的原因。失去神智的他們兇暴無比，六親不認，要是不加拘束，恐怕會造成大問題吧。」

「不過，要動手殺他們卻又於心不忍，才會採取消極的餓死方法。」黃翁忍不住帶著憐憫地搖頭，語有懊悔：「沒想到，我這根離死不遠的風中燭，會在有生之年再遇一次這禁術。」

與他同樣華髮轉白的酆喬也嘆了口氣，留我們其餘人面面相覷。

「禁術？」晴緊凝起潔瀡面容：「您二老到底是指……」

一襲淡薄的翠影徐步踏入殿門，打斷了晴的質問。

「借屍。」

璀潤，一如澌凍之水。藺的嗓音。

「還魂。」

昭艸殿有一瞬間因為藺的到來而鴉雀無聲。

「……借屍還魂？」而後，樨臣皺起眉，直截了當地問：「這種事可能做得到嗎？」

「那要看你對借屍還魂的定義到什麼程度。」酆喬接話：「在場的除了茨藺少爺、黃翁，與我之外，都還年歲尚淺，所以會不曉得也是當然的。但約莫四十年前，反珠勢力內便有人祕密在進行相關術法的研究，幸好當時被十殿及時發現並全盤鎮壓，才不致流傳出去。」

「被十殿？」南柯殿判官玄荷登時提出異議：「南柯殿的書物無一不經我手，此等重大之事命冊中並無記載……」

「就是因為太重大了，才連刊載在命冊上都不被允許。」黃翁手中拐杖敲了敲地：「聽著，借屍還魂需要三個條件，無軀之魂，無魂之軀，以及煞氣夠重，足以貫穿這兩者的媒介。所有條件必須一氣呵成，稍有差池術便不成。但即便是術成了，也不代表被還魂的對象就能復活。與神不同，人不管是肉身或是魂魄，俱非永恆不滅，連在通往亙玉的路上都可能變成謫仙了，何況是強行進入一個不屬於自己的軀殼？」

「……魂體人格脫離，是嗎？」黔潤低聲說道。

黃翁點了點頭。

「人的魂魄本就相對脆弱，尤其在此等不成熟的轉移之下，更容易產生質變。還魂後的被施術者，因異身的衝擊而前塵往事不復記憶自不在話下，更糟糕的是性情大多大變。變得兇殘嗜血，見人便咬……到這般田地，已不能說他們還擁有身為人的神智了。充其量，只不過是會動會呼吸的屍體罷了。所以才說是禁術啊。」

「……也就是說，那些反珠分子並不知道後果，便貿然對他們死去的同伴施行借屍還魂之術了？」我問。

「大概是。」酆喬習慣性地抓了抓冠帽：「畢竟在籠庭的管制下，反珠勢力幾乎分裂成毫無聯絡的小團體，彼此要在私底下互通有無也很難吧。罪弒之後，喪失輪迴的珠罌牢變為一死無回的絕地。人一旦亡故，其魂魄註定永遠在亙玉中沉睡，永無再見機會。也因此，妄想靠著借屍還魂或類似之法，再見親友一面的人比比皆是。但，光靠傳言，只知其一不知其二……就變成今天這場面了。」

眾人聞言，不由得一陣沉默。

在十判官中鮮少發言的圍雲，更是少見地垂下視線。

「……相當……殘酷呢。」

她細聲。

「——不，如果要跟接下來的事情相比的話。」

還有後話的酆喬露出微微苦笑，看向自剛才起便一直噤聲，偏頭聆聽著我們交談的藹。

「……茨少爺，您還記得四十年前您是怎麼處置這些借屍還魂者的嗎？」

藹乖巧地點了個頭：「記得。我體內的罌粟尚未吞噬到那部分。」

「那就好。」說著這三個字的酆喬表情，一點都沒有那就好的感覺：「那麼，請您開始吧。這種忌事，速速結束才是上策。」

藹慢了少少半拍，才後知後覺地啊了一聲。蒼玉般的眼瞳微不可察地有所動搖。

「……我非做不可？」

「除了您，沒人能做得到。」酆喬彎身作揖，同時低聲：「——這是身為羔戮的職責，也是義務。」

宛如羔戮與我們凡人是不同的，那樣的說法。

在場的五名義人，包括我在內，幾乎是同時感到痛楚地蹙起眉來。

可是，把自己的痛楚分給我們的藹，卻只是安靜地垂下側臉，白色的滑順髮絲看上去像是閃著點點雪光。

「……我知道了。」他回答。

在我們的圍觀下，藺緩緩闔起雙眼，放鬆身體，垂下雙手。

就在藺的呼吸與殿內空氣合拍的那一瞬間，不計其數的罌粟藤蔓自藺泛著冷青的肌膚各處繁茂竄出。無數急速生長的蜿蜒綠蛇攀繞著正中央的藺，以藺為支撐的軀幹，交纏，並圈，張牙舞爪爭相冒生。

除了黃翁與酆喬，我們其餘眾人幾乎是震驚地注視那些輪罌粟的蔓，以橫掃千軍之勢，洪水猛獸般地衝向還魂者們。被攻擊的後者接連發出串串令聞者無不心膽俱裂的狂亂尖叫，然罌粟之勢未減，它們如糾纏不休的蛇，爬上還魂者們的腳，腿，腹，胸，最後掐住還魂者們的咽喉。還魂者們試著掙扎，試著用手扳開，甚至試著用嘴咬開圈在他們頸項的青繩，但後者狠狠吃進他們肉裡，不肯鬆牙。一時間，只見罌粟藤在空中靈巧地飛來騰去，逐漸地，將那些面露懼色的還魂者由外而內層層包覆起來，直到外頭的人再也看不見他們的身影為止。

猶如一枚枚的藺。

見狀，臉色刷白的拂梢緊抓住我的手臂，瞬間的刺痛，令原本尚在茫然失措的我小小驚跳起來。

「這些，這些是……」拂梢顫抖著聲音，指向我們眼前那瓣瓣無法言喻的青綠。

「施過借屍還魂之術的人，無法再借水燈引導離體。」酆喬明顯躲避著眾人視線：「但考慮到珠罌牢整體的安定，也不能就這麼放任他們不管……只能由輪罌粟強制吸收。」

「原來如此。」睛冷笑，美麗的墨目中是藏不住的譏諷：「這些已經變形的魂魄與肉體，是失去神血滋養的輪罌粟最好的養分來源吧。」

「……！」樨臣因怒氣而漲紅了臉，正要開口說些什麼，就被則先生搖著頭阻止了。

「我知道你們打算說什麼，不過還是省省力氣的好。黃翁等人所言沒錯，要是放任這些半吊子的活死人亂跑，難講會對箱玉之術本身造成什麼傷害。」

「可是——」

這次換成畔兒不服。

「你們……」

則先生嚴厲的目光依序掃過樨臣，睛，畔兒，拂梢，與我的臉孔：

「是五義人吧？是為了成為義人，才來到這座籠庭的吧？如果是為了保護羔戮和珠罌牢而存在的五義人的話，對這種犧牲幾條人命的小小場面，與其抱怨，你們應該早點學著司空見慣才對。」

無法反駁，無言以對。

但同時我也無法將眼睛轉離面前正在微微鼓動，彷彿某人的心跳頻率一般，優雅而貪婪地，大口進食的罌粟蔓藤。

它們正在吃的，真的不是活人嗎？

什麼叫活著？由誰定義什麼是活著？

借屍還魂者，除了我們活人不能接受以外，到底又有什麼兩樣？

活人就一定活著嗎？

眼前的罌粟之繭隨著吃食，漸漸集聚在一起，高度也隨之增加，青色變得更加鮮豔，猶如成千上萬條青蛇聚在一起蠕動。

突然，一隻瘦弱的手臂，勉力自萬頭鑽動的藤群中探出，求救般地抓住剛好在近處的我的足踝。

那手掌的觸感真實地令我不禁倒吸口氣。

無視想過來制止的則先生，我迅速彎下身，想拖出那隻手臂的主人。但罌粟宛若查覺到靠近的我意圖似的，忽地一振，將猝不及防的我彈飛數步，而那隻手臂隨即又被高昂的罌粟藤給捲回那團密密麻麻，深邃的蒼綠中。

——求求你們，饒過……不要啊！

記憶中的模糊哭聲讓我莫名心慌。

現在，到底是誰在哭？

是誰在生？是誰在死？

是誰在殺？

是誰被殺？

「……住手……拜託……住手……」

已然超過這個脆弱世界的極限了，如此深沉的恐懼，如此厚重的悲傷。

如此繁多的生與死。

「住手！」雙膝猝然跪下，我昏亂大喊，不知何時淚水滾落。「不要，放過他們，我求求你，放過他們……」

連話都說不出來，我只能哽著呼吸啜泣。

然後，我周圍一下子靜了下來。像是被靜寂的水泡填滿似的。感到某種似有若無的漂浮步聲娑娑。

與方才向我求救的不同，另一隻冰冷而細嫩的手掌帶點遲疑，卻動作輕柔地，覆上了我因熱淚漲痛而不得不閉上的眼。

「……對不起。」

耳畔聽見繭的聲音說道。柔弱的，馥郁的，迷惑眾生，宛如地獄開出的罌粟之花的嗓音。

「我停手了。不要哭，塚幽冥。」

繭微小的道歉。

我卻無力原諒。並為了我的不能原諒，因此想向繭痛切道歉的我。

纏繞在繭腕上的罌粟，攀向我，猶如相繫兩人的環。連帶繭的體溫，及我已到崩潰邊緣的意識，一併吞入寧靜全然的無之中。

繭刻意收斂了罌粟對我的侵入吧。

因為我昏迷沒多久就清醒過來了。

重新感覺到周身的氣流，窗外的鴉鳴。我徐徐睜開眼，只見濃稠的酒紅暮色透過牆上花孔，如潑灑的瓊液般傾瀉在我的床腳一隅。昭艸廳之會是午後未時，如今酉昏，其中時辰並無推移多少。

然而，我的神智雖清明，身體各處因罌粟而產生的強制麻痺效果還未完全退去。試了幾次，我終歸還是放棄立即下床活動的想法，留在床位靜待恢復。我移動眼珠瞥看自己身處的廂室，是我的房間。

被送回來了啊……

房外傳來窸窣的衣衫聲，快速接近。

我連忙重新閉起眼裝睡。不一會兒，來人進了我房內，先是停滯半刻後，隨即在我床旁的椅子坐下。

即使對方至今沒開口，我仍能從間歇的輕咳聽出是黔潤。

「……被輪罌粟那麼粗魯地扎昏，一定很難受吧。」

果然是無常殿判官的聲音。

我正在思量黔潤此行目的是什麼時，某個陰影倏地如鳥掠過我眼簾，棲在我額上。貼我臉面甚近的溫熱呼息。

「維持這樣別動……聽著，在不醒人事的妳被送走後，所有被施過借屍還魂術的人，都還是給輪罌粟吃了。」

彎身伏在我上方，黔潤將他的額對著我的，用極快的速度在我耳邊輕語。

「與那隻子羊的意志無關，縱然他試著要遵守與妳的約定。但很遺憾地，輪罌粟本就不是屬他的東西。而，下一道指令是──明日平旦，關在阿鼻塔內的反珠成員將一律處死。」

縱然裝睡的我力圖壓抑，但黔潤一定還是有察覺到我瞬間紊亂的呼吸。我耳邊的他的嗓音更低了些。

「——另外，除了我，籠庭內無人知曉我們抓到的反珠分子總人數是多少，也無人知曉塚系的側室夫人長得什麼模樣。」

我的心臟因他的暗示而如驚濤駭浪拍打起來。但還是沒睜開眼。

黔潤抽身離我而起。再開口時，是平日聲量的輕快嗓音。

「那麼，因為病人還在睡，我這趟探病差不多也該結束了……我剛剛說的，全都是一人自言自語罷了。」

爽快說完，他當真走了。

確定房間內外都無他人的氣息，我才霍地坐起身來。

——明日平旦，關在阿鼻塔內的反珠成員將一律處死。

我反射性望向窗外的日落西山，黑墨般的夜已要開始盛大行列。

這只代表一件事。

在明日天亮處刑以前，我的時間剩下不多了。

嗡的一聲，清亮劃破夜空的沉寂。

在阿鼻塔入口守衛的兩名獄卒，警覺地環望四周，卻看不見任何可疑形體，只聽得見轉趨微弱的嗡嗡聲逐漸潛入塔西方的小樹林中。

「你留在這，我去看看情況。」

其中一名獄卒低聲吩咐同伴後，便朝怪聲消失的方向快步走去，身影隨之消失在夜色魅魅的樹影中。

塔前僅剩一名獄卒單獨看守。

但就在這時，又是一聲類似的嗡鳴聲，如蜂撲翅，忽而大噪，扯破平靜的夜之面具。

那獄卒登時跳起，但跟先前相同，無月的夜幕掩蓋了一切方圓之內的移動物體。獄卒唯一能辨別的，是那怪聲在幾次盤旋之後，朝著籠庭中央的中廂臺方向飛去。

重要的，重要的，羔戮所居住的場所。

連考慮的時間都省了，獄卒這次幾乎是拔足起跑，追蹤逐漸隱遁的嗡聲。他的人影也漸漸被無垠的夜色給融入了。

阿鼻塔前，現在，空無一人。

我從藏身的湖心石背後走出，右手微微伸高舉至半空，掌心朝上。

兩顆檀鈴分別自不同方向沉靜飛回我的手上，像是歸巢的雛鳥般，完美地棲息在我手掌的凹陷之處。

站在阿鼻塔的入口前，再確定一次兩名獄卒都沒回來的跡象後，我深吸了一口氣，將點燃的離魂香拿在手上，再將一綑備用的香揣進懷中。

而後，慎重地，舉步跨入塔內。

憑著上次來訪的記憶，我在伸手不見五指的漆黑中（點燃火炬容易被人發現），好不容易摸索著來到監禁娘的柵道外頭。

我試探地轉了一下牢鎖，目標卻文風不動。

「呼……」我輕嘆口氣。

果然沒有專屬的玉鑰就打不開的樣子，光憑我的腕力，也沒法靠蠻力劈開這鎖。這下子，果然只能從負責看守柵道的獄卒身上搶來鑰匙了。

打定主意，我改用口咬住離魂香，再側身躲在從柵道內部看不見的牆邊死角，單手握拳，而後使盡全身氣力從旁狠狠敲擊軟玉製成的牢門。

一次，一次，再一次，敲到整扇牢門都共鳴地震動著，肅穆的振聲在整條狹小的柵道起了

巨大回音。

「是誰啊，這麼急性子！」

一如我所料，正在柵道巡邏的掌鑰獄卒察覺到這端動靜，以為是哪位同僚要找他，才敲門通知。

獄卒手執離魂香，忿忿不平地朝我這邊的牢門走來。

我沒有出聲，僅是用手又敲了幾下，等不及似的。

「來了來了，等一下是會要命嗎，真是……」

小聲嘀咕，獄卒由內打開了相通的鎖，將胖圓頭顱探出軟玉門，卻因沒看到人影而一愣。

抓緊這個時機，躲在門旁的我自上空朝著對方後頸下劈手刀，右膝同時屈起，對準他的腹部重重一擊。

那獄卒吐出飛沫，低聲呻吟著虛軟倒地，白眼一吊，便失去知覺昏倒了。

「——對不起。」

低聲道歉後，我飛快彎下身取走掛在他腰間的玉鑰串後，進入柵道。

我從頭一間牢房的門鎖開始解起，一旦有了正確鑰匙，牢固的鎖不費吹灰之力就開了。牢房裡的囚犯躲在角落，畏瑟的眼看著我，臉上滿是疑懼之色。

我取出懷裡其中一根離魂香，點燃後拋給他。

「快走。」

我低聲催促。

那囚犯像是懷疑自己聽錯，沒有即刻動作。他的疑懼之色退去了，改浮上滿臉困惑。

「快走啊，你想留在這裡等死嗎！」

大概是受到死這個字的影響，囚犯總算開始動作。起先很遲鈍，後來逐漸加快，最後是連滾帶爬地逃出牢房，幸好他的手裡始終牢牢握著香線。

接下來的數十間牢房我都如法泡製。囚犯們如分飛的雁群，爭先恐後逃出柵道，紛紛消失在阿鼻塔錯綜複雜的甬道之內，我直到人群差不多都散盡了，最後才來到關著娘的牢房前。

「幽冥？」

認出我來，在牢房內的娘擔心站起迎接我：

「究竟是怎麼一回事？」

「詳情現在沒時間談，以後再告訴您。」我避重就輕，打開牢鎖：「我是來救您的，請您跟我一起走。」

「救？妳說救我？」娘大驚失色：「這對身為五義人的妳而言，相當於叛變的行為啊！」

「是，女兒曉得。」

這是我唯一能給的答案。

娘遲疑了一下，但終究還是依言離開牢房，跟隨在我身後。

我們一走出柵道，便能察覺到整座阿鼻塔都已陷入了騷動。應是發現人犯集體脫逃，值官的義人正帶領著獄卒們氣急敗壞地在塔內四處追捕吧。整座塔內不時閃著火與光影，打鬥，咒罵，哀嚎，與求饒的聲音全都亂糟糟地混在一塊，誰都聽不清楚，也都無暇搞清楚。

正是我想要的。

「走這邊。」

我安靜地指示娘該走的甬道。

為了不引來獄卒，除非必要，我幾乎是不發一語。而娘也學著我。在忽遠忽近的喧鬧聲之中，我們無比寂謐地走著。

走了一段之後，原本一直在我身後亦步亦趨的娘忽然停步。

我訝異地回頭，只見娘欲言又止，帶著點些許盼望的神色。

「幽冥……妳莫非，恢復記憶了？」

我錯愕娘會有此一問。

「沒有……為什麼這麼問？」

「啊，不是……」

聽到我否認，娘臉上的期待神色隨即很快消退。再開口時，柔柔慈笑中，僅剩下一絲幾乎嗅不出的惆悵。

「只是，妳說話的方式與給人的感覺，跟幽冥……受重傷前的妳，很像。感覺上好像那個勇敢的幽冥又回來了一樣。」

這下換我停步了。

「……以前的我很勇敢嗎？」

「與其說是勇敢，不如說是不苟言笑吧。非常嚴格，但對自己或其他人都毫無畏懼。」

娘像是憶起遙遠的往事般，憂傷的微笑。

「縱使是庶子，妳卻是個不屈的孩子。」

「……是嗎。」

我只能這麼不關痛癢地回應。

娘描述的那個人，對我而言非常陌生。

一點都沒有歸屬感的，過去的自己。

或許在不知不覺之中，我也在重傷跌入奈河之際，被輪罌粟自頭至腳給通通吞噬精光了。

忍不住這麼想。

我與娘兩人在濕氣的闇黑中摸索著牆前進。離沒幾步處有個突出的轉角，娘一時不察撞上，發出一聲輕輕哀叫。
「娘？」
正伏身觀察前方的我出聲詢問。
沒事沒事。娘有點難為情地笑著擺手，正要追上我，卻驀然有火光打在她瘦小的臉上，頓時將她的眉目照得輝煌。
是從另外一個方向來的兩名獄卒手上的燈火，不偏不倚地投射在娘的身上。
猶如漆黑夜中竄動的小獸被獵人的火炬給嚇到僵木一樣，娘圓睜著眼，站在原地，完全無法動彈。
「來者何人，報上名來！」
隔了一段距離，獄卒們看不見藏身在邊角黑影中的我，逕自往娘大喝。
娘的臉色轉白，卻沒有力氣逃開。
來不及猶豫，我立刻伏低身形，以免進入火光的曝露範圍中。一邊朝娘的方向全速奔去，一邊側手撒出指間的檀鈴。
鈴噹直線來回，咻地一聲打滅獄卒手上的燈火後，還巢的燕般回到我衣領內。我走勢未停，趁著兩名獄卒因突如其來的黑暗而慌張之際，拉住驚惶的娘的手，往相反方向全速逃逸。
如此一來，是暫時成功自現場逃脫了沒錯。但一旦驚動到獄卒，發現還有人犯在逃的追手們幾乎是立即整聚起來，一排排的火光迅速流動著，四面八方朝我與娘逃走的方向包抄而來，雜沓的足音越來越巨大，越來越整齊劃一。

我心裡著急，不覺提高了腳下步伐。跟不上我速度的娘一個踉蹌，被拖倒在地，痛得叫出聲來。

我們的追蹤者並沒有放過黑暗中這道細微的聲音。

「在這邊！」

從我們正前方，團團的火光如傘綻開，如雲似霧，烘托出正中央的少女身影。

少女兩側的葵藍卷髮閃著濃厚鐵光。在獄卒們簇擁下，本就嬌俏的少女更顯光彩奪目。

在少女的兩旁，則分站著端著離魂香盤的兩名獄卒。

——原來如此，今天的值官輪到拂梢嗎？

沒有浪費半刻遲疑，我抓起掙扎著起身的娘的手，急急一個轉身，想往來時路退。

但同樣灼熱的亮光卻在我們的回頭之際，如駭人的絢爛花苞綻放開來。另外一組人數相當的獄卒，已然封鎖了我們的去路。

「前後都有我們的人，妳二人已無路可走了。還不束手就擒！」

背後傳來拂梢的厲聲。

我屏住氣息，將燒到只剩半截的離魂香與一顆檀鈴，以不引人注意的手勢悄悄滑入困惑倘促的娘手心，使她握緊，不讓拂梢看出破綻。

「幽……幽冥？」

娘小聲在我耳邊叫著。

我用低得不能再低，離我們兩人尚有一段距離的拂梢與獄卒絕聽不到的氣音回覆：

「……待會，只要找到空隙就逃走。跟著檀鈴，它會指引您到我的居殿。抱歉，請您暫時獨自在那躲避一會。」

阿鼻塔座落在外籠區域，離處於內籠之內，圍繞著中廂臺的五義人居殿還有一段距離。縱然以阿鼻塔為中心向外搜索籠庭，暫時也還搜不到那裡才對。

「還有，切記不論看見什麼……噤聲。」

說完最重要的囑咐，我鬆開不安的娘，緩緩轉過身子，正面對著拂梢。後者微一抬手，聽命的獄卒們飛快移動位置，轉眼間，所有的火光都齊聚在我一人身上，感覺上那熱度幾乎要將我的衣衫燒出洞來。

拂梢迫不及待想看清我的臉，卻在定焦瞬間，銀眸上揚，詫異地嘖了一聲：

「諸神面具……？」

就在所有人都因我臉上的面具而驚訝時，我的身體已開始行動。

不能使用檀鈴。

同是五義人的拂梢在場，要是使用法寶，很有可能會被識破。下了如此判斷，我將雙臂夾在身後，讓身形如破弓的箭彈出，直衝拂梢眼前。

拂梢見狀，退後半步，右足提高向我踢來。我側頭避開，左手成掌，作勢按向拂梢天靈蓋。拂梢原地一個旋轉滑開，左臂伸來攫住我的，反身一抽。

人在空中的我重心被拉得猛然往前，眼看就要就這樣跌入拂梢背後的獄卒群中，我及時反握住拂梢手肘，用腳在某個倒楣的獄卒面上一踮，借力使力，翻轉半圈後，貼著拂梢背後落地。這下子，換成是拂梢的手臂被我箝住了。

拂梢發出氣惱的悶聲，間不容髮，右足靈敏倒勾而起直取我胸腹。我被逼得只能鬆開拂梢前臂，拂梢一得以轉身，立刻雙足踢出。我以雙掌擋下，反推，拂梢被自己的反作用力震得搖晃了一下。

她懷疑地直瞪著我。

「光是閃躲，為何不直接攻擊我？妳到底是誰？」

我沒出聲，再次衝向拂梢。拂梢一凜，出腿掃我下盤。我跳起，藉著輕踩拂梢的肩，再度翻過拂梢頭頂。拂梢的雙足跟著轉向，朝我襲來。

這時，周圍旁觀的獄卒們都早看我與拂梢的對戰看傻了，完全忘了該有的戒備，全都聚集起來擠在我們兩人身邊，瞠目結舌。

就是現在！

我伸展雙臂，擺出像是要架在胸前擋住拂梢攻勢的樣子，卻在下一瞬間，手勢忽變，以迅雷不及掩耳的速度，自左右兩邊兩個獄卒的腰間佩鞘中抽出長劍，水平圓斬。

頓時，前方獄卒們手上的燭火都被我製造出的劍風給吹熄了。同一時間，拂梢的足已到，我不避不閃地受了這一踢。衝擊的力量送我快速往後飄去，遠離拂梢再度追擊的範圍，順勢跌入後方的獄卒群中。

忍住受拂梢一踢的暈眩感，我隻掌按地跳起，踹開周圍數名向我撲來的獄卒。雙手長劍一陣亂舞，將原本整齊的陣式殺得大亂，空出了一道縫隙。

「走！」怕被聽出嗓音，我刻意壓喉低喊。

娘接收到我的意圖，倉皇點了個頭，便踉蹌但堅定地往那道空隙鑽去，她的身影消失在折折彎彎的甬道之後。

「攔住那婦人！」拂梢喝道，揚起裙擺，猶如一隻翩翩巨蝶朝留在原地的我飛來：「妳們一個也休想逃走！」

我將在我身前的數名獄卒，像是擋箭牌似的，全都朝拂梢奮力踢飛了出去。拂梢迫不得已地飛勢一緩。她必須先將那些身不由己的獄卒左右撥開後，才能再次朝我撲來。幸虧有此拖延，趕在她的手抓到我肩膀以前，我已及時直起身，交互雙手向外各大範圍畫出大個半圓，劍氣狂旋，將後方僅剩的火把也全都給滅了。

最後，憑著火光完全消逝前的最後一瞬，我手腕一振，手中兩把長劍分別朝端著離魂香盤的兩名獄卒射去。

我丟出的力道直接剖開香盤，往內續裂，靜靜焚著的線香柱接著給攔腰截斷，原本縈繞樑間的清沉檀香頓時消散於無形。

我聽到香盤摔地的聲響。

「——不可以！」

就在察覺到我做了什麼的拂梢發出高叫的那一瞬間，我們眾人所在的通道也同時陷入一片伸手不見五指的黑暗中。

「快！」

隨即響起的是拂梢接近歇斯底里的狂亂命令。

「快重新點燃離魂香，否則謫仙……！」

像是要應證她所言不虛，數個半透明的影子，在內層塔壁上，猶如泡水的霉斑般，緩緩浮了出來。

一開始還是半透明的，而後，慢慢地，一步一步，色彩變得鮮豔，華麗。在這失去光源，理當什麼都看不見的黑暗裡，這些出現在牆上的人影卻不合理地發出淡淡珠華燐光，就像是一顆顆的微小之月。

然後，那些人影終於將頭部自牆壁抽出。當那珠光從內而外映亮祂們的臉時，一場壓抑的無聲尖叫瞬間在在場所有人之間互相傳遞。

現在，在這裡，沒有人手上有離魂香。

發現到這點，所有獄卒都人人自危。這時候，誰也顧不了搜捕逃犯了，先對付謫仙要緊。但除了謫仙所在的小區域外，大部分的人都仍處於視力退化的黑暗中，要進要退都不容易，更何況旁邊還有擋路的同伴在。就在眾人猶豫不知如何是好的瞬間，戴著慘白面具的謫仙們已採取行動。

祂們聖潔的形體飄浮而起，宛若毫無重量地，連帶無數憑空而降的燐火，朝在場的活人無分軒輊地飛射而到。被攻擊的獄卒們則陷入大混亂，吆喝，推擠，誤傷，連連慘叫不斷。

聽任這些同僚為餌，我收斂聲息，隱身至黑暗之中。想要趁拂梢還沒反應過來之前，藉機繞到後面的通道脫逃。

「鍾姑娘！法寶！」

在一面慘嚎聲之中，不知是哪個獄卒突然大聲向拂梢求救。

我直覺往回看，只見拂梢將檀扇抱在懷中，藍髮下的臉蛋是驚人的蒼白。

「不要……」

她喃喃哀求。
向來總是逞強站得硬直的纖弱身軀，此刻在發著抖。
「不要靠過來……我不想再戰鬥了……不……你明明就說過要帶我離開這裡的……」
她的低語一字不漏地傳進錯愕的我耳中。
拂梢？
「色義人！」
「快使用法寶啊，混帳！」
「求求……嗚啊！」
周圍尖叫著的獄卒陸續在飛射的燐火星群中一一倒下。
悠然淩空飛過獄卒們的屍體，某尊謫仙來到拂梢面前數吋的空氣，像是試探又像是撫慰般地，朝少女伸出了半透明而閃著珠華的手。
眼看將要碰觸到少女落淚的頰。
「我說別過來了……」
同時，拂梢的忍耐力似乎已到極限。她用盡渾身力氣，彎身抱緊懷中的檀扇，一直以來的喃喃細語突然變為震耳欲聾的尖銳叫聲：
「不要——救我，臥季！」

那是世上最無助的哭喊。

冒著身分被揭穿的危險，我閉上眼，正要將手上檀鈴擲出——

咻！咻！

兩次破空風聲及時響起，隨之，兩枝古雅的檀木箭挾著晴雷之勢，準確插入最接近的兩尊謫仙的身體，祂們甚至沒有哀吟便已魂飛魄散。

我心中一凜，連忙回身躲到轉角壁後。才剛隱好身形，無數的火炬便突然同時亮起。明滅的火光在塔壁上形成無數拉長晃動的陰影，謫仙們的華麗身影卻沒同時出現在牆壁上。祂們早已非此實世之物。

「散去吧，這裡不是你們該駐足的場所。」

畔兒的聲音潔然無塵地迴盪在塔道之中，整個人散發著神靈之氣。他手中持著秋木香盤，盤中則是二束點燃著的離魂香。

手持檀弓的樨臣安靜出現在他身旁，傲然的雙目冷冷盯著那些因聞到離魂香的木質香味而畏縮的謫仙們。

在他們兩人身後，則是人數眾多的十殿獄卒。雙方勢力間的勝負一目了然。

我沒有再浪費時間留下看大勢已定的結果。

背過身子，我盡量做到完全的無聲無息，朝人少的路線遁走。塔內各處零星的戰鬥還在持續著，為了清空甬道，我將剩下的檀鈴旋出，讓其在我前頭飛舞領路。果不其然，一路上謫仙碰到檀鈴紛紛警戒避開，至於忙著與謫仙作戰與追捕逃犯的獄卒們，則根本無力注意到我們。

我暢通無阻抵達塔的出口。該在這的守衛，也因塔裡的騷亂而進塔中增援了，少了我再動手的麻煩。

還沒踏出塔，就已能感受得到清冽的夜晚氣流吹進，將塔內的悶腐味道一吹而散。

「……」

深呼吸一次後，我幾乎是迫不及待地跨出塔門，向與娘約定好的會合地點奔去。

撐起手肘，我飛身翻過我居殿院落的欄杆，在廊道輕足落地。夜深人靜，院落深深，一股涼意柔和侵襲進我的單薄衣裳。

一道像被人塞住口的嗡聲，低調地繞過花廊轉角向我飛來。我收回檀鈴，曉得娘必然就在附近。正要揚聲尋人，某股熟悉的花薰卻夾在冷清的夜流中，猛然竄入我的鼻間。

「妳是誰？」

自轉廊對角，燈籠照亮處，藺的聲音傳了過來。

我連忙將要衝出喉頭的聲音壓了回去。跳出廊外，藉著枝葉扶疏的矮灌木掩護，從外頭的庭園迂迴鑽向繭聲音傳來的方位。

我蹲著，從葉縫往外窺視。

隔了一道欄杆，只見繭與娘分據長廊兩端對峙著。

「…………」

娘警戒地往後退一步，噤若寒蟬。

「回答我。」

繭不疾不徐的聲音再次緊迫盯人響起。他稍稍抬起衣袖，數不清的青色藤蔓像是依附在步廊地板木頭的裂痕一般，自繭足底往外捲竄。

我幾乎是同時地從藏身的灌木衝出，空降在繭與娘的中間，被我撞落的葉片猶如斷折的蛾翅飛舞廊中。

「小心！」娘吶喊。

說時遲那時快，自幾乎無法分辨，落葉交舞的縫隙中，猛地竄出數根來勢凶猛的藤蔓前端，朝我刺到。我只來得及將雙臂交於臉部保護，便被這幾枝原本該攻擊娘的罌粟藤給狠狠往後擊飛出去，直到我的後背重重撞上花廊底端的柱子，發出砰的重聲，才總算停止後飛之勢。

「妳沒事嗎？」娘驚呼著朝我奔來。

我掙扎著好一會兒才成功站起身。巨大的鈍痛遊走全身經脈，簡直是像在向我宣示，如今這座籠庭的主人是誰一樣。

試著無視那近乎要癱瘓我的痛楚，我前奔幾步，扶起虛弱的娘，將娘護在我身後，由我面對擋在我們前頭的藺。

一身蒼灰的藺仍維持著微抬起手的姿勢，靜立在迴廊掩映處，專注地凝視著我。

而後，閉眼，再緩緩睜開。

總是一貫玉綠透明，純淨到令人不由自慚形穢的眸子。

「……塚幽冥。」

不再盯著我看，藺只是靜靜呼喚了一聲。

那語調，知曉一切，不帶有責備，也不洋溢多餘的同情。

單單只是呼喚我的名字。就彷彿是在客地偶然認出某位過去的舊友一般，陌生而懷念。

「除下面具。」

他的白髮在夜色中依舊耀眼。

「…………」

我沉默地依言拿開臉上的面具，露出本來面目。

「幽冥——」

身後的娘擔憂地拉著我的衫角，我輕輕搖頭。

「否認也無濟於事。這個人就是羔戮，娘。」

身為彼此共享受蘊的義人，我原本就不期望能在羔戮面前隱藏自己的身分了。在衝出來保護娘時，我便已做好身分曝露的最壞心理準備。

事實上，藹會出現在我的居殿，就代表他也感應到什麼，才會來此確認吧。

我不解的是為何藹在認出我前有短暫的停頓。

「……因為很像。」

藹輕吁口氣，朦朧地說。

銀色的星照著庭內銀白的牡丹叢，淡淡刷上藹半邊的側面輪廓與衣裳，猶如結凍霜粒。

「我感受到色蘊及受蘊之間強烈的互相拉扯。所以先去鍾系居殿，但拂梢不在那裡，我才會過來塚系居殿……」

藹輕聲解釋，蒼色的寬大長袍瀉至地面。他的語調帶著莫名的歉意。

「——我還以為是祂再臨了。」

藹低垂著頭。

「明明我不還血是不行的。所以，嚇了一跳。我在想，自己是不是不知不覺之中已經死去了。」

我茫然地回看藺，完全不懂他在說什麼。

「那個，」藺指著我的手：「是從南柯殿取來的嗎？珠罌神的輪罌粟花面具。」

「珠罌神？」

我驚訝地翻轉過為了掩飾真實身分，先前在南柯殿隨手取來的面具。

以紅色花瓣為紋樣的面具，不知收藏的當初便是如此、還是年代久遠造成，花瓣的顏色早已朱嫩不再，褪成淡而又淡的淺粉，稍不留神便會忽略過去。

至少，在藺跟我提及前，我完全沒發現到。對我而言，在夜燈昏暗，隔著一段距離的情況下，還能如此清楚辨認出來的藺本身才是個不解的謎。

「看一眼就夠了。」

察覺我的狐疑，藺有些困擾地澄清。

「珠罌神的面具，我只要一眼就認得出來。」

令人不得不信服的篤定語調。就彷彿對藺來說，那個傳說中有珠罌神存在的珠罌牢仍歷歷在目。

「其他人呢？」

「什麼？」

被藺突然詢問的我直覺攏聚起眉回應。

「妳從阿鼻塔裡放出來，除了在那邊的妳的生母以外的，其他死囚。」

我先是愣然地張大雙眼，而後，默不作聲。

藊見狀，也跟著垂下稚氣的眼。不是指控，卻比指控更有殺傷力。

「……原來如此。從一開始就不打算真的救他們嗎。」

藊對我的意圖猜測得一點都沒錯。

逃出囚室的犯人，就算沒在阿鼻塔內成為謫仙手下亡魂，也幸運避過十殿的搜查網（天知道這機率小得猶如奇蹟），只要一旦出了塔外，進入籠庭範圍，這些犯人便會發現：自己充其量，只是從較小的牢籠，逃到一個較大，也更嚴密的牢籠裡去而已。

籠庭有五鬼門的絕對禁制守著，無法隨意進出。娘不同，她有我的協助，能藏在我居殿中躲避搜索。數日後，輪到我值鬼門時，再趁著夜深人靜，最後一組守夜獄卒回歇時，神不知鬼不覺地溜出我開啟的鬼門回到外界即可。但其他逃犯，就算千辛萬苦逃出阿鼻塔外，不懂如何開啟鬼門的他們，到最後仍舊只能被困在這座無路可走的籠庭內，直到被發現或是活活餓死。

註定沒有人能活下來。

頭暈與隨之而來的嚴重耳鳴，我不禁暫時闔起了眼。

在被我釋放時，以為自己重獲新生的囚犯們，臨走前對我囁嚅出口的道謝聲，猶如蹣跚學步的稚子，搖搖晃晃，在我耳邊一閃而過，隨後跌入罪惡感的寂靜深淵。

我撒了謊。

對那些素昧平生的人，撒了一個殘酷至極的漫天大謊。我說服他們能夠逃出一個死亡陷阱，只為了將他們推進另一個死亡陷阱裡。而也許在他們臨死前都不會曉得，自己僅僅是被我利用來擾敵，分散拂梢等人的注意力的誘餌罷了。

自始至終這些人的死活都不在我的考慮之內。

「……人在懼怕死亡時，似乎容易變得殘酷呢。」

像是知道我的沉默代表了什麼，繭撇開頭的視線輕微，卻有重量，滲著無限哀傷。

「恐懼會蒙蔽人心。妳是。四百年前，也是。」

「……拜託你，放過我娘。」我啞著聲。

閉口不答，繭無言抬起手腕。

我倒吸一口氣，欲抓娘的手腕遁走，平靜的罌粟蔓藤卻乍然拔地而起，張牙舞爪阻隔在我與娘之間，把我逼得連連退後。其餘藤蔓則順勢攀爬上手無縛雞之力的娘，一路往上，將娘的雙臂綑縛在身體兩側，束住雙肩，纏結咽喉。

「娘！」

我衝上前，卻不敢輕舉妄動。

無論在什麼情況下，任何職位，包括五義人，都不准傷害羔羆與羔羆所操縱的輪罌粟。

被當成精神象徵，又被輪罌粟侵蝕殆盡的繭，在籠庭之內並沒有真正實權。但只有這點，是籠庭無人膽敢觸碰的禁忌。

羔戮是不能傷害的。

一旦羔戮受到損傷，珠罌神便會再臨，人類將落入萬劫不復的境地。

這禁忌如此根深柢固，導致光是想到這個念頭就足以讓我打了冷顫。

取而代之，我轉頭帶著懇求意味地喊繭的名字。

「繭！」

然而繭一臉認真，對我搖了搖頭。

「一如五義人是羔戮的箱，羔戮則是亙玉的箱。對於危害之物，箱有義務予以驅除。沒有比反珠更會對籠庭帶來危險的東西了。」

「那麼只要放過我娘就好！」我幾乎是絕望地必死地請求：「她是我在世上僅存的親人。要是她不在了，就沒有任何人認識喪失記憶以前的我了啊！」

「——請妳放棄。」

雖靜默一會，繭依舊堅決不為所動。

「籠庭之律，反珠分子一律處死。這不是我能擅改的事。」

他的袖襬飄動。

纏在娘身上的輪罌粟藤蔓頓時收緊，像是乘載著千年的人們怨念，將娘整個人逐漸拉提離開地面，懸至空中。

我只覺得全身血液在一瞬間衝至我的腦門。徹徹底底的頭暈目眩。

「住手！」

我大喊，不顧三七二十一揮出指尖檀鈴。

一鈴鳴聲如嘯，聲到風銳，將寄生在娘喉頭的藤蔓切斷，留下銳利切口。另一鈴則呼如警鐘，直朝藺的手指打去。

被打中的藺微一眨眼，手也因鈴噹重量而偏斜。感受到主之威脅，罌粟藤迅速自娘身上撤退，縮回總算站直的藺的肌表各處。

失去意識的娘落回地面。

藺則不可思議地瞠視著我，微微吃驚的神情。

「妳攻擊我？」

我喘著氣，無話可說。不，是憤怒到無法出聲。

「為什麼要袒護妳生母到這地步？籠庭律法——」

「律法什麼的……一點干係也沒有，不是嗎？」

「咦？」

「只要能活下去，把律法那種東西毀壞掉也無所謂吧？」

曉得自己失控。但一不作二不休的衝動猶如已然出鞘的劍，起鳴的鈴。我開始克制不住自己逐漸飆高的聲量。簡直像是在對藺洩忿似的，我怒喊：

「你問為什麼？你真的不懂嗎？」

我反問，藺遲疑往後半步，卻沒能遏止住我的咄咄逼人。

快要崩潰的臨場感正在堆疊。

從進籠庭以來，從塚系被滅近半以來，從我發現自己失去記憶，雖然活著卻不知活著的是否就是真正的自己以來，我想對娘說的，想對黔潤說的，想對睛說的，想對所有任何圍繞在我身邊的人說的，全都在此刻對藺爆發了出來。

「為什麼？因為我們跟你不一樣，跟不老不死的羔戮不一樣！我們是會死的凡人。所以會怕死，這不是理所當然的嗎？即使必須欺騙那些囚犯，只要我娘一個人能得救就好，從頭到尾我就是這麼打算的。為了活下去，不管多卑鄙的事我都做得出來，因為我就是這種怕死的卑劣小人，因為我是貪生怕死的塚家人，因為我除了這點之外，在這世上已經沒有任何其他的東西可以抓住了——這就是原因，可以嗎！聽到這些話，把我們困在這裡的你，高高在上的羔戮，如今滿意了嗎！」

自我滿足與自我厭惡同時在我體內猶如互相交疊推擠的波浪，一層一層沖刷過我。蜷起身體，我接近自暴自棄地大喊。

藺怔住了，好長一段時間都沒開口，只是怔怔地望著我。那雙透明的瞳仁穿越過我，彷彿在看著某個更遙遠之前存在的東西。混合著懷念與痛楚，同時又帶著某種醒悟的恍惚神情。

而後，輕輕地，猶如翠羽掉落般地，眨了眨眼。

「原來，我還是忘了一部分……明明那麼努力想記得每個細節的。」

不知為何，藺娓娓訴說著的聲音讓我想哭。就像隻柔順認命的羔羊。

「對不起。」然後，藺低下臉，向我輕聲道歉：「對不起，把你們困在這裡。」

我一時不知道該有什麼回應。僵在原地。

「對不起。」

藺又說了一次，就像個迷路的孩子般手足無措，為了我遷怒的胡言亂語低首認錯。

「要是我能夠下定決心的話，就不用連累到這麼多人了。是我的錯。」

在聽見藺向我道歉的瞬間，我的憤怒如遮蔽月的黑雲般快速退去了。

「啊……」

單手掩口，我倏地從激昂的情緒中清醒過來。

「對、對不起……我不知道我為什麼會說出這些話……」

我感到無比的慚愧。

義人被逼得早死，羔毅卻被逼得永遠地活下去。兩者的宿命不同，卻是同樣悲慘。

我明明就曉得繭跟我們一樣身不由己的。

「……對不起……我、我不是真的生繭的氣，只是……」

差勁透了。

無用的我除了囁嚅道歉之外，完全不知該說什麼。

然而繭沒有責備我，只是清淺地微笑了一下。攏袖，偏首仰望柱外的夜空。

「我知道，那是珠罌神的憤怒，不是妳的。還不是時候。」

他向我毫無防備地伸出手掌。

「能把面具還給我嗎？」

我遲疑了一下，才緩緩將那繪著紅罌粟花的面具置於繭的掌上。

「謝謝。」

繭從我手中接過。

就在面具離手的一瞬間，我猛然心裡一輕，像是某個沉甸甸的重量突然自懸崖滑落下去，找不到了。接著，所有強撐的氣力也跟著離開了我。

我回到我，塚幽冥，原本感知世界的方式。

感覺就像變成另一個人似的，我被錯置感嚇了一跳，面具登時因我猝不及防的鬆手而掉落在走廊地面。

「怎麼……回事？」

「人不能隨便戴上神的面具。」

藺拾起掉落廊上的面具，低頭觀察半晌，而後極其寶貴似的小心翼翼收入懷中：

「雖不至像謫仙戴的芙蓉面具般徹底泯滅一個人的人性，但是諸神面具同樣會讓人性情丕變。畢竟本來就是刻意區隔神與人才戴上的。而珠罌神又是出名的鐵石心腸。妳會被影響也是無可厚非。」

「……我被同化了？」

我一方面難以置信，一方面卻又因有藉口開脫而暗自鬆了一口氣。

「嗯。對我而來的憤怒重疊了吧。」藺說。

藺在敘述殘酷的事情時，總是能用著如此寧靜而古老的表情。

猶如午夜夢迴的森林中，一觸即散的水霧。

「四百年前，珠罌神戴著這副面具被殺時，我就站在祂面前。至於塚幽冥，則是以塚系義人遺孤的身分，下意識對羔戮感到怨恨。雙方的共鳴。」

「真的非常抱歉……」我再次為時已晚地道歉。

「我原諒妳。」

「是？」

「我原諒妳。所以，」繭未經造作的瓔珞之聲，琤瑽，伴著夜風：「妳也能原諒我嗎？」

我不自覺地用全盤的凝視朝向他，而繭也筆直回應我的視線。

那份非人的坦率讓我不由得點了點頭。繭瞬間像個孩子般的笑逐顏開。

「太好了。」他說。

我卻完全不曉得自己有做什麼值得讓他這麼高興的事。

「那麼，接下來，」繭走近，在昏厥的娘身邊蹲下，輕壓著後者前額：「醒來。」

淡淡的，沒有強制的語調。

被解除罌粟催眠效力的娘困倦坐起，揉了揉眼。繭退開，讓我有空間攙扶娘起身。

「……在血池最深處，通過下方地殿，有一條平時隱藏在奈河水下的祕道。」

繭忽道，我茫然抬頭看著鮮少會滔滔不絕的他。

「這條祕道唯有能操縱輪罌粟者才能開啟，或者，該說是第六道隱藏的鬼門，會更為貼切吧。」

「鬼門……」我愕然：「也就是，能夠通到外頭的珠罌牢？」

「對。這祕道在罪弒前是珠罌神的私人捷徑，供珠罌神有需要時能祕密快速地通往外世用的。由那裡通行的話，順著河水，應該在天亮前就能安全抵達籠庭之外了。」

「……難不成，」我還是糊里糊塗：「你願意放走我母親？」

「不只，還有妳，塚幽冥。妳們二人一同逃走吧。離開這座籠庭。」

藹說。

有短暫時間我只是結舌瞠視著藹，完全無法明瞭他話中含義。而等我總算會意過來時，藹提著琉璃燈籠領路的文弱身影已在前頭一段距離的地方。

「等等！」

愣在原地，被藹遺留在背後的我急忙叫出聲來。藹半轉過身，不解地偏著頭：

「怎麼了？再不快點走會被其他人發現的喔。」

「可、可是，律法，違背籠庭的律法也沒關係嗎？」

此刻的我，簡直就像是看到大雷雨在頃刻間變為烈烈秋陽般的錯愕。

「不知道。」藹乾脆道。

「不知道？」

「現在的我被輪罌粟束縛，沒有足夠判斷的意志與能力。」藹停下步伐：「但以前的我，似乎曾經做出與妳相似的決定。」

看到我面上露出的困惑之色，藹彷彿想令我安心地笑了一笑。

「——那句話，我也有說過喔。」

「耶？」

「律法什麼的，跟我一點干係都沒有的那句話。只是在幽冥提起以前，我幾乎完全忘記了而已。」

「對十殿獄卒說的？」

「是朋友。至少，很久很久以前曾經是。」

藟偏頭，圓順的白髮因此晃了晃。

「是個對於遵守律法之類的事情很嚴格的對象。所以，即使明知不是她的錯，我還是很沒有道理地大吵大鬧了，直到她很頭痛地試著安慰我為止。」

曾經是？那現在不是了嗎？

我好奇，卻不敢問出口。

藟瞥了我一眼，而後轉回身續往前走。幾乎沒有足音的履，踏在紫褐色的廊木上猶如蓮的影子。

「所以，請不要認為我不能理解人所謂想活下去的心情。塚幽冥。」

藟靜靜說。

「縱然我已不算是一個人，縱然我已不能算是活著……我仍然一直記得。」

通往地殿的階梯入口位置，與我的居殿幾乎是呈相反方向。雖然也能從相連的廊道過去，但考慮到躲開獄卒搜捕的難度，我們最後選擇直接穿越中間的假山與竹林，會更為安全。

夜晚的竹林實在過靜了些，拔拔竹影看上去也都顯得妖魅。在我身後的娘一直不自覺地靠緊了我，頻頻左顧右盼。我被娘的緊張影響，也吞了口唾液。但走在我前頭的藺，對這覆天蓋地而來的夜色，則是一貫的泰然自若，絲毫未被影響。

「啊。」

才剛這麼覺得，藺就冷不防微呼一聲。被那聲音中含帶的驚訝牽動，我本能地向前俯奔，檀鈴自我指間滑出，俐落地將躲在竹地間意圖攻擊藺的細蛇給一切為二。

娘似乎被我幾乎是自然反應的速度嚇了一跳。

「五義人與羔戮間的牽絆是強大的。」藺輕輕說，像是在為娘說明：「如果五義人沒有自覺的更強大意志，他們會毫不考慮地挺身保護羔戮。」

「那麼，也就是說諸神面具有強大到這個地步，足以影響這個定律？」

娘問，似乎仍對我在劫獄過程中，表現出的那個與過去相像的性格，始終耿耿於懷。

「嗯。之前處理借屍還魂者時，被我的罌粟暫時侵入也有影響吧。再加上幽冥想救母親的心情，以及珠罌神臨死前的巨大恐懼沾附其上。」

在被月照得銀白的竹林石徑上，藺再次移出腳步：

「即使沒有諸神面具搧風點火，瀕死的經驗也足以改變一個人的個性……畢竟那實在太恐怖了。」

以藺而言，是難得抒發個人情緒的發言。我不覺眨眨眼。

「藺也有瀕死過嗎？」

「我沒有。」

藺以奇特的方式搖搖頭，而後又點點頭：

「但我看過無數人在我眼前死去。臨死前還握著他們的手。」

「……同為羔戮的親人嗎？」

茨家是當年在場參與罪弒的主謀之一，也因此被血咒株連甚廣。一門合計六口同在那日成為羔戮，而十年後，僅餘年紀最小的么子藺倖存。其餘茨家人全都死在謫仙手下。

「嗯。」藺的神色依舊平靜無紋：「還有，朋友。」

「之前提到堅守律法的那位？」

「嗯。比朋友還要重要的，朋友。」藺的眼睫似因負擔的回憶太過沉重而少許垂顫：「在我面前被殺死的。很殘忍地。」

「被殺死？」我愕然：「為什麼？對方也是羔戮，也被謫仙殺了嗎？」

「因為恐懼。」

藺回答。

「一切的殺戮都是出於恐懼，塚幽冥。」

夜風吹過，藺的白髮颯颯。

我不禁昂起了頭，看著夜空中幾乎呈現同樣顏色的永恆白月。

快要走到石徑盡頭時，藺突然一副若有所思地站在原地，不再前進。我不明就裡地來到他身邊，怎麼了三個字還沒說完，藺就欺身過來，伸出手輕柔但堅定地捂住我的嘴。他隨即伸出另一手，在自己脣邊比了個噓的手勢。

在做這些動作時，藺的神態仍是悠慢的。

「有人在。」他道：「我感應到晴的氣息。」

我還來不及做出張大雙眼以外的反應，晴冷豔的嗓子便緊接著藺的語尾響起。

「是誰？有人在竹林裡嗎？」

藺立刻拉我躲入石徑旁的繁竹後頭蹲下，後頭的娘也學著我們。

濃暗的竹林掩藏住我們的行蹤。隔著竹幹縫隙，睛出現在石徑，窈窕的身形充滿警覺地繃緊，在竹林周圍兜著圈子，一雙鳳目銳利地掃過竹林上下，找尋任何可疑的蛛絲馬跡。

要是被睛發現就糟了。

然而，假如一直躲在這兒耗時間，一旦天明，要逃離獄卒的搜索網同樣會變得難上加難。

傷腦筋了一下後，我向藺與娘打了個手勢。那兩人會意頷首，跟著我低身，避開月光照到的地方，在陰影中匍匐與睛拉開距離。

過程中，我跟藺不約而同都屏住了氣息，保持安靜。唯有娘，大概是受在牢中的勞累困頓影響，雖然她勉力嘗試了，氣喘吁吁的聲音仍不時飄入我的耳裡。我只能祈禱睛的耳力沒好到那個地步。

就在一心擔憂娘會洩漏出我們的行蹤時，我自己卻在移動時絆到某根擋路的竹株。竹身軟無腰肢，唰地隨著我的力量彈射出去，打到另一根與它緊密相連的竹，而後者同樣受到力量反彈，朝下一根相鄰的竹拂出。直到我的力量被夜風折抵，竹子不再晃動時，竹林間已響過一串猶如喁喁低語的唰唰聲。輕微，但任何一個受過適當訓練的義人都不會錯過。

證據就是當我猛然縮回身子，下一瞬間，我方才在的位置已被檀墨腐蝕得一片焦黑。

「給我出來。」

晴冷冷的威脅接著揚起，墨水如彩帶靈動懸在她玄紫袖口。

我們沒有人動。

晴的眼神冰到我後頸寒毛直豎。她揮腕。

「既是如此，就別怪我手下不留情了。」

為免三人落到一同腐蝕殆盡的下場，我咬住脣，正打算站起現身承認，附近的竹子卻傳來一陣騷動聲。

「暫停暫停。給五系之首的東方法寶打到可是很痛的。」

爽朗口吻，黔潤舉高雙手，手裡空空如也的走了出來。雙鋒劍原封不動地插在他的腰間，黑夜中，黔潤銀色的長腰帶猶如星河流動。

「黔潤？」不只我們，連晴似乎都對這一變故感到無比吃驚：「出現的怎會是你，我還以為……」

「以為？」

「不，沒什麼……」

晴的驚訝退去，取而代之的是一抹暗暗複雜及苦澀的表情，她收回墨。

「本想除躲在竹林裡的小蟲，但既然你都出面，就算了。」

躲在暗處偷聽的我壓下梗在咽喉的氣，一旁的繭則疑惑著我的反應，而後安慰似的捏住我的手。

「阿鼻塔的情況呢？」

晴續問著身為無常殿判官，理應在最前線收拾殘局的黔潤。後者兩手一攤。

「就那樣囉。等我趕到時，烏公子與曹公子二人已徹底控制住情勢，謫仙也都退散得無影無蹤。」

「是誰做的？」

「這個嘛，我猜是我們沒抓到的反珠餘黨，潛入籠庭救回同伴吧？」

黔潤煞有其事地聳眉。

「鍾姑娘也說自己沒看見攻擊她的人長相，據說從頭到尾都謹慎戴上面具的樣子。」

「別說笑了！」晴的語氣變得嚴厲：「反珠餘黨？籠庭有五鬼門封鎖外界，除了謫仙，人類憑空飛進塔裡的可能性是零。如今此人不但堂而皇之進來，而且對塔內配置一清二楚，除了內賊做的以外還有什麼答案！」

一陣沉默。而後黔潤習慣性地輕咳幾聲，又嫌熱似的將兩臂袖子微微上挽。

「放棄吧。」他以熟悉的明快，但無庸置疑的武斷聲調說道。

晴怔住剎那，隨即疑心反問：

「黔潤，你是不是知道什麼？」

「怎麼可能？」黔潤淡淡一笑：「我只是說，就算追查也是查不出來的。如此而已。反正我方無人死傷，反珠分子也都抓回來了，就讓它過去，不是兩全其美嗎？」

「什麼？」

晴不可置信地瞪大一雙冽秀的目，即便從我的位置看去，都能察覺她眼神中的怒火在夜中閃閃發光。

「你當真嗎？」

「就我個人立場，我喜歡反珠甚過籠庭的中心思想喔。不過撇開那點不談，事實上是就算妳想追究也沒有任何線索可抓吧？身為無常殿的判官，我衷心建議東方姑娘能將寶貴的時間放在其他更重要的事上頭。」

微微欠身，說完話的黔潤轉身想走，卻被晴伸手拉住。

「等等。」她低聲說。

夜風吹動竹枝搖曳，片下的影子遮住了被迫止步的黔潤表情。

「等等。」

晴又說了一遍，就像是自己也在遲疑說出下一句話。而後她果決地深吸一口氣。

「……不要總是只看著她一人。」

黔潤沒有出聲，只是定定地凝視著晴。
「別這麼做。她追尋的對象不是你，黔潤，到頭來你只會傷到你自己。」
晴閉上口，又是片刻沉默。
而後，黔潤吁了長長一口氣，原本嚴肅抿著的嘴舒緩下來。
「我知道。」
他說得未免太乾脆。
「但這是我欠她的。」
被握在藹溫潤的手裡的我的脈搏忽地劇烈跳動一下。某種似曾相識的遠感。而竹下的黔潤正彎身向晴行了一禮。
「很抱歉，恕我無法從命。若行義人沒其他吩咐，屬下先行告退。」
「站住！」
晴受到刺激地提高聲量，年輕判官不贊同地微皺起眉。
「我不懂！不過是在討伐任務中湊巧誤傷敵營的女孩，大可不用如此在意也行不是嗎！」
「……或許，如果只有這樣的話。」黔潤輕聲唸道。
「嗄？」
「那麼，同理可證，我不過也就是在滅殺謫仙時湊巧救了東方姑娘一命。姑娘同樣大可不用因此選擇我當作姑娘青睞的對象也行，不是嗎？那樣的話，對我們彼此都好。」

黔潤講得溫和，晴的臉色卻變得比高掛竹林林梢的月還要皎白。她腳步一滑，身上的紫月褂袖大幅飄起，搖晃了好幾下才穩住。

「……你……你知道？」晴困難地問出口：「你一直都曉得？」

「妳當真以為我真的有這麼遲鈍嗎？」

黔潤的聲音冷酷得令人不敢相信那發自他口中，即使仍帶著無常殿判官一貫輕快的節奏。

「我只是作出不講破會比較明智的判斷而已。但東方姑娘既然無意息事寧人，我也只好把話說開。我，從以前到現在，全心全靈，忠誠的對象只有一個。至死不渝。」

晴張著口，卻什麼聲音都沒發出來。絕望逐漸溢滿她絕秀的鳳眸。

這次，黔潤毫不戀棧地轉身離去。晴留在原地，像是石像般動也不動。

「……我們該走了。」

拉了拉我的手，藺輕聲耳語。

知道他是對的，我困難地將視線從晴那孱弱的身影上轉開，點了點頭。

招手喚娘過來會合後，我們三人躡手躡腳地離開了竹林。

至於晴，不知是真的沒聽到，還是假裝沒聽到我們的足音，在我們離去之際，她始終沒有對我們的方向投來一眼。

在抵達地殿之前，我們沒再碰到任何人或阻撓，連近來騷動不已的煉災，都在我們度過之時保持平靜。

「因為認出是誰嗎……冤骸的意志……」

藺喃喃自語，一邊說時一邊將目光瞥向置於他懷中的珠罌神面具。他的聲音與我們頭頂上不斷飄落的瀑布水滴一般，快要變得透明無形。本來無一物的錯覺。

我們在地殿的正中央止步。

無數卍字石溝在我們腳邊縱橫交錯，乳白的亙玉像是漂浮在君主夜帳中，亙久不滅的美夢渣滓。渾圓地，繁多地，閃耀著乍看純白如夢，細察之下，卻有著水玉般黑點的詭譎光彩。

三人之中，娘是第一次親眼看見亙玉，理所當然地驚歎到近乎失語。我暗中小小換次呼吸，試圖紓解每次到地殿來時，必會侵襲我的莫名沉壓。而藺則毫不遲疑地大步跨前，對亙玉群一心一意地平伸出雙手。

飄動的亙玉白色光華將藺如嬰孩般包繞，與他純淨的髮色近乎合為一體。

「聽從我身內珠罌之血，在我眼前，開啟。」

似是拙劣模仿著誰，繭斷續地念出。

靜靜流淌的奈河水先是遲疑了一下，而後發出服從的呼嘯。自大水池宣洩而下的瀑布停住了，黑色的河水伏首自所有的地殿表面退流而去，剩下光禿的石臺溝。底部裸露出來，千糾百結的輪罌粟花根，猶如人千糾百結的宿命般相互纏繞著，隨著如今無水的水道，一路通到殿外看不見的盡頭。

黑暗中，唯有亙玉的白撫摸著我們的面容與軀殼。

繭收回雙手，徐徐地吐出一口氣。他專注的臉龐，有著一股令人不覺側開視線，不忍再看的純淨脆弱。

「去吧。」

繭靜靜指著橫亙在水道底部，盤根錯節，宛如大蛇盤據的罌粟根莖。其粗細剛好可供一人攀爬通過。

「從這裡開始。一直沿著罌粟莖走，便能出籠庭了。天亮之際奈河河水便會回灌，在那之前，妳們應該可以抵達位於人道流域的羅井才對。」

娘站在石臺邊緣，猶豫不決地看著似乎不很可靠的青色植物。

「去吧，離雞鳴時間不多了。」繭催促著：「若妳確實想活下去。」

最後的話似乎打消了娘對於其他事的疑慮。

硬是一個咬牙，娘縱跳下石臺，跌仆在微有彈性的罌粟莖上。娘發出一聲短暫驚叫，但很快就立身站了起來，對急忙奔到石臺邊緣的我揮手：「我沒事。那孩子說得沒錯，這些罌粟的確可以行走。」

「我沒有說謊。」繭在我背後移步跟上，以始終稚氣得彷彿會出水的嗓音說道：「……我自己走過。」

「……也是你的朋友教你的？」

我在心中測量著石臺與底下罌粟藤的高度落差，問道。

「嗯，偷偷告訴我的。」繭沒有否認。對我伸出指引方向的手，如此白淨透明。朝向娘以及罌粟所在的水道方向。

「來，妳也快上路吧。」

我幾乎是愣在原地，直直回視著繭，壓根沒想到他之前的話竟是認真的。

「——我是五義人，繭。」

我認為光這句話就足以解釋我不能走的一切原因了。

但繭只是靜靜地看著我，在我半質疑半責難的目光前，也未曾有半絲動搖。

「我曉得。少了一名義人，箱玉之術便會出現毀損。不只籠庭的防禦會鬆動，最重要的，是我無法再維持不老不死狀態。只要幽冥不在，也找不到其他塚系人接替受義人一職的話，我總有一天會死。」

我本能搖首，檀鈴在我衣內發出清越的短嘯。

「既然如此，為什麼還……」

「我不想死。」繭突兀地開口：「但相對的，也沒有一定得活下去的意願。」

「咦？」

「我想見的對象，縱使轉生後還想見到的那個對象，不在這裡……縱然我已經等了很久很久。」玉色的瞳闔起，復睜開，而後綻出一抹純真笑意：「所以，說不定我死了反而能見到面吧，我這麼想。」

可是，幽冥不同吧？

繭輕聲說。

「與我不同，幽冥並沒有這麼想，不是嗎？」

我先是驚駭地張開了口，久久反應不過來，直到最後，才極其困難地點了點頭。

至少目前，我仍想盡其可能地活下去。

繭的微笑更深了些。

「妳生母在等妳。」他只說了這句，便斂袖退開半步騰出空間。

我又遲疑了一下，才對繭深深地鞠了一個躬。

「……對不起。」

我細聲道歉後，快步經過繭的面前，翻身一躍而下落在娘的跟前。

看到我跳下來，娘明顯鬆了口氣。她大概以為我會選擇留在籠庭吧。

我站直身，半回過頭仰望著臨立在石臺邊緣的繭。猶如神般單薄而遺世獨立的身影。注意到我的欲言又止，繭微笑著對我們揮了揮手。

再見。

他的脣形如是說。

明明應該聽不見的，但那個聲音卻猶如清澈的雷灌進我的耳內。無暇顧及前頭半拉著我的娘，我驀地停步。

腦中非常混亂。

所謂的輪迴轉世，就是所有人，都有再碰到彼此一次的機會吧？

雨水打在琉璃簷上，滴答滴答。箏音般的，低而迴吟。

那麼，神不會很寂寞嗎？

如虹彩般明潤的問句在我心中嘩地噴濺開來。

側坐在某人身邊，自烏綠琉璃屋簷下透出去，映入眼中的，鮮麗的色彩。層層屋瓦遮住大半的雨後的平緩山丘。

一輪晶瑩霓虹。

我喘了一大口氣，回過神來。

我不知道那是什麼，也不知道自己怎麼了，我根本不知道在剛才那一瞬間發生的任何事是怎麼一回事。

但我行動了，下意識地。

「幽冥……？幽冥，回來！」娘在慌叫。

我卻沒停，就像是腦中有個聲音在催促我似的。

不能放手。不想放手。不該放手。

早在一開始就注定好了。

從我與藺相遇的那一刻開始，我就已經無法一走了之。

宿命。定數。意志。

孰重孰輕？

孰為操縱之者，孰為被操縱之者？

不清楚。

現在，我只明白自己無暇去顧及這種瑣事。

幾乎像是中魔般地，我用力揮開娘試圖留住我的手，轉身，三步併作兩步，由快步變成奔跑地衝回石臺之下。

上去。

我腦中剛閃過這個念頭，腳下的罌粟莖便騰空而起，將我舉至與藺所在石臺相等的高度。

我毫無困難地跳離花莖，張開雙臂，飛撲擁住因太過訝然而一動都不動的藺。

蒼袍飛揚，掩住了我的視線。

藺的心跳頻率契合進我的心跳。一致的合拍。

那麼，神不會很寂寞嗎？

我不知道神會不會。諸神之於珠罌牢，已是遠古遠古以前的事了。

但藺會，而我確實知道。

我是他受蘊的承擔者，從藺流過來的意念說明了一切。

我收緊摟住藺頸項的雙手，將臉埋在他的衣襟間。

「唔……塚幽冥？」

隔著衣袍，藺的聲音聽來有些不真切。

「我不走了。」

我斬釘截鐵地宣告。

繭落入一瞬間的沉默，而後困惑地用手撩開我搔到他頰上的髮。

他皎皎的指尖纏著我紫紅的髮尾，依舊是那天真稚氣的語調。

「很危險唷？」

「會死的，妳不怕死嗎？」

怕。怕得要命。怕得我一想到就渾身忍不住發抖，頭皮發麻。

我忘不掉那場淹沒我的赤河。敵人咆哮的腥風血雨。

——我們贏了！

我怕得連骨頭都在發冷。

「我要留下來，留在這裡……我會保護籠庭與繭。」

一如繭是珠罌牢的盾，我會成為繭的盾。箱中之玉，玉外之箱。當初受命義人時，我是如此承諾的。

我抬起眸，盡力停住自己四肢的顫抖。

「……我會說到做到。」

我在羔獶耳邊悄聲。

六弔　雨宴

我不喜歡雨。

然而，每次聽到雨聲，我都會莫名地平靜下來，懷念與哀傷隨著雨的氣息，一同浸透進我的血管。不知不覺便想長長地，好好地，像要把塵封已久的胸膛中所有乾燥的空氣都給擠壓出來地，深呼吸一次。雨給我的感覺。

我不喜歡雨。可是，喜歡下雨。

舊時的塚幽冥又如何呢？原來的我，對雨又有什麼感覺？溫柔？煩躁？事不關己？還是什麼感覺都沒有？

如果，以前的我與現在的我的感受截然不同，那麼，哪一方的感受才是真實的？

又或者，這前提本身便是虛假？

「我能問姑娘在想什麼嗎？」

一把墨黑竹骨油紙傘在我頭頂撐開，黔潤掛著粲笑出現在我身畔。我啊了一聲，有點窘地慌忙縮回被雨水打濕的掌心。

今日輪到我支援無常殿的例行籠庭外巡邏任務。

「沒、沒什麼……」我搖著頭，有點語塞：「我只是在想，不曉得其他喪失記憶的人是不是也跟我一樣，有很嚴重的空白感。」

「空白感？」

黔潤問，黑袍上的銀色長腰帶尾端有些被雨打濕。

我低低地嗯了一聲。

「眼前確實存在著一個世界，但和其連繫，心裡那個用經驗與感知建立起來的那個世界卻消失了。滿滿的空白。所以，會怕自己並不是收復了那個舊有的世界，而是踐踏在舊世界的廢墟上創立了一個新的，完全不同的東西。」我垂下頭，無意識地摸著側耳處畔兒送我的結穗：「……簡單來說，就是怕自己不是以前的自己。」

「哇。」

黔潤誇張地睜大墨眼，聲音中的明朗變本加厲。

「被吐了有夠麻煩的苦水呢。」

我頓時手忙腳亂。

「對、對不起……」

「如果換成是我的話……」黔潤戳著自己下顎，思考了一下：「嗯，太麻煩了，所以我會先睡一覺吧。」
我一愣。
「……認真的？」
「一字不虛。」
被黔潤的煞有其事逗樂，我不覺笑了起來。
「真是處變不驚的解決方式呢。」
「是啊，」黔潤也笑了，由衷地：「因為我是給處變不驚的傢伙訓練出來的。」
「以前的上司？」
「算是吧。」
隨口回答，黔潤移開視線，看著自己露在傘外濕了半截的衣袖，再抬起頭觀察陰雲滿布的穹空。
「不知不覺，也輪到換季的時節了嘛。」他鬧頭痛似的揉揉額角，苦笑：「春雨霏霏。」
我好奇偏首。
「雨季不好嗎？」
「不是不好。」黔潤嘆氣：「但少了陽光，謫仙就能大搖大擺地在白天出沒了。」
春的末梢，雨水彈跳著夏的顫音。

我也學黔潤半瞇起眼，從雨絲中望出去，只見一片霧濛濛的珠罌牢。被露打濕的花似的。不知幸是不幸，神雖死了，但自然界卻沒有停止它自身的輪迴。

「對了，那麼說來……」我突然想起：「圍雲最近的嚴重焦躁，也是這個原因？」要把整個籠庭每間內室的擺設都換過，是件光想就令人牙齦發酸的浩大工程。

「怎麼可能？」

黔潤這次忍不住失笑。

「她好歹也是幹了十幾年的籠庭總管，換季這點小事還勞駕不到她動一根眉毛——是因為煉災。」

冷不防聽見這個不祥的辭彙，我愕然轉回頭。

陰雨不知何時已遮蔽住所有的陽光。我的足下只有水漬，卻無陰影。

「還未到需要特地稟報五義人的階段……應該說是刻意不去稟報才對。目前知情的除了十殿判官們，應該只有祥憩與喜綏兩殿少數人而已。」

面對我狐疑的眼光，黔潤哎呀苦笑撓頭。

「過去這半月，煉災出現的次數與範圍都越趨威脅，籠庭內已出現數名犧牲者了。」

「犧牲者？」

我震驚。煉災無原因的死灰復燃在籠庭內部不是祕密，但從未傳出傷亡。

「十殿判官竟封鎖了消息？」

「不然會造成恐慌吧。在理應是珠罌牢最防備嚴密的籠庭之內，竟然隨時隨地都有可能死於珠罌神陰魂不散的恨火之下。要是消息傳了出去，難保獄卒之中不會有貪生怕死之輩企圖潛逃出去。」黔潤無可奈何手一攤：「到時可就天下大亂了。」

「……可是，為什麼突然……？」

「天曉得。」知道我要問什麼的黔潤臉色沉了下來：「要不是親眼看見茨繭跟那群雛雞還好端端地在籠庭內晃來晃去，我真要猜是四百年前被殺害的珠罌神復活了呢。說到底，煉災畢竟是神的血肉幻化而成的嘛。」

「珠罌再臨？」

這消息的嚴重性令我不禁喘了口大氣。

「不可能的，只要最後的羔戮沒有還血——」

「是啊，我也是這麼認為。」

黔潤的臉上難得露出認真苦惱的神情。

「但也找不出其他的解釋。說起來，煉災開始變得活躍是從阿鼻塔劫獄那日開始的。據說劫獄的犯人的確戴著珠罌神的面具，莫非兩者間有什麼關係嗎？」

心臟怦地一跳。

我用力咬住嘴唇，硬生生將到口的呻吟給嚥了下去，卻還是掩飾不了臉上不自然的神態。

當日，我執意留下，讓不情願的娘獨自逃走了。數日過後，塚系新家主來了一封簡短家書，通知我塚家的側室夫人已因染急病去世。為免傳染他人，屍體已盡快火化下葬。

信末寥寥數語，請我節哀，並毋須費神回去。新家主的處理實在太過明快，讓我不禁猜想娘可能根本沒有回去塚系封地，而是至今仍在珠罌牢某處，尚未放棄她的反珠之夢。

我所能做的也只有祈禱她就算被抓，也千萬別碰上晴。

「塚姑娘？」

我太久沒出聲，黔潤探詢的眼神瞥向我。我正尋思該說什麼敷衍過去，檀鈴卻突然從我衣襟飛出，橫繞過我面前，警告振鳴大作。

黔潤動作比我更快，縮臂迴傘，用半邊身體將我擋在後頭。叮叮數聲，謫仙的金錐子疾射沒入傘骨三分。

黔潤兩道清挺的眉哎呀哎呀地向上挑起。

「……數目？」

站在黔潤身後，沒有移動腳步的我凜聲確認。

「左三，右一，上頭屋簷再二。」瞄著在周圍晃動的飄幻身形，黔潤很快答覆：「看來因換季而蠢蠢欲動的，不只是蛇蟲呢。」

雨聲不止。

「總共六尊？」

一股躁動的不安襲來，我忍不住又伸手去摸髮旁的結穗。

「怎麼會這麼多……」

謫仙普遍並不群體行動。這種集中程度，簡直就像是謫仙有意識的盯上我們兩人一樣。

「其餘獄卒呢？」我問。

「都分散在附近，接到通知要來支援應該很快……但，」

黔潤微微苦笑，翻出他被雨水打濕的外衣袋。

「我們運氣不好，我帶著的星煙全受潮了。」

人一旦被逼至窮途末路，心情反而會不可思議平靜下來。我取出扯鈴繩，夾住回到我指間卻仍低振不已的兩顆檀鈴。

「換句話說，在其他人自行察覺到以前，得靠我們兩人解決這些謫仙了？」

「不，一人就夠了。」

黔潤說。仍是一手撐傘，他的另一手則不動聲色滑到腰間的劍柄上。整個人斜轉過身，幾乎要將我徹底遮蔽住。

我沒錯過他隱含在動作中的暗示。

「黔潤。」

然而，我留在原地，沒有照無常判官的催促眼色先行逃走。

「……為什麼要幫我？」

「咦？」黔潤錯愕回聲。他長短不一的黑髮被水打濕，全都服貼下來。

「那時候，你是為了掩護我們才現身出面的。至少這點就算是我也分辨得出來。」我靜靜問，覺得心緒澄澈如鏡：「……為什麼？」

「……」

訝詫之色在黔潤頑童般的臉龐上一閃而逝。

他深深地看了我一眼，明亮閃爍的眼中，有太多是目前的我仍無法解讀的訊息。最後，他微瞇起眼，在雨中清爽地笑了。

「這是我的職責。」

「……我並不算是一名稱職的義人。」

「咳，我也不是在炫耀我是很盡責的十殿啊。」黔潤輕咳的聲音中飽含自嘲：「事實上，完全不是那麼回事。」

「……然而睛說得沒錯。」

我垂下眼睫，感覺得出扯鈴繩在我指尖因出戰前的力道而繃緊。檀鈴猶如躍躍欲試的初飛雛鷹，不耐地伏在繩上等待著起飛勁風的呼嘯到來。

「不管過去發生了什麼事——你不欠我，黔潤。」我道。

在錯愕的判官還來不及做出反應以前，我已翻身躍過他頭頂，片手扯出鈴繩，扭轉腰身，將雙鈴朝傘外淅瀝不絕的雨勢彈舞出去。迴旋飛出的鈴身撞擊到紛下的雨珠，猶比陡然落入快速轉動玉盤眾珠的石塊般，產生了爆炸般的連環雨花意象。破碎的水勢向四方八面疾射，將包圍在我與黔潤四周的兩尊謫仙打穿。

其餘四尊謫仙發出憤怒的悶叫，與我擊出的雨珠幾乎同樣密集的金錐子，天羅地網般集中往我一人身上射來。

我踮起單足足尖，在空中高速旋身一圈。手腕為軸，繞著頭頂垂直重心轉動，讓扯鈴繩如同柔軟彩帶似的瀰漫在我周身，將試圖攻擊我的金錐子全拒於外。就在我成功彈落全數金錐子之際，一尊謫仙卻趁這時移到我上方，華麗的金蔥袖襬揮動，朵朵燐火自天而降。我千鈞一髮地險避開來，卻還是被其中一朵燐火燒著了我的裙襬，緋色邊緣殘破燻黑，我則被那股火力逼得往後掃去。那謫仙趁勢追擊而來，瞬間衝近朝我面門擊出一掌，我後仰，下一掌又到。我偏身格開，撒手丟出手中鈴繩，同時伏低身子，自謫仙的雙掌下方反向穿過。

「回。」

我以氣聲命令。感應到我的意念，本在半空中迴旋打著圈子的鈴鐺登時急速下墜，一端一個，啣住被我拋至空中的扯繩，如同一對交囀的鳥，不斷交叉繞著那謫仙打轉，直到那謫仙已被鈴繩五花大綁，全身動彈不得之時，兩顆檀鈴在同時間，以最大的衝力，一起朝上空的雲霄垂直飛去。被攔腰折斷的謫仙發出最後一聲慘叫，頓時魂飛魄散。

失去綑縛目標的繩帶輕飄飄垂落。

我躍上屋簷，接起一端繩索，將它當作鞭子以柔力揮了出去，纏住離我最近的謫仙足踝。趁對方還未來得及掙脫，我翻過屋旁的大木，將扯鈴繩在木枝上飛快纏了幾圈才跳下來。這一拉扯，老樹的樹幹搖晃了一下，樹枝反彈跳起，便輕而易舉地將被綁住足踝的謫仙頭下腳上地吊了起來。我一著地，沒放開手裡的繩，履尖即刻踢起方才被我打落掉得滿地都是的金錐子，一個轉足，往被吊起的謫仙身上踢去。下一瞬間，後者身中十數枚自己射出的金錐子，慘呼過後，同樣化為轉瞬即逝的光點，飄忽不知所蹤。

但就在這時，檀鈴焦急示警的嗡聲在我身後響起，我心底一沉，還沒回頭，欺到我背後的倖存謫仙之一便已從後勒住我咽喉，力道大得我眼冒金星，幾乎要瞬間眩暈過去。

我試圖勾起後腳踢那謫仙，卻因被箝得太緊而無法成功。謫仙芳香的月季氣息在我耳邊吹拂。生與死交界的氣息。逐漸奪走我正常的呼吸。

一點一滴地，我的身體仍在掙扎，心智卻開始模糊。

我奮力眨著眼，想把眼前出現的一幕幕幻象給驅逐出境，卻還是止不住在我心中蔓延開來的朱色宮階。苔冷的月。蟲的唧叫。

突然，我發現自己呆站在原地，瞪著眼前華麗肅穆的殿廊，而不知自己為何身在此地。

——夜深了，請去歇息吧。

濃重的月霧中，一個人影靜悄悄地來到我身邊，伏跪在地，面容朝下。

我看見對方輪廓隱約的陰影。他的身旁，放著凰木托盤，托盤上是一盞仍裊著熱氣白煙的墨梅茶。

——茶裡摻了些許鴉片磨的安眠粉，會助您安穩一晚的。

那人影依舊沒抬起頭來，卻不妨礙我認出那平淡語氣中滿盈的真心關切。茶的白氣氤氳了我們之間的月夜，我的呼吸變得越來越難受。

——關於那孩子母親的事，不是您的責任，請您別再自責了。

那人說到這兒，遲疑了會，才又續道：

——……就算只剩我一個，只要您允許，我就會一直跟隨著您。

茶的白煙瀰漫範圍越來越廣。我快喘不過氣來，口無用地張張合合，卻始終吸不進空氣，彷彿就要就此窒息了。我艱難地探出手，在白茫茫的霧中，朱色宮廊，青月，或者是蟲的鳴叫聲，都完全消失了，只剩那人的身影仍朦朧地留存著。

救我，我微弱地無聲地懇求著，拚著斷氣前最後一分力氣，伸長了手，直到最深最深的盡頭。救我。

下一刻，我的那隻手被牢牢握住。

「……妳錯了。」

以強而有力的手將我拉出謫仙雙臂，黔潤輕聲。

我張眼，錯愕望著黔潤黑色的衣袖越過我，曲起五指，毫不留情插入我背後的謫仙臉孔。後者抽搐的臉上，無數半透半濁的水泡在黔潤手指刺出的破洞邊緣冒出，噗噗地破成崩潰的魂體消失。

黔潤一手移傘遮在我的身前，彷彿背後能視物似的，用另一手在背後交叉雙鋒劍，準確刺穿朝我飛撲抓來的謫仙。

我無力地睜大雙目。

而最後一尊謫仙閃耀著光芒的魂體，在黔潤背後猶如紅色的墨雨，濺撒上我身前的傘，也濺灑上替我撐傘的黔潤的髮與衣衫。

躲在傘後的我，卻始終一身滴塵未染。

「還不完的。」

收劍，半染血梅的黔潤神情平靜，猶如沐浴淨衣過後，在佛前虔誠上香的僧。

他沒有望向倉皇的我，卻一字一字，清清楚楚。

「妳在我身上種下的債，是我窮盡一輩子也償還不了的……所以，我會誓死試著還一部分。」

我與黔潤在彼此令人難耐的沉默中一路回到籠庭。

因此，當園閣中傳來喧嘩人聲，打破這份僵硬寂靜時，我忍不住大大鬆了口氣。

「是祥憩殿的方向。」

也注意到這陣不尋常的鼓譟，黔潤微抬起頭感應後道。

祥憩殿內居住的都是上了年紀的醫官與需要靜養的傷病患，理該不應如此嘈雜才對。我心生疑竇，頓時決定過去看看。

「我也跟著去。」黔潤隨後追上我，憂心蹙眉：「怕是又有煉災的犧牲者出現了。」

過不多久，我們抵達祥憩殿。我呆愣地望著簇擁在大殿入口，硬是把狹小的門戶擠得水洩不通的人群。

「這是怎麼一回事……」

只見人人都引頸爭相湊到最靠近殿門的位置往內看去，但誰也沒有跨過那道低矮的門檻，活像是在觀賞什麼兇猛的珍禽猛獸卻又不敢接近一樣。

我差點要以為半個籠庭的人全聚在這兒了。

黔潤輕咳兩聲，引起原本專心注視殿內的人群注意。發現是我與黔潤後，獄卒們紛紛低首讓出路來讓我們通過。拜此所賜，我不是太困難地移動到了烏鴉鴉的群眾前頭，殿內景致一覽無遺地在我眼前展現。

是藺。

珠罌牢最重要的羔戮，正拖曳著長長衣襬，一臉認真地在殿內翻箱倒櫃，不時彎下身來左顧右盼。

在重覆這些令人費疑猜的動作時，藺的身旁始終一個人都沒有。

「……請問，這是什麼狀況？」

我半猶豫地詢問雙手抱胸站在我身邊觀戲的樨臣。一旁的酆喬尷尬對我笑了笑。

「捕雞。」

樨臣頭也不轉言簡意賅地答。冰水色的眼眸中寫滿「我一點都不想跟這檔子事扯上關係」的無言訊息。

「啊？」

黔潤眨了眨眼，有點不確定：

「黃翁養的，那窩幾乎與繭少爺形影不離的小雞嗎？」

「不然還有其他的？」

樨臣冷淡搖了搖頭，像是對眼前這齣鬧劇耐性告罄。

「不知道是哪個粗心大意的獄卒，開藥櫃時沒注意，讓帝女草的殘渣灑了一地。等到黃翁發現時，這些平時在祥憩殿自由跑來跑去的雛雞，早已把帝女草當作是某種果實，給啄食下肚了。」

我聞言，用手半捂住口。

「那不是糟糕了……」

帝女草擁有強烈毒性，最為著名之處，便是服用此草的生物不會立即喪命，約可再活三至五天的時間。但在服毒至毒發身亡的這數天內，任何被此染毒生物碰觸到的生物，也都會被傳染同毒，轉嫁的毒性甚至會更強烈。此毒無味無色，甚難提防，因此常被用來當作情人間玉石俱焚的毒殺手段。

換句話說，現在要是任何人摸到了那群還在祥憩殿裡晃蕩的春雞，就無一倖免會染上致命的帝女毒了。

「糟糕也不至於。」

樨臣偏冷的嗓音毫無變化。

「反正百毒不侵的羔戮都出馬了，我們其他人乾擔心也派不上用場。」
像拂梢看一眼後就走了，睛則是根本沒來，樨臣說。
真的是烏系人慣有的興趣缺缺語調。
「呃……」我不禁發問：「那樨臣為什麼留在這裡？」
樨臣先是蹙起眉尖，而後心不甘情不願地闔起淡漠的眼，無可奈何地短嘆口氣。
「因為某人也剛好被困在裡頭。」
「喔……」
不用問下去，我也大致猜得出來某人是誰。
一旁的黔潤單手撩起散落的亂髮，似乎仍是有些不解：
「情況我瞭解了。不過，如此一來，羊忠實的保護者不會說話嗎？」
「…………」
懶得開口的樨臣只是豎起拇指朝側邊比了比，示意我們自己看。
只見向來溫婉鎮定的圍雲，正臉紅脖子粗地跟則先生激烈爭論著。他們的爭論聲大到在場諸人都能清楚聽見。
「我堅決反對，請立即停止這種無謀行為！」
圍雲素白如海棠的臉龐，因激動而染上了絲絲花脈般的蒼弱血暈。

「怎能讓藺少爺去做此等危險之事！我等十殿，難道是為了把羔戮送去當替死鬼才成立的嗎？」

「慎言，喜綏殿判官。」

則先生冷若冰霜，半邊的髮今日依舊完美從額際往後梳起，露出光滑無紋的額頭。

「羔戮不會有事。受到箱玉之術保護，所以即使碰到了也不會中毒，這是黃翁親口保證的。妳不是也在場聽見了嗎？」

「黃翁說的是『理論上』不會中毒。」

圜雲氣沖沖地糾正。

「這麼不確定的答案怎能……」

「難不成妳是建議凡事都得等到百分之百確認後才能實行嗎？」

則先生自制的聲調中，隱然有著認為圜雲不可理喻的譏諷。

「真要如此慎重，恐怕全祥憩殿尚未移出的傷病者早都毒發一命嗚呼了。」

「好了，你們都有理，但差不多雙方都閉嘴如何呢？」

酆喬手中的杖敲了敲地，清脆的撞擊聲吸引了所有人的注意。

「再說，正主兒已經完成他的工作了。」

我移回眼神，只見殿內一心不亂的藺緩慢立直了身。

他掩合起的雙掌，用輕柔的，讓人幾近誤會是顫抖的動作，輕輕掀開。掌上，正是一臉倦容，微弱發出啁啾聲的柔黃小雞。

「……我來。」

自動從滿面不情願的獄卒手中取過事先準備的竹籠子，地殿判官焉火跨著大步，毫無畏色地進入殿內，向藺靠近。

「抱歉，委屈您了。」

焉火向藺低首。

地殿判官今日依舊是猶如無波古井，沉穩耿介的嗓音。

不會。像是要這樣對焉火說似的，藺輕輕地搖了搖頭後，才將手中雛雞小心翼翼地放入前者準備的竹籠子內。

籠內尚有其他杏色影子搧動。

「一、二、三、四、五、六、七。」數著數的藺抬起頭來，望向仍等在殿門外的我們：

「全都在這兒了。」

「……確定嗎？」

持著毫無用武之地的紙筆，南柯殿判官玄荷吞了口口水，猶疑問道。

藺恬靜頷首。

「——前殿已安全無虞。」

見狀，則先生朗聲對著祥憩殿後堂發話。

「請識義人撤去結界吧。」

語聲方歇，九道骨銀淒輝分從殿內各處飛出，在殿中央匯合成九連環原本的形式，如鳳盤旋。接著，畔兒與黃翁以及其他醫官從後殿走了出來。

畔兒略抬手召回九連環，察覺到我的視線後，先是凝視著櫂臣輕輕頷首，再朝我綻出一抹不好意思的微笑。

「黃翁，內殿情況如何？」

則先生劈頭便問。

「無妨。一發覺有危險，曹義人便緊急設下結界，將服毒的雞隻限制在前殿範圍，無法越雷池一步。因此沒有任何人受到感染。」黃翁和善的瞳欣慰瞇起：「事發時曹義人正好來祥憩殿拜訪老夫，真是蒼天保佑。」

「那就好。另外還有一件事……」

「我知道。」

打斷則先生，黃翁趨前，凝視著神色茫然的藺。臉上表情雖和藹，診視藺全身的目光卻銳利無比：

「藺少爺，您有感覺身上任何一處異樣嗎？」

見藺搖頭，黃翁眼神明顯放鬆了點，但他還是謹慎地伸指探藺的脈半晌，才滿意地退開。

「沒有中毒跡象。」他宣布。

殿內外的眾人一致無聲吁了口安心長氣。畢竟是牽動珠罌牢命運的最後一位羔翏，經不起半點閃失。

在安心之後，人群紛紛散去，回到自己原本的工作崗位上。方才還喧擾不休的祥憩殿再度找回它平日的寧和靜謐。

我也正要轉身離去，卻發現圍雲一人獨自蹲在祥憩殿旁數尺未開的絡石花叢下，眼色陰沉地望著地面葉渣。這麼說來，方才圍雲也不在護送藺回中廂臺的行列之中，並不像是忠心事主的她會有的舉動。

我猶豫了一下，但最終還是朝孤伶伶的喜綬殿判官走去。

「……圍雲？」

我站在她跟前輕喚。

圍雲沒抬頭。我擔憂地彎下身，正想把手放在她肩上時，圍雲突然打破沉默。

「……他很脆弱。」

低著頭的判官低聲嘀咕，齊整綁在一起的蝶髻顯得沉重。

「非常非常的脆弱。即使有箱玉的加持，他與一般人比起來還是太脆弱了。為什麼大家都不懂得這點？」

我不覺縮回手，困惑於圍雲的堅持己見。

「剛才的狀況是情非得已，判官。」

「縱然再情非得已也不行。」

圍雲按著眼皮，明顯疲憊而不滿，但依然保留著那份溫婉。

「我們不能對繭少爺做這種事。不該也像珠罌神一樣殘酷。」

圍雲責備的話語傳入我耳裡的瞬間，我莫名猶如受到鞭笞般地刺痛起來。

「……珠罌神？」

我躊躇問，而圍雲扭絞著手指，看得出來她壓抑的怒氣。

「珠罌神痛恨人類，所以不惜讓一個才六歲的稚齡孩子承受沉重血咒。可是，我們自己呢？即使沒有仇恨，我們對繭少爺做的卻好不到哪裡去。」

圍雲頭上的珠簪淺淺晃動。

「……我從十歲起，就在服侍他了。」

她低聲，像在控訴什麼般的無法停止的語調：

「從小女孩到少女再到如今的中年女子，我將我的一生全奉獻給了他。我看著自己變老，再看著他從來不會變動的面容，看著他忘記越來越多的事，看著他一天天越來越不像是個活人，我卻無計可施……」

妳能懂得那種無力感嗎？圜雲低低質問。

「不管他的肉身如何不老不死，在那副少年身軀內的，卻是一縷被剝奪了一切，卻得為了其他不相干人的安危，苟延殘喘活了四百年的蒼老靈魂。四百年的時光侵蝕。整整四百年啊！誰受得了？外表再完好無缺，那個人的靈魂早就變得脆弱不堪了！而我們到今日卻仍貪得無饜地利用他——連死了都比繭少爺現在不死不活的狀態好！」

她的喊叫壓抑了音量，其中包含的怒氣卻更只有顯得蓬勃巨大。然而，不論對或不對，圜雲都說得太多了。

「……那個，我看我還是先離開……」

下意識從圜雲身邊退開，我慌張想離去，卻被圜雲驀然扯住。

「答應我。」維持著半蹲地的高度，圜雲鎖準我的眼眸溢滿頑固：「我要是遭遇不測，妳會代替我，讓繭少爺脫離箱玉之術。」

「喜綬殿判官！」我驚叫：「妳在胡說些什麼！」

「解開箱玉之術，脫離籠庭，脫離十殿。」圜雲堅訴：「幫助繭少爺。幫助珠罌牢的人太多了，幫助羔戮的卻太少。」

「圍雲，妳瘋了嗎！」

情急之下，我直接以名諱稱呼眼前的女性。

「這些話要是給則先生或晴聽到……」

我試著抽回被拉住的手，但圍雲卻不肯鬆開。

「我曉得，東方系的人不能說服，所以我才選妳。身為塚系遺孤的妳，也同樣是箱玉變相的犧牲品不是嗎？」

破碎回憶中的赤色藻海瞬間攫住我的思緒，一陣如雷電的極小震顫爬走全身血管。不禁毛骨悚然的我倒吸口氣。

而圍雲還在訴說：

「妳的父親，兄弟姊妹，都在那場鎮壓中死了。一切，都是為了維繫箱玉之術——」

「——放開我！」

我忍無可忍地低喊，圍雲即刻被我鼓滿氣的袖尾給掃飛出去，跌在數步外的地面上，但毫髮無傷。她迷惑地坐直身朝我望來。

「……讓我走，圍雲。我不會解開箱玉之術，讓珠罌神再臨屠殺人類。正如妳所言，光是人與人之間的屠殺就夠多了。」

我的聲音低而堅決。

「妳說的一切我會當作沒聽過……這是現在的我唯一能為妳做的。」

當我轉身離去之時，圜雲持續不發一語地注視著我。但她沒有試圖再攔阻我。

隔幾日，是清明流宴之日。

在這一日，地殿裡的眾多亙玉比往常顯得更加騷噪不安。

當我、樨臣、晴三人結束鎖玉之陣後，早在一旁守候的獄卒們立刻紛紛上前，將大量的水酒灑在周圍。樨臣則以他一貫的淡漠方式，對初次見識到的我，大略解釋籠庭時值清明才會加上這道手續，為的是安撫亙玉中因思念俗塵而輾轉的死魂們。

另外，這一天籠庭也中止所有例行的鎮殺與巡邏任務，所有人都會待在籠庭之內，持續整整一天的水酒宴。以酒淨身，以酒流穢。

「至少清明這日，是死者為大的日子。」樨臣輕道：「……即是籠庭，也得表現出最起碼的尊重。」

說這話時，他冷凝的側面輪廓似乎在注視更為久遠以前的事物。

至於同行的晴，則是老樣子，徹底忽視我的存在。一擺完鎖玉之陣後，她就迫不及待走出地殿了。

與判官焉火致意後，樨臣與我隨後也離開殿內上來地面。抬頭只見綿延的雨畫滿了淚痕滿布的天空。

「……看來會下到晚上。」樨臣喃喃自語，聲音中透出某種細膩的厭煩：「真是惡兆。」

「因為晚上有分殿筵會吧？」我能理解他心情地苦笑：「要是雨太大，聯繫各進院落之間的迴廊恐怕也會淹水呢。」

要是捨廊道而從庭院走，即使撐傘，衣裳也還是會被淋濕的。

「不，要是真演變成那種情況，」樨臣雙手環胸接話：「那小子大概會用串坤術，親自把所有人全身乾爽地送到目的地去吧……明明不是什麼非得用法寶來解決的大事，但那小子已經習慣對周圍的人禮貌過頭了。」

「那小子……」我對樨臣難得的長篇大論有點適應不良：「是指畔兒？」

「除了他以外，還有誰會做這種討好眾人的事。」

樨臣的神色令我直覺想退避三舍，但事關畔兒，又讓我感到不得不為後者辯駁。

「說討好不會太言過其實嗎？要不是有善解人意的畔兒在——」

「別太依賴他了。」

樨臣忽然語氣強烈地打斷我的話。

這不像疏離的樨臣會做的事。

我吃驚轉頭看他。而樨臣的視線落在更遠的雨中屋瓦。

「……那小子從小就被送進籠庭，看了比任何人更多不堪入目的事，所以他早熟。與善解人意無關，他只不過是過於世故，太明白眾人對『義人』抱持什麼期望，並學著照樣施行。」

我想起束著方髻，總是張著柔和褐眸微笑的畔兒，眼角黑痣微微壓起的模樣。

「……」

「然而，即使如此，曹畔畢竟才十三歲而已。」樨臣瞥了沉默的我一眼，才往其他方向轉身離開：「不要忘記，他僅是個孩子——也不要忘記，其實我們也都還是孩子。」

他話中的深意讓我久久停在原地。

正如樨臣所預測的，雨勢入夜後轉為傾盆大雨，讓畔兒的串坤術大大活躍了一番。

直到最後，畔兒把其他人都各自送到宴會所在地後，才總算有空將我們這些不屬各殿的人，連他自己，一併用九連環運至中廂臺去。而無論幾次都無法習慣此術後遺症的我，雖然事前吞了好幾片鴉片下去，卻還是毫無例外地在抵達時臉色慘白，內臟怒海翻騰到隨時可以找根廊柱嘔吐。

「真的不要緊嗎？」畔兒憂慮地攙扶著我：「不用勉強自己也沒關係唷，幽冥。」

「沒……沒關係。」

目前能做的也只有靜待眩暈恢復。

我強打起精神，跟著其餘人穿越中廂臺的中央園林。一繞過假山，便看見一抹有著葵藍卷髮的身影，匆匆忙忙從藺的房間出來，往設置筵席的前堂方向走去。

我不覺一怔。

這麼說起來，最近似乎常撞見拂梢出入中廂臺。

「幽冥？怎麼了嗎？」

被我的身形擋住，走在我後頭的大家似乎都沒看見拂梢。我連忙回神，胡亂搖了搖頭。

「沒有，我好像看錯了。」

「……喂，」冷眼旁觀的樨臣在這時發出警告：「時辰差不多了。」

「啊，真的！」

大概是想到圍雲的說教，畔兒少見地慌了手腳：

「那，麻煩幽冥妳去喚藺出來。我跟其他人先到前堂幫忙。拜託了！」

不等我回覆，畔兒便急急推著皺起眉想抗議的樨臣往前快步走去。沒有選擇餘地的我只好認命轉身，掀起繭寢室垂落的門簾。

「……打擾了。」

我走入房內。繭坐在房中央的蒲團上。

「啊。」一貫輕柔，緩慢，繭徐徐的說話步調。他抬起頭來看我：「……塚幽冥。」

繭的掌心上躺著奄奄一息的萌黃小雞。

是之前誤食了帝女草的雛雞之一吧？雖試著展開羽翅，卻力有未逮，只能軟軟地拖在身側，搖搖晃晃的細瘦雙腳，連站都站不起來。

即使如此，牠沒有停止牠的努力。

繭用寧定的目光凝視著那樣的垂死雛雞，淺淺的珠綠光自他掌面的血管燦出，像是一泓靜止的湖。

罌粟之力。

「……在做什麼？」見狀，我稍微愣住地問。

「讓牠減少一點痛苦。牠的同伴都死了，牠是最後一隻。」

繭恬然的嗓音似乎連悲哀都能稀釋。

「我救不了牠的命，至少這點是我做得到的。」

我不由得沉默了。

過了良久，絕對已經超過圍雲所定的時辰了，我才再次開口：

「藺。」

我呼喚羔瀏的名字。

白髮的少年不解地看著我。

「嗯？」

「……不死不是你的錯。」我深吸一口氣：「雖不討喜，但不是你的錯。」

「……」

藺安靜地眨了眨綠玉的眼。

而後，輕輕撫著吐出最後一口生氣的萌黃雛雞，再將後者的屍體放到香案的鮮花旁。藺轉身，狂揚而出的罌粟藤立即將雞屍捲入地面。

身與魂一起。

「……我知道。」

朝門口的我走來，藺望著我，嘴角很細很細的牽動一下，彷彿是微笑一般。

「幽冥妳想說的，我真的知道。」

「來！喝酒喝酒，今宵不醉不歸！」

「那個，我不——」

「……住手，」樨臣冷冷從旁截住強制勸酒的黔潤手腕，拚命想躲酒的畔兒則露出總算得救的神情躲到我身後，「你拿烈酒來灌我們這一群少年少女，其背後的目的是什麼？」

完全是已經肯定無常殿判官絕對不懷好意的語氣。

「喂喂。」

端著酒瓶，滿腹委屈的黔潤叫了起來。

「這可是上好的枸釀，我特地從無常殿偷渡過來的。你們也太以小人之心度君子之腹了吧？而且清明流宴不喝酒要喝什麼？」

「所謂流宴只不過是個形式，真要喝，圍雲也只讓我們喝摻了酒味的水而已。」

拂梢也不領情，嘴半嘟：

「說到底，為啥身為無常殿判官的你會出現在僅限五義人及羔戮的筵會上？無常殿應該有自己的分殿筵會吧。」

「喂，你們也太差別待遇了吧？」不服的黔潤立刻把另一名在場的同僚拉下水，指證歷歷：「圍雲還不是也在這裡。喜綬殿也有自己的場子啊。」

「我負責照顧藺少爺，自然會待在這兒。」幫睛斟了杯白牡丹茶，圍雲擺明要置身事外：「你就老實承認你在無常殿人緣不好如何？讓一個不知打哪冒出的年輕小夥子在短短三年內搶走判官之位，其餘人雖不好說什麼，至少在把酒言歡的場合可以排擠眼中釘一下，是吧？」

「唔！」

登時嗆到的黔潤連連咳嗽起來。他的表情就像在大熱天被逼喝下一整壺燒得滾燙的沸水。

「啊，說中了呢。」單手支腮，拂梢的銀眸好心情地上勾。

「看來是被說中了沒錯。」樨臣同樣頷首附和。

「…………」

黔潤求救似的把視線轉到我身上。我立刻很不自然地撇開頭，裝作沒看見無常殿判官尋求盟友的哀怨眼神。

所謂識時務者為俊傑，現實是很殘酷的。

「……我喝。」

就在這時，替黔潤解圍的純淨嗓音適時響起。在場眾人中，最具有孺子天真氣息的某人舉起手。

「你？」拂梢登時瞪大了眼。

「啊，我不算少年了喔。都活了四百年了。」

樨臣，團雲，及其餘所有人，都轉回頭打量不明所以的繭半晌。

「還是我們的茨羊最善解人意啊，那麼——」

「不行，絕對不行，想都別想。」

除了黔潤以外的眾人異口同聲回絕。

「為、為什麼不可以呢？」

好奇心使然，我悄悄問身旁苦笑的畔兒。

「羔戮要是醉了，輪罌粟會亂竄的。幽冥也不想看見被罌粟蔓藤纏得一團亂，連在其中行走都很困難的籠庭吧？」

畔兒一副過來人的經驗告訴我。

「呃，那樣的確是有些困擾……」

我與畔兒的對話還沒結束，慘劇便在我們眼前發生了。

先是不顧眾人勸阻想倒酒在繭杯子裡的黔潤，與極力想阻止的樨臣，在拉扯的過程中不慎撞到了一旁的拂梢。沒有準備的拂梢呀的驚叫一聲往後倒去，踢翻一席菜餚，濺出的油膩湯汁則全灑在案前正襟危坐的晴身上。後者鮮麗的紅竹褂袖頓時淪陷在汙漬之中。

晴的鳳目瞪大，半張開口，卻錯愕得什麼聲音都發不出來了。

「啊。」始作俑者的繭道。

「啊。」黔潤跟著停手。

「啊。」饒是樨臣此刻也啞口無言了。

「你們……」終於，晴找回了自己的聲音。她的額頭抽搐，雙頰繃緊，放聲怒吼：「你們這些人……給我差不多一點！」

之後的事完全是場災難。

在晴發飆後，我們所在的前堂幾乎被檀墨給毀得面目全非。那種前所未見的激烈程度，要不是在場的全都是義人與判官，沒有普通獄卒，否則鐵定會落得有人掛彩的下場。

現階段，好不容易尋回冷靜的晴換了一身圍雲臨時找來的乾淨衣裳，由黔潤親自護送回房權當陪罪。換下來的褂袖則交給畔兒送到陰陽殿清洗。拂梢與樨臣兩人，則被圍雲留下，幫忙清理前堂的一片狼藉。沒找其他獄卒幫忙，是因為獄卒們之中流傳著如果清明流宴被中斷了，就會在來年鎮殺任務中殉職的迷信。所以，除非事關重大，否則傳統上不會打斷分殿筵席。

無論如何，我們五義人的筵席則是被迫中止了。

因為大家都各忙各的去了，在圍雲回來以前，現在由我一人負起看管羔戮之責。

「那個，下雨了，還是進屋裡比較好吧？」

站在廊下，我朝佇立庭中，貪看山慈姑花的藡揚聲建議。

夜的冷風中飄著黑字草的馥郁香氣。

「幽冥自己進去就好。」藡不以為意：「我沒關係。羔猤不會生病。」

「……」

望著不見停的雨勢，我無可奈何地嘆口氣，跨出側廊，跟著走到庭中。

雙足瞬間踏上的潮溼土地觸感，柔軟地包覆著我。

「幽冥？」

「我也沒關係。病會好的。」

我回答。藡微微詫異地瞥向與他並肩看花的我。

「輪迴？」

「是，死了也會復活。某種程度而言，輪迴與不死沒有差別。」

我完全是胡謅。

然而藡卻靜謐地微笑起來。

他張開五指，我被風吹起的紫紅髮梢在他指間滑掠而過。

「……幽冥，真的與我認識的某一位很像呢。」藡悄聲。「頑固與溫柔的部分。」

我無比困擾地盯著南柯殿內正在觀畫的人影。

南柯殿主責管理文物，不是吃重的工作，判官玄荷之下也僅僅配置十名獄卒。除去早晚兩次清點與定辰巡視，南柯殿內基本上是無人看管的。

大多會到南柯殿來的人是想獨處。

也因此，在發現殿內已有人先到時，我才會對該不該就這樣貿然闖入打擾對方感到猶豫。

我又遲疑了一下——還是下次再來吧。如此決定，我開始後退。

「啊。」

卻在同時，原本凝目專心觀著眼前掛壁畫軸的繭，突然像感知到什麼難以掌握的細微氣息一般，微微出聲轉了過來。

恰恰好與杵在殿門門檻，來不及閃躲的我的目光碰個正著。

尷尬的我只好向繭無聲低首致意。

「……真難得。」繭半偏頭，白髮曳洩而下：「籠庭內，很少人會到南柯殿裡來的。」

我咦了一聲。

「是嗎？」
「嗯，因為會被提醒人們集體犯下的弒神的罪。」
「我不太懂……」
「這個。」
藺指向橫跨殿內兩面黛牆的金箔畫軸，其上繪著盛世時的血榭。
軸上，只見戴著面具的珠罌神出現在畫中央的高臺，向下俯視著珠罌牢全景。在珠罌神的兩側，則分站著五瘟官及孟婆，其他不勝計數的血榭陰司則簇擁高臺周圍。畫師精細的彩墨雖無法準確描繪出眾人面目，卻的確成功烘托出人人衣錦鑲珠的煙華氛圍。
「只要站在這幅畫前，就像被珠罌神給盯著似的壓力沉重，連玄荷他們也不喜歡待在這裡。幽冥是我見過唯一自願跑來的。」藺純淨的嗓音裡充滿孩子氣的困惑：「還是妳喜歡研究歷史？」
「啊，不是。」我急忙否認。「只是……待在這些古物旁邊，能夠莫名讓我安心而已。」我實話實說，雖然自己也不懂為什麼。
「藺才是。待在這裡不覺難受嗎？」
承受最重殺神罪名的，畢竟是羔戮。
「……我不一樣。」

聽到我這麼說，繭不自覺清淺一笑，舒緩了神情。

那是猶如抬頭瞥見白鳥飛過碧空，自然而然感到歡快的，孩子般的面容。

「我是來跟大家見面的。因為我是過去的人。」

繭以懷念不已的神色，撫觸著殿內陳舊古器。

過了四百年卻仍然少嫩的樣貌。

「……您思念他們嗎？」我低問：「那些活在四百年前的人們。」

繭安靜地，認分地，搖了搖首。

「我不太記得了。」

「咦？」

「爹與娘，以及其他人的模樣，說過的話，做過的事情，每當我要回想時，就像是隔著水面看進去一樣，不清不楚。」

這些好像是會隨著箱玉之術而逐漸淡忘掉的東西。說著，繭一頓，垂眼。

「我只曉得，我的親人，我認識的人，以及我不認識但見過幾次面的人，在十年間，全都像牲畜一樣地被殺掉了。」

淡如漣漪，幾乎辨認不出但確實存在那裡的悲憤，靜靜蔓延在繭的話裡，猶如燃燒山林的苗麗星火。

黃澄澄的銅鏡映著繭與繭身後的我的面容。
瑪瑙與雪的交錯。
「您……」不知為何，我並不真心想問這個問題：「恨珠罌神嗎？」
「……我不確定，也許一半一半。」
「一半一半？」
「嗯。」
繭用衣角擦拭著角落堆塵的青瓷花甕。
「我覺得說起來，這整件事的責任還是在我們人自己身上，是我們背叛了神……只是，我在想珠罌神那時一定很恨吧，恨到非得用這麼殘酷的咒詛，否則會死不瞑目的地步——不，我想即使如此，祂大概還是死不瞑目。」
「……」
我沉默著，轉頭凝視畫軸中登上高處，被萬民擁戴歡呼著的珠罌神。
在那副尊貴的面具底下，是否曾有一點點的懷疑？對自己淒慘下場的預感？
不知不覺垂落身側的雙手僵硬握拳。
「為什麼……」
「塚幽冥？」

「人為何背叛？」我低語：「我不懂。」

這個問題，與其說是在問藺，不如說我是在問我自己。

我並不奢望會聽到解答。

「……我想，是因為人的壽命有其盡頭。」

然而，藺一貫的柔軟嗓音，隨著爐煙，裊飄進我耳中。

「因為會死，所以認為天底下沒有永遠無法得到原諒的事。因為有來世，所以以為總有贖罪的機會重新再來。人會背叛，最根本的原因是人神不同。我現在總算懂了。」

「懂了？」

「血榭是珠罌神的籠，籠庭則是我的。」藺說：「這個地方，總是要有誰被拘禁在此才可以。這就是人與神最大的差別……啊！」

聽到藺的輕叫，我直覺轉回頭。

只見藺像是受到衝擊般地，突然蹙起眉來，身子一晃，青瓷花甕頓時自他手中不慎滑落。

藺探身去撿，同時，我也飛身向前，想接住貴重的花甕。下一瞬間，是花甕碎裂在地的聲響，及我與藺兩人額頭硬生生撞在一起的清脆叩聲，接連蹦出。

「唔……」

痛得發出低低呻吟，被撞得頭昏眼花的我，甩了好幾次頭，好不容易才恢復清醒。我一坐起身，就看到跪坐在我面前的藺，一雙如鹿的明眸眨也不眨地直盯著我，瞳中盡是困惑神色。

「藺……？」

花甕斷片散落在藺周圍，其中切口銳利的一瓣殘片正在他壓地的手掌下方。

一道鮮血自他的掌際緩緩流下。

「……痛……」

藺舉起手，動了動五指，而後將手拿到自己眼前，帶點驚訝地：

「……我流血了。塚幽冥。」他說。

我瞪著他，一時間完全不能理解藺在說什麼。

藺是不可能流血的。

藺是羔戮，而羔戮不老不死。不會受傷，更絕對不會流出鮮血。只要箱玉之術還完好無缺，就不可能。

只要前提仍舊健在。

我的心臟在胸腔內高鳴沉沉墜下，與此同時，兩尊謫仙的半白手臂，猶如來去不受限制的幽影，穿透過我們頭頂上方的南柯殿頂，向下探來。

無暇推敲這一切是怎麼發生的，我撲上前，將愕然的藺護在身下。

飛飆而來的燐火在我們兩人周圍滂沱急降，燒焦了我們二人的衣角，髮梢，以及殿內所有可燃的畫軸書冊。不過須臾，古色古香的南柯殿便陷入一片猖狂的火海之中。

隨著燐火飛天而降的兩尊端麗謫仙，包圍在淡淡金色光暈之中，一前一後向我們夾抄而來。我就地後滾，滑至後方的謫仙足下，手揮繩出，絆住那謫仙雙踝，同時支地撐起手肘，挺腰翻身跳起，雙手交叉上帶，將那謫仙頭下腳上重重摔至地面。

另外一隻謫仙轉動手中尖槍向我腰間刺來。我鬆開握繩的右手，留左手單獨控制繩結。右手片手自槍架抽出其中一柄古槍，垂直回擋，及時格開對方寒氣森森的白晃槍尖。

直攻失效，那謫仙長嘯一聲，又是無數盞燐火朝我面門凌勢急射而來。我矮身一個迴轉，用齒咬住別在衣襟上的兩枚檀鈴，運氣吐飛出去。

檀鈴互相追尾繞圈快速飛起，以肉眼識不清的速度，舞出一團暴烈激風，高速轉著朝謫仙襲捲而去。我拉拋左臂的繩，將綁住的另一謫仙朝前方直甩出去，空出的雙手則用來舞動長槍，打掉迫在眉睫的燐火。這時，檀鈴的暴風已將謫仙困在中心，我一個步伐往前跳躍，雙手虎口握緊槍桿，盡全力將槍尖對準排成一列的二尊謫仙，一舉穿心而過直沒後牆。

「藺，快跑！」

不敢放開槍柄，我盯著眼前兀自掙扎的謫仙，頭也不回大喊。

藺慌亂爬起身，快步朝殿外奔去。我槍下的謫仙開始散為光點，但殿內的火未熄，大火與隨之而來的塵煙動搖著整座殿宇。我放開槍往後跳開，隨即跟著逃出南柯殿外。

逃出的一路上仍不平靜，不斷有謫仙自牆壁，天井，廊地，浮出祂們的幻白麗影攻擊我與藺。籠庭一夕之間簡直變成了謫仙的巢穴。

前方試圖擋路的謫仙自頭頸以下被檀鈴切開，不等光點散去，我穿越過那些疾哀光雨持續奔跑。藺緊跟在我身後，冷不防腳下冒出數條手臂抓住了他。藺蹙眉，罌粟藤自他袍袖竄出，圍成一環，乾淨俐落地拉斷那些手臂。

「走這邊！」

我回頭對藺叫，注意力全放在兩側走道牆上蠕動想抓住羔戮的謫仙手臂。藺朝我跑來，卻在望見我身後時臉色一變。「小心後頭！」他呼。

我急轉身，謫仙手中巨斧卻已揚起，避無可避，向我當頭劈下。

在那之前，更快的破空迅聲劃過周圍，冷秀的箭頭出現在謫仙左胸。那謫仙幾乎是立即消散了，樨臣張弓站在走廊對端。

「羔戮呢？」他疾問。

我還來不及出聲，藺便已來到我身邊。

「我沒事。大家呢？」

樨臣心煩搖頭。「不確定，謫仙突然出現讓籠庭亂成一團。我也在找其他人。」

「原來你們幾個都在這裡。」

則先生的嗓音傳來。

早感應到來人的繭除外，我與樨臣都迅速轉頭看向聲音傳來的方向。只見則先生、黔潤，還有拂梢三人快步接近，與我們會合。三人身上都有戰鬥過後的痕跡，看來他們也是在慌亂之中遇見彼此才聚在一起行動的。

「拂梢！黔潤！」

看見其他同伴，讓我至少放心些許。

「……則先生。」與我相比，絲毫沒有放鬆的樨臣立即提出質問：「請說明這到底是怎麼一回事？」

「那正是我要請教各位義人的。」則先生犀利掃我們一眼：「籠庭是無懈可擊的。除非義人刻意開啟鬼門，否則謫仙不可能攻進來。」

見拂梢不服欲開口，則先生隻手抬起阻止。

「我並非固執己見。事實是，就算箱玉被破，也不可能在短時間內就引來數量如此龐大的謫仙，十殿卻毫無警覺。」

「可是……！」這次換成樨臣有意見。

「我流血了。」

繭簡單的一句話令爭論不已的眾人全都噤聲。

繭靜靜舉起手指，指上的傷口如今已乾涸成深茶紅的血塊。

「身為玉的我既然還活著，箱便未破。然而，箱產生縫隙了，所以我也會損傷。就是這麼回事。」

「縫隙？」拂梢驚恐。

「不可能！」則先生震驚變色：「五義人同時在殿怎麼還會……」

繭突然推了我一把，措手不及的我倒向一邊，黑墨之蛇間不容髮地在我眼前嘶信掠過。

「是妳吧！」

爆飛數尊謫仙，乍然現身的晴拂袖指向我，殺氣騰騰：

「果然庶出子的力量根本不夠撐起箱玉之術，要不是妳不夠格，謫仙怎麼有能耐闖進籠庭？」

「住手，晴！」拂梢試圖勸阻：「現在不是窩裡反的時候！」

「少囉嗦！」

揮開拂梢，多場激戰的亢奮令晴殺紅了眼。她的皓腕半迴，黑墨自她的藍蟬褂袖飛快游出，分為兩道進攻。狹窄的走道無法騰移閃避，下一刻，晴的墨將我的足屐釘在地面。我無法動彈也無法躲藏。

黑墨如同怒浪的海，張開大口向我咬來。

漾著荷葉水香的柔軟寬袖忽然輕飄飄地蓋下我的頭臉，掩住我半邊的視野。我花了些許時間，才明白是藺橫亙在我身前。

莫名似曾相識的場景。

藺沉默地平攤開雙臂，將我徹底護蔽在他寬大的袖襬之下。

晴氣得七竅生煙。

「羔戮，讓開！」她威脅低喝。

感覺荷香的袖搖擺了一下，隨即敲出的是藺清脆的二字：「不要。」

晴深吸了一口氣，牙關緊咬，高昂手臂大力斜揮而下。

跳過阻在我們兩人之間的藺，原本是釘住我雙足的墨突地轉了個方向，垂直拔高朝我刺來，就在即將刺穿我雙目時，墨的前舌突然停住了。

「到此為止吧。」

從後抓住晴的手臂，黔潤皺著眉間。

「與其浪費時間做這種事，不如聽聽看酆喬要說什麼如何？」

正如他所言，陰陽殿判官酆喬在不遠的轉角現身。一看見我們，便匆忙走近。

「謝天謝地，總算找到人了。則先生，請你過目一下五鬼門儀。」

他的手遞過一面五稜鏡。

鏡面光滑無紋，每一面中都映照著一扇厚重青銅鐵門。五扇門樣式，大小全都雷同，唯一有差異的，是不同於其餘四扇緊閉的門扉，有一扇打了開來。在那門板上，若有似無地透鏤著某個文字。

「是『識』！」眼尖的拂梢率先尖叫：「是曹系的『識』門！」

「曹畔？」晴愕問，掃視周圍一圈，像是現在才想起這個人存在：「他人呢？」

而樨臣早已經臉色鐵青地衝了出去。

七弔　冥鶴歸來

籠庭總共花了整整一天，七十幾名獄卒，與一名義人的死亡，才總算擊退全數入侵籠庭的謫仙。又花了一天時間在整理殘局與籌備喪事上。

由於死傷的人太多，能幫忙的閒餘人力都去祥憩殿幫忙了，剩下的人則協助各殿判官主持分殿的祭魂法會，進而導致真的到場參加曹畔法會的人，少之又少。

除了曹系派來的人者以外，籠庭方面出席的是四名義人，則先生再加上酆喬，就只有我們六個人而已。

「失去令郎對我們而言也是一沉重損失……請節哀。」

則先生代表眾人，向曹系家主，也是畔兒父親，深深彎身鞠躬。站在則先生身後的我們也跟著伏下身去。

我旁邊的樨臣暗自收緊了拳，緊閉泛白的脣幾乎要咬出血來，卻沒有出聲。

自從我們在地殿，發現了倒臥在眾多亙玉碎片中的畔兒屍體後，樨臣就一直沒有開口說話。前夜，他持續坐在地殿中央，抱著已然死去的畔兒，直到親自將後者放入棺木後，才在我們的勸阻之下鬆手。

在肅穆的送葬鐘聲中，背後拂梢壓抑的啜泣聲斷續傳來，連睛的雙目都是紅腫的。我微低頭，用力眨眼，將又要分泌出的淚水極力壓下後，才再抬起頭。

「……我的孩子，是怎麼死的？」

曹系家主勉強開口，線條剛硬的下顎卻在微微顫著。

「雖然目前祥憩殿判官尚未能挪出時間精密檢查……」

則先生難以啟齒地停頓一會，像是羞愧於籠庭的挫敗。

「根據我們判斷，令郎可能是恰巧撞見破壞地殿亙玉的內賊，想要阻止，遂與對方起了衝突，卻不幸落敗，法寶也被奪去。內賊破壞部分亙玉後便離開了，留下身上帶傷且手無寸鐵的令郎一人，獨自面對從亙玉中逸出的大批謫仙……令郎身上並無致命外傷，我們猜想他應是戰到最後一刻，力竭而亡的。」

「你的意思是，曹系不僅是失去了一個孩子，連檀環都失去了？」

見則先生遲疑頷首，曹系家主立刻重新崩坐回地，臉低垂，似乎再也直不起腰身。

「……請寬心。我等十殿必會傾盡全力緝凶，並找回失蹤的曹系法寶。那麼，容我等先行告辭……請務必節哀順變。」

低聲說完，則先生又向家主淺淺鞠了個躬後，率先走出法會堂。

我們其餘人也都跟著行禮後離開，不忍再去打擾沉浸在喪子之痛的家主。

「見過受義人。」

看見是我，在竹橋頭守衛的兩名獄卒立劍敬禮，退到一旁讓我過去。

中廂臺原本沉靜的洞廊，如今因隨處可見的巡邏獄卒而多加了幾分肅殺之氣。與謫仙的混戰結束以後，則先生全面提高了藺周身的戒備，光是駐守中廂臺的獄卒便增加兩倍以上。現在要見到藺一面，得先通過重重關卡盤問才行。

我走到與書室相連的綺間，不太意外地發現藺正背對著房門，坐在面向庭子的向陽晝簷上，雙足懸在空中晃呀晃的，低著頭專心一志地做著手上的事情。

藺的身邊是一疊疊黃澄的冥紙以及散亂滿地的紙鶴。

「藺？」

我有些反應不過來，傻傻地問：

「你在做什麼？」

「摺紙鶴。」藺給了我一個明快俐落的答案。

我走到他身邊，探詢似的瞥視藺的臉。見藺點點頭後，我才在他身旁隔了一小段距離的畫簷坐下。

清明的雨結束，逐漸晴烈的暮春陽光慷慨照在我們兩人身上。

「這麼多……」我數著身旁掉落的紙鶴數量，但過不了多久便宣告放棄：「是想為誰祈福嗎？」

為了安全，藺不被允許離開中廂臺一步，即使圍雲極力抗議也無法動搖則先生的這個決定，故藺也沒有參加籠庭裡任何一場喪事。

我以為藺的舉動是在表達他個人的哀悼。

可是藺疑惑地眨了眨玉瞳。

「祈福？」

藺回問，一副不懂我的意思的神玄表情。

「紙鶴能夠替人類帶來好運嗎？」

「咦，這麼說來不是這個目的？」我的好奇心被勾起了：「那是為了什麼？」

「……飛。」

沉默一段時間後，藺才低低回道。

「我希望自己也能像鶴一樣飛得高抵天際。」

「喔。」我也不由得跟著沉默了。

過了一會，我才又開口：「可是，為什麼要用冥紙摺呢？」

雖說在罪弒後，就取消以冥紙當作交易錢幣的材料，現今流通的錢幣也全都重新鑄造過，因此在過去的血榭，現在的籠庭倉庫內，藏著如山堆般棄而不用的冥紙。但也不至於困擾到得用摺紙來消耗庫存的地步。

「嗯，我覺得冥紙很漂亮啊，」

藹語出驚人，雖然本人似乎毫無自覺。

「冥紙的顏色是很穩重的黃土色，看了就令人莫名感到安心。大概是因為讓人聯想到泥土吧。」

「泥土令人安心？」

我愕然。

「嗯。所有的人一旦死了，軀體不是都會回歸塵土，長眠於地之下嗎？所以冥紙才選擇這種顏色，我覺得。」藹說。「而且，第一次教我做紙鶴的人，用的就是冥紙。我已經不習慣用其他紙來摺了。」

「不過，這些紙鶴摺完後打算怎麼處理？」我有點困擾地看著已然滿過我膝頭的鶴群，藹摺紙鶴的動作熟練得驚人：「總不能就這樣放著不管吧？」

「燒掉。」

我瞠目結舌看著以決絕語氣簡潔說出這兩字的藺。

「……則不喜歡我做這些事。他不想最後一名羔戮，做出『存在』以外的事。我的靈魂越像活人，與我同化的輪罌粟就越不穩定。」

娓娓說著，藺平靜地拿過房裡罩燭，用燭火點燃堆在一起的紙鶴。

「燒掉。然後，丟棄。就跟任何無生命的物體一樣處理。」

任誰都曉得他在說的根本不是紙鶴。

我不發一語地看著那跳動的火苗，以壯麗的光，很快吞噬掉所有藺摺出的紙鶴，一隻不剩，僅在原地遺下點點不成原形的蜷曲灰燼。

我又能做什麼呢？

無用的我，膽小的我，習慣道歉的我，無時無刻不在逃避的我，就算拚命伸出我的雙手，也一定什麼都無法觸及，什麼都無法握緊吧。

眼前依賴著藺存在的這個世界，就像是在掌心上轉動的嬌小牢籠，不堪一擊。只須稍稍盈握，就會如枯萎的罌粟花瓣一樣粉碎。

可是我仍舊霍然站起。

「幽冥？」藺愕然出聲。

我沒有理會。步下簷台，開始用雙手在園庭土壤表層挖出一個淺淺的坑，再將那些蒼白的灰燼，用手捧起，一次一次地，慎重而莊穆地埋入坑內。將坑洞鋪平後，我佇立在坑前，雙掌合十，默哀了半柱香的時間。

最後，我轉過身，將我沒埋進坑內的唯一一隻倖存，雖被燒成灰卻還勉強保留著形狀的紙鶴，輕柔而不容拒絕地，置於繭的掌心。

保持坐姿的繭錯訝仰視著我。

「……萬物皆有生死。生之苦念，死之安息。」我低聲：「只要你願意賦與它，它便不滅。沒有人能從你手裡奪走，繭。任何人都不行。」

繭直直凝視著我，睫毛微顫。栩栩如生的灰鶴在他的掌心振翅欲飛。

「……對幽冥而言，這隻紙鶴，是活的嗎？」

我默默點了個頭。

「那，我呢？」繭輕聲問：「塚幽冥，對妳來說，我是活人，還是死人？」

我靜緘了一會。

「……你是繭。」

而後，我答。

「任憑生死，我都絕不丟棄的茨繭。」

藺只是一直凝望著我的臉，睜大了眼眨都不眨，直到一滴晶瑩剔透的淚在他清澈的眼角聚起，再緩緩溢出眼眶，流下半邊臉頰。

沒有喜怒哀樂，所以不應該會哭的羔戮，在我面前流下的僅僅一滴眼淚，滴到黃冥后泥，瞬間被吸收進土壤之內。

然後，藺閉起眼瞼垂下了臉。

微風吹散了他掌心的紙鶴灰，細小的灰燼猶如歷史的細語呢喃，繞過我們兩人高高吹起，隨風而逝。

「謝謝妳，願意來到這裡。來到我面前……真的，非常非常謝謝妳。」

綻出一抹稍縱即逝，清麗而哀然的微笑，藺輕聲說道。

「欽欽，則先生說的那個潛伏在籠庭裡的內賊啊，果然還是反珠派來的吧？」

「八九不離十。不然沒有道理拿走曹系法寶吧？肯定是想藉此破壞箱玉之術的人幹的錯不了。話說回來，竟然想到要破壞地殿亙玉……拜此所賜，那些謫仙才有辦法不驚動十殿這麼快入侵到籠庭各處。啊啊，越想越可惡，下次最好就不要給我碰到——」

「省省吧你。對方可是連義人都敵不過的對手，哪輪得到你上場？」

「你說什麼？我好歹也是……」

「喂！」

本來與我並肩行經的拂梢止步，勃然轉身。她臭著一張俏臉，用手直指那兩名大聲爭論的獄卒鼻子。

「你們兩個，是守阿鼻塔的吧！與其杵在這兒嚼舌根，還不趕快完成你們的工作！還是要我親自動手教訓你們一番？」

「是、是，屬下不敢！我們這就去！」

方才還在互相吹噓的兩名大漢被拂梢一斥責，立即汗如雨下，唯唯諾諾地幾乎是逃命般地跑走了。

「真是！自從謫仙入侵後，每個人都是這副派不上用場的德性！」

拂梢憤憤未平地啐了聲，藍髮怒動。旁觀的我暗自同意。

失去畔兒後，目前暫由功轉殿代替壓制曹系鬼門，維持箱玉之術的運轉。雖說免去了立即性的危險，但保險起見，籠庭各個角落還是罕見地全點起了離魂香。本來只瀰漫在阿鼻塔內的香味如今擴及四方，就像是提醒人們危機尚未遠離一般。或許也是因為如此，籠庭內人心浮動的情況十分嚴重。

「中廂臺西院的離魂香盤呢？」

拂梢問我，提著琉璃燈籠照亮前方道路的我趕緊點了點頭：

「啊，是，已經全燃上了。」

拂梢見狀，銀眸受不了地翻了一翻：

「別這麼戰戰兢兢的，我又不是謫仙會吃了妳。」

「對不起……」我剛說完，才後知後覺地想起來：「啊，我忘記拂梢說過叫我別再道歉了，對不——嗚！」

頓覺又說錯話的我本能伸手捂住自己的口，看向葵藍髮色的少女。

後者則痛切地搖了搖頭：

「算了。當我沒提。」

臉上明顯是放棄矯正我的表情，拂梢罷了地甩手，回歸正題。

「不過，全燃上了……我記得西院落的香盤有五十幾盞吧？」她問：「之前陰陽殿不是才抱怨用量太大，他們趕工不及嗎？」

「嗯，總之先將阿鼻塔的份充來應急，大致數量都補齊了，現在只等……啊，樨臣。」

步入祥憩殿中的膳廳，我驚訝地在眾人之中發現同僚的消瘦身影。

畔兒逝後，深受打擊的樨臣除了參加法事以外，鮮少出現在人群面前。如今毫無預兆地現身，只讓人害怕背後的原因。有這種想法的不僅我一人，在膳廳裡的所有人，都噤如寒蟬地偷偷注視著樨臣，等待後者接下來的行動。

而樨臣緊迫盯人的視線，從頭到尾，都死鎖在跟在我身後進膳廳的拂梢身上。

「——拂梢。」

樨臣講話的聲音寒若刮冰的刀，令房內眾人都不由得打個冷顫。

「回答我一個問題。」

意料之外的拂梢皺起了鼻，水蔥般的指尖指著自己：

「我？」

「現任色義人，鍾系拂梢。」樨臣眼神瞬間變得疾厲，平素如同冷泉的眸色現今暗流隱伏：「妳是否殺害曹畔？」

「什麼？」我失聲叫了出來。

廳內眾人臉色則為之一變，某種壓制的緊繃在醞釀，一觸即發。

被大家目光集中注視的拂梢則面色鐵青，猶若罩了一層古井寒霜。她瞪著樨臣，似乎下一瞬間就會朝他攻擊撲去。

「憑什麼懷疑我？」

「我私自搜了義人們的房間。」樨臣冷言：「五義人屬於神子之後，凡人的實力難以比擬，而曹畔也非經驗不足的青澀生手。那麼，想來想去，能有辦法殺了他的，應該就是我們五義人中其中一個吧？」

「……然後呢？」

眾人之中唯一臉色未受影響的黔潤，以慣常開朗的聲音問道。

「我發現了這個。」樨臣抬起一直藏在背後的手，好讓我們能看清他拿著的物品：「就在鍾拂梢房內。」

「那是……九連環！」圍雲吃驚抿嘴。

這時，我們也全都看出來了。

圍雲觀察的沒錯，樨臣拿著的，確實是隨著畔兒的死，從此消失無蹤的曹系法寶。瞬間，全場譁然。

「這太荒謬了！」

不堪所有人投來的質疑目光，拂梢銀眸瞪大，激動高聲反駁。

「我沒有殺曹畔！說到底，烏樨臣，單憑你的片面之詞，怎能確定九連環當真是在我的房內被找到的？說不定是你反過來想栽贓——」

「是我跟想義人一起搜出來的。他找到法寶時，我全程都在一旁見證。」

則先生打破緘默，緩緩站起身。他露出的額頭無情反射著殿內的燈光。

「而且，我也與想義人有同樣的疑慮。」

他略揮手，無數埋伏在廳內外的配劍獄卒如洪水般衝了進來，拂梢瞬間被團團刃光圍住。

拂梢先是一愣，銀眸中露出不可置信的神情，而後沉下了臉。

同時，束在少女頰邊兩側，葵藍色的波卷髮絲散揚開來，渾身散發出的敵意令獄卒們不由得懼怕地後退一步。

拂梢將灼灼視線從樨臣轉移到則先生臉上。

「這是什麼意思？十殿對義人刀劍相向，是想造反嗎？」

我從沒聽過拂梢這麼冷怖的語氣。

則先生從善如流地淡淡欠身。

「僭越了。還請色義人協助我等調查，如調查過後色義人實屬清白，我等自當謝罪。」

「假如我拒絕呢？」

「若色義人問心無愧，自無拒絕之理才是。」則先生慢條斯理：「還是，色義人始終難忘舊情，以至於真的誤入歧途了呢？」

「你想說什麼就一次說清楚，少拐彎抹角！」拂梢怒喝。

「塚臥季。」則先生道。

拂梢半開的口僵住。

「色義人難道不是因為舊情人死於十殿刀下，想要報仇，才與反珠勾結的嗎？」則先生有禮的語調進一步地加以凌遲。

拂梢鐵青的面龐此刻變得一地雪白。

「為什麼……你們會曉得……」

「恐怕功轉殿知曉的事超過您想像，鍾姑娘。」則先生文雅道，再次略揮了手：「將色義人暫押至阿鼻塔軟禁。」

「是。」

聽命的獄卒們將拂梢帶往廳外。我急忙衝上前去想阻止。

「等等，這其中一定有誤會！拂梢不可能是害死畔兒的凶手！」

「我勸妳別插手比較好。」

將我擋在行列之外，跟著獄卒一同押送拂梢的樨臣冰冷瞥我一眼。那疏離的側臉輪廓，不是我所熟識的冷諷少年。我熟悉的烏樨臣這個人好像突然消失不見了。

「塚臥季是妳的親兄長，真論起來，妳與籠庭的血海深仇更大。這次沒找到證據，不代表妳就清白無瑕……妳一樣是我懷疑的對象，塚幽冥。」

我震驚地愣在原地，張口，卻徹底啞了。沒辦法說出任何一個字。

黔潤將我拉到後方，搖了搖頭。而宛若變了一個人的樨臣，頭也不回經過我們面前，將拂梢當作罪犯押著遠去。

八弔　葵華散

「我要見藺。」

一聽到我這麼說，守在與中廂臺相連的竹橋頭的獄卒，互相對視一眼，面面相覷。

我不明所以。

「……有什麼不便嗎？」

「啊，不是，那個……」其中一名獄卒像是有難言之隱地頓了頓，搔搔頭，像是不知該怎麼對我解釋。

我蹙起眉，不懂他們的拖延所為何來。

另一道冷麗的人影緩緩自竹橋那端越過水面而來，解開了我的疑惑。

「妳，塚幽冥，不得進入中廂臺。」

晴的墨綠長髮梳得筆直，淺粉色的石蒜花在她頭頂搖曳生姿。晴今天穿的是紫月花樣的褂袖。她看著錯愕的我，墨黑的鳳目中除了冷嘲，再無其他。

「反正，妳要見藺，也只是為了替拂梢求情吧。算我給妳忠告，少浪費時間做這種徒勞無功的事。」

不想與晴起衝突，我悄悄握拳。「……繭呢？他根本不知道拂梢被關的事吧。」

晴冷笑了聲。

「那是自然。圍雲用鴉片粉混在水中讓他喝下，好不容易才讓他睡著的。哪會為了一個罪人的事去打擾羔䍼？」

「還不能確定拂梢就是——」

「那麼，妳是指控烏樨臣說謊了？」

晴說得一針見血。

對我而言最兩難的就是，我既不能接受拂梢是內賊的說法，卻也不相信樨臣會編派謊言陷害拂梢。

我只能低頭不語。

見狀，晴橫袖哼了聲。

「鍾拂梢是自作自受。當年她也是跟妳那個叛徒大哥牽扯不清，早就不值得信任了。」

她頓了頓，確定她的話語對我確實造成打擊後，才以優美的姿勢轉身：「多說無益，妳回去吧。」

我咬了咬唇，還是不想放棄。

「……我會自己跟圍雲解釋。讓我進去見藺。」

晴不耐地蹙起眉尖。

「不可能。命令是絕對禁止妳靠近羔戮。」

「命令？誰下的？」

我鍥而不捨追問。而晴，直到這時，才總算遲疑了一下。

「……則先生。」她回答。

東方則？

想起那個人不帶感情的臉，我下意識咬住牙關。

被我的敵意喚醒，兩顆檀鈴頓時從我衣內飛出，繞著我的髮旁打轉，清鳴不止。

見到檀鈴，晴帶著警戒的神色，微微往後退了一步。

「妳想做什麼？」

「……告訴我，晴。」

握緊雙拳，我發出的聲音打顫得令我自己也嚇了一跳，卻不是因為恐懼，而是出於怒氣。

「——從何時起五義人需要聽從十殿判官號令了？」

「……」

沒有回答，晴的黑瞳不篤定地搖動。

「讓開，我要進去。」

我重中，兩顆檀鈴掠過我的耳際，颸起我的髮流，對著守在橋首的兩名獄卒急速飛去。

然而，下一瞬間，檀墨以電石火光之勢迅速蔓延過竹橋橋面，陡地掀起，阻擋檀鈴去路。

我一凜，連忙緩住指間鈴繩。

兩顆檀鈴雙雙在具腐蝕性的墨牆之前定住，停駐在半空中，與黑不見底的檀墨彼此對峙，互不相讓。

佇立在墨牆之後的睛，與被檀鈴守護的我，遙遙四目相望。

一陣屏息沉默。

「……妳，要與我和樨臣為敵嗎？」良久，睛才直勾勾地凝視著我，啟脣問道。

我的氣息不覺一窒。

「說出妳的回答，受義人，塚系幽冥。」睛仍是用冷硬如刃的眼神，直盯著我：「要在此地，此時，讓五義人之間一分為二，自相殘殺？妳承擔得了其後果嗎？」

血海。

珠罌再臨。

那恐怖的景象侵入我的腦中，我猛然用手環抱住自己戰慄不止的身軀。失了我的引導，兩顆檀鈴頓失氣勢地從墨牆前退下，低矮地飛回我衣內。

我的顫抖久久不停。

晴收回檀墨，不再理睬我，回身往竹橋那端的中廂臺走開。

「……晴……」

我試圖呼喚同僚的名字。後者一頓，停住了步伐。

「——他姓東方，但他不是五義人。」我講得低且輕，但我知道晴會一字不漏地聽見：「……所以，他不會懂的，永遠也不會瞭解的。」

聞言，紫月褂袖的少女背影又停了一下。

而後，挺直背脊，續往前走。

我在橋的這頭，終於喪失所有力氣地蹲了下來，將頭埋進雙膝之間。

我屏氣凝神地在暗處之中看出去，只見夜色靜靜摹繪出森銳的五層塔樓剪影，鬼魅十足。

這幾天籠庭外的謫仙攻擊事件多得嚇人，十殿人全都累壞了，因此也耽誤到其他的巡邏或守備工作。如今，阿鼻塔前，早該到的守衛全無人影。

看著空盪盪的塔門，我暗自下定決心地深吸一口氣。

如果是現在的話——

「會被發現的喔。」

有人突然在黑夜中親切拍了拍想一鼓作氣衝出去的我的後肩。嚇得我差點跌坐在地，連忙扭頭看回來人。

「黔、黔潤……！」

我的驚叫是由氣音形式發出。

垂著長短不一的黑髮，無常殿判官瀟灑地向我舉起半手當作打招呼。他的連身黑袍在墨夜中，幾乎像是隱形了一般。

「在沒帶離魂香的狀況下，妳還想隻身潛入阿鼻塔？」看穿我的意圖，黔潤沒轍似的苦笑了下：「明明外表就是個纖細的女孩子，怎麼做事會莽撞成這樣啊？」

活像是在哀悼什麼慘絕人寰組合的語氣。

「我……那、那個，是因為則先生不准我去探視拂梢，離魂香的數量又告急，各殿都已經不太夠了——」

我結結巴巴還沒解釋完，黔潤已經先不解地做出等會兒等會兒的手勢。

「不准妳探視鍾姑娘？為什麼？」

我低下頭，覺得有點羞於啟齒。

「……好像是要杜絕我們兩個串供的可能性。」

我忠實轉述則先生的答案。

這下，似乎連黔潤都有點傻眼了。

「不會吧，真的假的……是說那傢伙本來就疑心病重，但做到這地步實在有點過……」

他還沒說完，另一道情緒激烈許多的怒斥擠進我們兩人的對話之中。

「就算是偷懶也太過頭了！要是塔裡的犯人逃了，你們哪個擔得起責任？」

雖是破口大罵，卻仍聽得出原本冰水般的音質。

不等我反應過來，黔潤便已單手攔起我的腰，帶著我一併轉入更隱蔽的暗處。幾乎是同時，扭著兩名蒼白獄卒過來的樨臣身影，霍然出現在塔門前。

樨臣一放手，兩名獄卒立刻腳軟跪地，在因怒火而寒霜罩面的少年面前不斷磕首認罪。

「請、請息怒，我們實在是累壞了，才會想多貪睡一會……」

「是、是啊。反正塔內現在也只有關色義人一個，我們是想就算更換離魂香的時間遲了一些，色義人憑著法寶也能應付……」

樨臣雙手環胸，冷冷俯視底下的兩名獄卒。

「離魂香？」

「是、是的。」一名獄卒急忙稟報：「以前在囚室內點著的長時間離魂香，都拿去支援籠庭內的其他殿了。現在在色義人牢房內的是巡邏用的短離魂香，差不多兩個時辰就會燃完，所以守衛交班時會再補上新的……」

「——喂，那是什麼？」

另外一名獄卒忽然語帶驚恐，往上指去。

樨臣，以及躲在暗處的黔潤與我，也同樣跟著往上看去。

黑雲移開，月色乍乍灑下。

碧藍色的月光照亮了阿鼻塔如乾涸血跡的朱銅表面，也讓在最頂層的某一扇窗孔旁，搖搖欲墜的某抹葵藍身影清晰可見。

拂梢！

「什……」面對此景，甚至連樨臣都錯愕得只能發出單音。

只見拂梢奮力以雙手攀住窗孔外側邊緣，整個人都懸在塔外，雙足踏空，毫無其他依靠支點。在高空中，她俏華的身影，就像是一片懸掛枝頭，隨時都有可能被風吹落的花朵。

我們沒人能懂拂梢想做什麼。

「……快射箭。」

在一陣靜默之中，只有一個嗓音以一貫的文雅不紊響起。

則先生負手，信步走了過來。他的視線謙沖，卻沒有窒礙地狠狠攫住了擁有著水色頭髮的少年。

「真相已經很明顯了。色義人正是趁著守衛鬆懈警備之時，試圖畏罪逃跑。沒有比這更有力的證據了。」

櫂臣遲疑。

「你是說……」

「鍾拂梢殺了曹畔，她就是內賊。」則先生斬釘截鐵，他的眼瞳始終不離櫂臣：「而烏公子現在該做的，就是執行身為五義人守護籠庭的責任。」

像是猜到則先生要他做什麼，櫂臣略為狼狽地往後退了半步。

「不，我……」

「烏公子。想義人。」

抬頭瞥了一眼攀在塔窗的少女身影，則先生的語氣變得嚴厲。

「——你不想替曹畔報仇嗎？那時，曾經犧牲了一切，只為了保籠庭安好的你們兩個，不是最親密的戰友才對嗎！」

「…………」

櫂臣冰色的漂亮眼眸逐漸溢滿絕望，而後，麻木。

「……曹畔。」

我彷彿聽見他如此低語。

冰色的瞳燃起憎恨的怒火。

他平舉起左臂，左掌掌心往下，珠光集聚，配好箭的檀弓隨即靜靜地在他手下的空氣中漸漸抽長。

樨臣張開五指，往下牢牢抓住了弓身。

而總算理解樨臣想做什麼的我，同一時間，不顧黔潤阻止地從藏身處站起。我架開扯鈴繩，奮力將兩顆檀鈴往樨臣的方向鞭去。

樨臣撐出漂亮的滿弓。

我的檀鈴一左一右包抄而去。

樨臣的指放開，褉箭咻的一聲破空飛去。

則先生出其不意抓起兩名呆愣住的獄卒往前一送，我的檀鈴分寸不差地鑽過那兩人心臟。

樨臣的褉箭在夜空中劃出令人欣羡的美麗直線，瞬息不停地戳入了懸吊塔窗旁的拂梢後背，穿胸而過。

拂梢在那瞬間停擺住所有微小的動作。完全靜止。猶如被銀藍的月與穹空鏤刻進去一般，少女靜謐的幽幽身影。

而後，拂梢彷彿是小小吐了口氣一般，纖細的身子往後仰，兩隻攀著窗緣的手滑脫下來，葵藍長髮因急速墜落而反向飄起。
她往下掉落，維持著仰望夜空的姿態。
我震懾在原地，無法動彈。
月芒之下，穿過拂梢身體的箭矢，像是一枝鮮紅的羽毛。在她墜落的過程中，不斷散出朱紅的羽屑，飄往四周。她分成兩邊垂落的豐厚藍色卷髮，耀出了比月亮本身還要晶瑩的光點，細細散在周圍的黑夜中。
無瑕得似乎我們這些觀看她的人才是褻瀆。
在拂梢落到地面的瞬間，發出了不輕不重的聲響。
鮮紅的血花點綴著她葵藍的頭髮，在一片紅色中張散開來。
我顫步著往前。
「拂梢……？」
沒有回應。
少女的眼安詳闔著，像是她才剛出生到這個世上。未染罪惡，懵懂無知，正等待著某個命定的人來到，彎身在她耳邊，低低把她叫醒。
但那個人已經不在了。
而拂梢也永遠不會醒了。

她死了。

我下意識按住劇痛的兩邊太陽穴，卻沒有效果。

眼前，所有的景物都像是從水底看出去一樣，帶著浮光搖晃著，重疊著，捲曲著，帶著虛幻的美。

猶如死去拂梢的藍色波髮一般。

「——這是怎麼回事？」

晴的尖叫在我們背後響起。在她的身後，則有另一個詭白的身影。

「繭少爺！」一見清那人影，則先生立即臉色大變：「晴，妳在做什麼！怎能擅自帶羔戮離開中廂臺——」

「我——」晴開口欲辯解。

「是我逼她的。」繭靜靜打斷了晴的話：「……當箱子震動得太厲害，即便是你，則，也無法強逼箱中的我一直沉睡下去。」

羔戮無法安睡的原因顯而易見。

我們一起無言地往躺臥地面的嬌俏少女看去。

縱然在一片血泊之中，拂梢閉眼的臉龐上，卻比生前任何一刻都遠為聖麗寧靜。

如萬蜂群飛的鐘聲在這時，接連在籠庭各處此起彼落響起。巨大的單音共鳴同時把所有人

震得腳步晃了一下。

是籠庭的警示鐘聲。

「是謫仙！」

「謫仙攻進來了！」

獄卒紛亂的吆喝聲隨即以不輸給鐘聲的氣勢，四面八方淹瀰開來。

像是要呼應那個呼喊，在我們眼前的夜月之中，幾尊手姿綽約的謫仙正袍角飄揚，在背後的阿鼻塔襯托之下，悠悠如神祇降落。

「不好！」

則先生急切低喊，顧不得禮節，拉著藺便往身後的喜綬殿退去。其餘眾人迅速跟上，黔潤叫了我幾聲，見我沒有動彈後，一頓足，便伸手用力將我強拉入殿內。

喜綬殿內早已兵荒馬亂。

我前足剛避入殿內，下一瞬間，十數名獄卒紛紛撞破我頭頂的屋瓦直落在地。我本能仰起頭，只見破碎的瓦片與幽微的謫仙麗影飛舞而降。不等那些謫仙向我發動攻勢，更多的獄卒從我兩邊湧出，舉劍向敵人呼斥衝去。

另一方面，謫仙則形成兩個圈子，一大一小，大的以藺為中心，小的則主要圍繞著我。刀光劍影，人落血湧。

「喂，這到底是怎麼一回事？」

雙鋒劍俐落攔腰劃開一尊謫仙，黔潤朝著則先生低聲咆哮。他的銀色長腰帶隨著他的動作而舞，劃過我眼前，像是帶刃的劍。

「失去了主色的義人，好不容易安定下來的箱玉之術當然又會出現漏洞，就算是離魂香也難以鎮住……」

躲在睛的墨牆之後，則先生用手觸眉，煩悶的神色無法隱藏。即使是現在，鐘聲仍陸續從籠庭的不同方向接連傳來。

「你也聽到警鐘了吧？恐怕現下，籠庭每個角落都有謫仙試圖侵入。」

「明知道會如此，你還主張要殺了鍾姑娘？」黔潤不可置信。

「既是內賊，就不能再使用了，留著也只會對羔戮帶來傷害。」

則先生收回手，合情合理地說著。一絲不紊的髮際沒有泌出半滴憾恨的汗水。

「還不如冒個風險，把位置空出來，盡快換個新的色義人比較好吧。我是這麼判斷的。」

使用？

我在聽見這個詞的瞬間，腦袋就像是被人忽然重擊一拳一樣，視界一黑。暈眩。想吐。

我的雙手不住顫抖。

拂梢墜落的畫面在我眼前一次次重現。

「你這傢伙，到底把這些孩子當作什麼了……」無常殿判官斜身劈開一尊謫仙，咬牙：「他們可不是你的工具啊！」

「是不是並不重要。」則先生無情地道：「重要的是羔戮及箱玉之術。只要這兩者還存在，不論死了多少人或是死了誰，籠庭便隨時能夠再造。」

說著，他忽然拉過身旁繭的手，不顧後者掙扎地，在那隻手上劃了一刀。

嬌豔的血珠立刻滲出。

感應到神血活生生的氣息，周圍的謫仙忽然一鼓作氣躁動起來，數量也不斷地增加。

「則先生！您打算做什麼——」戰鬥中用眼角餘光瞄到則先生動作，睛登時驚詫輕呼。

「羔戮引來的謫仙數量繁多，這樣下去會太過危險。」

說著，則先生忽然離開繭身邊，朝我衝了過來。樨臣一愣，但隨即利用禊箭援護則先生的移動。

則先生來到未及反應的我面前，將手上還流動著的繭的血，抹到我的髮穗上。

我錯愕地迎面凝視著他。

「不知為何，但妳似乎也有吸引謫仙的特質……那麼，就由妳來作餌吧。」

我完全不能理解這個人在說什麼。真的不能理解。

腦子裡仍是一片漆黑。

畔兒是為了什麼死的呢？

拂梢是為了什麼死的呢？

而我，又是為了什麼即將送死呢？

「可以吧？」則先生仍在說著。徵詢般上揚的語調，但不是徵詢般帶著不確定的語氣。相反的，他很篤定，篤定我一定會答應：「引開謫仙，令羔戮得以逃脫得救。身為有罪塚系的庶女，妳該感謝妳還有此等利用價值。」

「等等，塚姑娘！別聽那傢伙胡說八道，妳孤身一人是做不來的！」

黔潤試圖阻止我做傻事。

而全身充滿疑問的我緩緩低下頭，困惑不已地張眼望去。

只見某隻謫仙的手臂與某個不知名獄卒的頭顱，一同相親相愛地滾到我的腳邊。血染上我的鞋布，登時浸漬開來。

嬌嫩的赤色在我腦中冰沁般地擴展。

危險。

藟感受到的事情，經由相連的五蘊呼喚，傳達到了我的體內。

藟有危險。

守護羔戮則是五義人的使命。

我的心底一沉，不再猶豫，掉頭往喜綏殿外急奔。大量的謫仙跟在我的身後。

「幽冥姑娘！」

黔潤的大喊在我背後無濟於事地迴盪。

位於功轉殿的沁石閣，是中空挑高的石造兩層樓閣。由於建材與築式設計，樓內一整年不分春夏秋冬，皆縈繞著一股微寒的清沁氣流。沁石閣由此得名。

我幾乎是連跌帶撞地衝入閣內。

一進去，空蕩蕩的挑高石閣，挑釁似的由上往下俯瞰著我。之所以會選這裡，除了近以外，純粹是因在這進行戰鬥，會被波及的人最少。

沒跟來嗎……

我心中剛冒出這個想法，一尊謫仙忽地自上頭的門壁浮出，從天而降擋住我的去路。我謹慎地退後兩步，卻又被另一尊不知打哪冒出的謫仙阻擋。我一凜，舉腿踢去，那謫仙偏頭閃過，五指成爪朝我抓來，我順勢搭上祂的手腕，一帶，再垂直反推回去，解下那謫仙的手。那謫仙登時粗聲嚎叫，我欺身悶頭衝進祂懷中，將檀鈴硬生生嵌入祂胸膛，鈴身急速旋轉將謫仙魂體攪得零碎。這時，另一尊謫仙已近身至我背後，近乎貪婪地大力扯住我髮側結穗。

是畔兒送給我的，如今被繭的血沾染的墨金結穗。

——這個東西不能給祢們！

抱著這個近乎強硬的想法，我往後下仰，以雙手撐住石地，雙腿打直，重重踢在我身後扯住結穗的謫仙天靈蓋。那謫仙消散，我翻回身站起甩頭，結穗好端端地回到我耳畔輕輕搖曳著，線珞尾端的透明碎玉撞出晶瑩之聲。

忽地，又有一尊謫仙從天而降，擋在我的面前。我轉身，發現身後也多出了四尊謫仙。另外，還有更多數不清的謫仙，猶如蝙蝠在巢穴中甦醒，密密麻麻地，自石閣的所有壁面鑽出頭來。

不過是一眨眼的時間，我所在的沁石閣一樓大殿，全塞滿了虎視眈眈的謫仙們。約四五十尊，不，可能有七十幾尊的謫仙，將我逐步逼至包圍中心。而自大殿邊緣的壁面還不斷有其他的謫仙蜂擁加入。

「怎麼會……」

即便是陷在孤軍奮鬥的苦戰中，我仍無法掩飾自己的震驚。

就算籠庭內因箱玉之術鬆動，謫仙的密度變高。但光靠繭的一滴血，便聚集了這等數量仍是不合常理。

到底是——

思索不出答案的我拋出檀鈴，又是一次鎮殺。成功完成任務的檀鈴旋著半圓弧，回到我手上。我將鈴鐺握在我汗濕的手心，縮身，滾地狼狽躲開其他謫仙的戟尖。

我已數不清我鎮殺了幾尊謫仙，唯一能確定的，是不論我鎮殺多少，眼前的祂們看起來都絲毫沒有減少的跡象。但沒有休息的連續戰鬥下來，我身為人的極限卻快到了。我能感覺到肉體的疲累與痛楚，也知道我的動作越來越見遲緩，我的氣力正逐漸從四肢中流失。

低下頭，我翻開掌心，只見兩顆檀鈴的外表都多所磨損。而另一手握著的扯鈴繩彈性也逐漸鬆弛，中間的線與線已不再緊密，拉扯過後的空洞比比皆是。

我咬了咬下脣。

近來眾事紛擾，我完全忘了定期到陰陽殿去。但清明前夕以降，經歷好幾場激烈戰鬥卻未經陰陽殿維續的法寶，眼看再也撐不下去了。

最後一擊。

能殺多少算多少。

我環顧周圍將石殿渲染得透明如霧的謫仙們，心裡盤算著。握緊的手，指甲深深刺入我掌心的肉。

閉目，吸進一口長氣。

「……再見。」

猶如帶著某種祈禱，我輕聲對著掌內如小獸般低低清鳴的檀鈴道別，而後用盡全力將它們往上空拋去。

兩顆鈴鐺如鳥般地振翅高飛，像是感受到我的意念般，小小的鈴奮力順著氣流，往上，再往上。

我一躍而起。手腕甩直，繩若雷電霹出，在碰觸到高速自轉的鈴鐺瞬間，雙方爆裂出驚人的火花。下一瞬間，扯鈴繩斷成兩截，彈離我的手中，而檀鈴則碎成無數的瑣小碎片，猶如龐大的殞落星辰，朝整座大殿輝臨而下。

每片碎片都刺進了某尊謫仙的頭顱，眼，嘴，胸口，腹部，腿，或足踝，並彼此串連發出刺眼金光，頃刻鎮殺。

大殿裡簇擁的謫仙們立刻少了可見的大半，卻不是全部。

祂們太多，而我的檀鈴即使已碎成晶滴，卻還是遠遠不及祂們的數量。

某個逃過一劫的謫仙發出一聲短哮，轉動長矛桿將精疲力竭的我攔腰揮飛出去，我撞上二樓外圍的欄杆再掉下。我的撞擊力道鬆動了石閣的結構，許多裝填在表面的灰石隨著我一同掉落在地。

我剛墜地，另外一隻謫仙便單手掐住我的咽喉，將我整個人舉至半空中。我連踢動雙腳求生的力氣都不剩下了。

——那來世，我還是會來見妳的。

此時此地，那句話突然以前所未有的清晰在我腦裡復甦。彷彿伸手可及。

勉力地，我重新睜開困頓眼皮。

快了。就快了。

有個聲音在我體內悄悄說著。

我伸出雙手，按住掐著我的謫仙雙肩，借力，仰身將對方給反摔出去。後者飛撞我之前撞過的欄杆，本就不牢靠的石塊終於轟的一聲，瀑沙般地傾洩而下。

「危險，塚幽冥！」

在驚慌中，我聽見藺稚氣的嗓音難得地在喊叫。

灰石在我頭頂上空紛紛如失重的鳥墜落，轉瞬間就把我的視界染成一片濛白。我掐著喉嚨咳了起來，幾乎要被嗆出淚水。好不容易，灰石下墜之勢漸緩。我揮開眼前遮蔽視線的塵霧，剛抬起頭，通體聖白的長矛便已作勢朝我貫刺而下，我心知肚明自己絕對來不及躲開。

綻放吧！

呼應那個無聲的命令，在我腳邊的石面突地冒出一株盛開的輪罌粟花，冰紅瓣萼，陡然竄起一人高，穿透想要攻擊我的謫仙。

其餘倖存的謫仙見到那株深紅罌粟，紛紛有所顧忌地往後退去。

同時間，一枝枝箭矢冷不防自我背後凌風射出，貫穿數名謫仙胸膛。最後僅餘的謫仙，則全被潛隱在地面的墨給腐蝕殆盡。

很快地整個大殿又恢復成空蕩蕩的。我怔怔望著那株深紅罌粟再次捲繞回地底消失。

「……塚幽冥。」

過了一會，繭乾淨的嗓音才帶著點怯意地叫我。

我站起身，慢慢轉過頭去，注視著現身在閣門的羔羖以及兩名義人。

在我的視線之下，遍體鱗傷，看來也比我好不到哪裡去的睛與樨臣，帶著罪惡感的表情，分別掉開了自己的眼睛，避免與我對看。

負責保護羔羖退避到安全地方的他們兩人，想必是等到判斷情況足以控制了，才趕回來幫我的吧。

我不能怪他們。

事實上，也不是能悠哉責怪他們的時機了。

我撿起斷成兩截的扯鈴繩，將其緊緊握在手裡。

箱玉之術中，法寶與義人是一體的。法寶損壞，義人死亡，兩者是相同的意思。

我不再是受義人。

而守箱的鑰匙僅存兩把。
我吸一口氣，閉了閉眼後，往前走去。
我握住了繭向我伸來的手掌，柔軟的，活人般的手掌。
「……箱已，」迎上繭了解一切的目光，我輕聲說：「岌岌可危。」

「與我無關。」
繭明確否決後，繼續低頭小口小口啜著熱茶。
「繭少爺，請您認真回答我的問題！」
則先生雖還保持著儒雅用詞，但任誰都可明顯看出他的焦躁。
「普天下除了羔戮外還有誰能催動罌粟？那株突然冒出的罌粟是您召喚的對吧？」
繭少見地微蹙起眉。
「不是我。我那時候只想到要警告幽冥而已……而且，那株罌粟是紅色的。」
「啊？」
繭略抬指，短短的罌粟藤蔓自他袖中吐出，又隨即縮了回去。青綠的色澤。

「紅來自輪罌粟的花。但我無法讓輪罌粟開花。所以，不是我。」

同時間失去三名義人，是籠庭創立以來從不曾遇過的情況，十殿判官對此束手無策。即便是則先生領軍的功轉殿，也無法同時壓制住三道鬼門環。

籠庭的防禦現在處於脆弱不堪的狀況，謫仙也不斷入侵籠庭，擊退一波又來一波，倒下的只有十殿人。為了不再增加傷亡，目前是靠樨臣與睛勉強將箱玉之術的禁制範圍縮小至內籠，輔以陰陽殿的結界協助，不過仍不是非常穩定。而籠庭還活著的屈指可數的人，全體暫遷至中廂臺，苦思對策。

「或許箱玉之術的變動，也會影響到羔戮的能力。以前不能做到的事情，不代表現在就不能。請您努力回想看看，難道真的不是您下意識喚出罌粟花的嗎？」則先生不死心地問。

「唔……」

藺的眉頭蹙得更深了，沉吟著沒馬上回話。等待的則先生眼神一轉，愕然地發現我在房間角落。

「妳待在這兒做什麼？」

那種劃清界線的問話方式，頓時令我又照習慣瑟縮起身子。

「啊、那個，是藺說希望我留在這裡……」

「就算羔戮這麼說，妳應該也有自行判斷的能力吧。」則先生對我的藉口嗤之以鼻：「妳既已不是義人，在籠庭就算是外人，碰到這種場合就該懂得自行迴避才對。」

明明是你自己不說一聲就闖進房裡來的……

「有什麼不滿嗎？」則先生看穿我的心思般地挑起眉。

「沒、沒有……」

我嚇得往後方一靠，但是繭卻蹙起稚氣的兩道眉來，而後伸出雙手，從後頭抵住我後仰的背脊。

我維持著原本的姿勢，用眼角訝異往後瞄。

「繭？」

「幽冥走的話，我也走。」

從我肩側探出頭，繭直視則先生的眼睛毫無轉圜餘地，玉脂一般的白髮前傾，劃出一道稚氣的弧。

「她不是外人。在這裡，她永遠不會是外人。」

則先生氣結地瞪著繭，而繭則一聲不吭地平靜回視。

終止兩人間的沉默對峙的是圍雲。

事實上，她直接抄起茶盤，狠狠朝則先生的後腦勺叩了下去。

在敲昏則先生後，趁著我與繭都還是愣愣的狀態，圍雲袖裡小刀已架上我的頸項，甚至還有閒情逸致在霍然起身的藺面前，威脅似的刻意將刀身劃過我的皮膚。

「她走了的話，您也要走，對嗎？」喜綬殿判官柔聲說道：「那麼，我們就一道走吧。」

丟下不醒人事的則先生，我被圍雲押著走出房間，藺則被迫乖乖跟在我們兩人後頭。

「……妳要帶我們去哪裡？」

眼看我們就要離開中廂臺區域，我緊張地問。

圍雲壓在我脖子上的小刀示威地又往下重壓幾分，她的語調仍然溫嫻。

「我想，還是不要知道太多，會對身為人質的妳比較好喔。」

我只好識時務地閉上嘴。

但我們身後的藺卻在這時無預警止步。

「我不走了。」他宣言。

圍雲不可置信地拉著我轉過身，小刀沒有離開我。

「您不怕我會殺了受義人嗎？」

藺搖首，一副理所當然的模樣。

「我知道妳不會真的傷害任何人，圍雲，我認識了妳幾乎一輩子。再說，一旦我離開中廂臺區域，樨臣與晴會感應到的。妳無法帶著我逃出這裡。」

圍雲受到衝擊似的手震了一下，而後，緩緩地垂下手臂。小刀自她蒼白的指尖滑下。

「……您猜到了嗎？」

藺乖巧頷首。

「從一開始。」

聽見羔戮這麼說，圍雲像是要哭出來似的咬著唇，對藺深深彎身。

「……抱歉，我為我的舉止向兩位謝罪。」

事情有了出乎意料的發展，我傻眼地看著眼前的二人。

「咦？是在演戲？」

「對不起，我操之過急，所以有些魯莽了。」

這麼說著，收斂起情緒的圍雲又回復到那個完美的籠庭總管。她再一次向藺慎重作揖，雙膝低了下去。

「但是，我的心意沒有任何虛假。藺少爺，請您離開籠庭吧，到哪裡去都好，只要能遠離這個束縛住您的地方。」

「圍雲……」藺像是嘆息般地輕輕吁了一口氣。「抬起頭來。」

他面前的女子並未照做，反而更將面龐壓低下去。

「我知道的，這完全是出自我一人的任性。但，拜託您了，請您照著我說的做吧！」

闉雲髮上的簪叉跟著她的激動情緒而晃動。

「求求您……看在這是我對您初次，也是唯一一次的請求分上……」

白髮的羔羖望著喜綬殿判官，良久，而後垂下了首。

「當初是我自願留在箱中的……」輕輕的，非常悲傷的聲音：「……事到如今，我還可以反悔嗎？」

聞言，闉雲登時滿懷希望地昂起柔美的臉龐。

「當然可以！只要——煉災！」

闉雲放聲驚叫。

我反射性地低頭一看，只來得及瞥見藾腳下的走廊逐漸透出金紅熱光，很快，一簇金紅地炎往上蔓燒。闉雲的反應比我們都快，她衝過去，將藾從原先的位置用力推開，就在那剎那，金色火焰怒氣滿張地衝出地表，吞沒闉雲下身。

「闉雲！」

我與藾同時握住判官的左右手，想將後者用力拽出那團熊熊燃燒的火焰。但驚人的熱度卻讓我們力不從心。我又花了一點時間，才明白判官正聲嘶力竭地對我喊著什麼。

答應我！她喊道。我上次與妳提的，答應我！

——答應我，我要是遭遇不測，妳會代替我，讓繭少爺脫離箱玉之術。

「別說了，現在不是說這個的時候——」

我無濟於事地搖頭，想將全部心力專注在援救判官上。但圍雲卻緊緊扯住與她相繫的我的手，煉火已侵蝕她整個人，只剩顏面與雙手末端露在火舌之外。

「……答……」圍雲哀求著，被燒灼的極度疼痛，讓她連說話都快要做不到：「請……應……我……」

我終於不忍閉眼，橫下心。

「……我答應妳。」

我做出了連自己都不確定能不能信守的承諾。

可是圍雲卻相信了我。

聽見我的答覆，圍雲幾近欣慰地朝我露出一抹類似微笑的神情。

謝謝。

她輕聲動著脣，再不捨地朝繭最後一次低首致禮後，整個人隨即被烈火拉入地底。

煉災與圍雲都消失了。

我們卻不被允許擁有太多時間來哀悼她。

「——逃走吧。」我率先開口打破靜默。

臥季大哥的死，畔兒的死，拂梢的死。

而現在，圍雲的死猶如最後一根稻草，壓垮了我的滿腹疑惑。

我已不再是五義人。

字面上的，以及，心境上的。

我毅然決然。

「一起，逃離這個囚禁住我們的籠庭。」

「……嗯。」

低低應了一聲，始終凝視著圍雲犧牲地點的繭，忽然像是下定決定地握住我的手。比我還要冰冷的，繭的體溫。細緻的顫抖由他的掌心傳遞到我的。

宛如兩名還在頑強抵抗這個世界的崩壞末日來臨的孩子。

即將颳起暴風雨的預感。

「……這次，」調開視線，繭轉看著我，堅定不移的瞳眸：「請妳不要放開我的手。」

九弔　揭箱

能不驚動樨臣與睛，又能神不知鬼不覺逃出籠庭的方式，除了走上次娘逃脫時用過的地殿祕道外，我想不出其他方案。

對於我的決定，沒有表示意見的繭只是淡淡頷首。

所幸，我被剝奪義人頭銜此事尚未傳開。守在地殿入口的獄卒一見我便畢恭畢敬地躬身讓開通道，我甚至還來不及開口。

上次謫仙大鬧地殿，搗毀了殿內全數照明用的夜燈，至今仍未修復，讓本來就身處地底下的地殿幽暗難辨，黑如一口看不見底的深淵。

我與繭各自持了一支油燭，靠著那微弱的火光，走下深邃黑稠的階梯。

「我六歲時有個玩伴。」

餘燼般的燭火僅夠照亮我們腳下前方的臺階。在黑暗中，走在我斜前方的繭忽地冒出聲。是想緩和因周圍的黑闇而緊繃的氣氛吧。

「啊，」我配合地回想了一下：「之前提過的那位朋友？」

「嗯。有些可怕，卻也很寂寞，對待弱小者很溫柔的玩伴。」藹道。

「我們是在血榭認識的。」

「咦？可是我記得除了在珠罌神手下做事的陰司，其餘人類不得進入血榭……」

「原則上的話。不過，要是來求情或申冤的老百姓，珠罌神一般還是會接見的，不然也會派代表出面聽取民眾陳述，再做處理。」

藹娓娓訴來的嗓音半溶入周圍黑暗。

「在罪弑之前，無論何時都有人闖入血榭，想求珠罌神網開一面，饒過他們已屆大限的親友。」

「那珠罌神有答應過嗎？」

「從不。在這方面，祂是位極度嚴酷的神。」藹的衣衫窸窣：「某天，我的家族為了類似的原因，想懇求珠罌神法外開恩而進入血榭，並也將我帶了去。但在求情過程中雙方起了衝突，我的家族在大吵大鬧之際，被陰司給亂棍趕出去了。」

混亂之中，被大家忘記的幼小的藹，一個人孤伶伶地被遺留在廣大的血榭裡。藹試著自行找到出口。想當然耳，他迷路了。

專心聆聽的我喔的應聲。

「那麼，就是在這時候碰到那位朋友的？」

「嗯。她救了我一命。但當時的我太過挫折，也不知如何是好，非但不感謝她的救命之恩，反而把一腔怨氣全發洩在對方身上，還自顧自地大哭了起來。」

藺沉浸在回憶中的聲音聽來異常幽遠。

「因為似乎不知該怎麼安慰我，她坐在哭泣不止的我身邊，沉默地摺了一隻紙鶴給我。由於是隨手用冥紙摺的，當時很生氣的我想都不想，就把鶴拿去燒了。」

「燒了？」

「是啊。」

然而，對方卻救回了被藺燒得只剩半隻的紙鶴。

不發一語，只是露出哀傷的眼神，溫柔地將紙鶴埋在泥土裡。

當時的藺徹底嚇傻了。

「嚇？」我納悶：「那個人罵了你一頓嗎？」

「不是。」

藺搖了搖頭。

「我只是忍不住在想，我之所以無法理解對方的行動，是因為她是錯的呢，還是我是錯的？因為從來沒想過這個問題，所以一時之間很激烈地給嚇到了。」

他輕道。

「想要弄清楚這個答案，我養成有事沒事就偷跑進血榭找她的習慣……而對方大概也是因為真的很寂寞吧，即使我是一個什麼都不懂的小孩子，每次我去，她雖然不太搭理我，但也沒有真的驅趕我過。在罪弒以前，我這個習慣一直持續著。教我摺紙鶴的就是她。」

走到階梯最底一階，繭轉過身來仰視慢一階的我。油燭移近，白火光照著他的無邪面容。

「所以，我一下子就認出妳了。」

繭凝視著我，偏頭微微一笑。如此平靜而令人倍感不可思議的神情。

「會將我摺來燃燒的紙鶴，當作死去的活物慎重其事埋葬——將生死賜予物的，是僅有她才會做的事情。」

漆黑不見五指的殿內忽然亮起我與繭的燭火以外的亮光，不過多時，全殿都點燃起燭火。不算明璨，但地殿之景總算能清楚映入我的眼內。

「是誰？」

點燃全殿蠟燭的人是樨臣。

他全身素白，腰帶上掛著九連環，手裡持著一壺水酒，半灑在地。任誰都可一眼看出，他此行目的是憑弔枉死在此的畔兒英魂。

「幽冥……？」看見來人是我跟繭，樨臣先是愕然，隨即沉下了臉厲聲：「為什麼你們兩個會出現在這裡？」

我閃身，將本要動手的藺擋在我身後。我答應圍雲的。

「不要阻撓我們，樨臣。」我低聲勸告。

樨臣聞言半瞇起了雙目。

「私自脅持羔戮離開……在拂梢之後，果然連妳也背叛籠庭了嗎？」

「我從未對十殿效忠。」憶起則先生說過的話，我更加心如鋼鐵：「他們滅了塚系，屠殺我的族人。我是五義人，並非十殿人。」

「那我們呢？」樨臣咄咄反問：「背叛我們其他義人，妳不會良心不安？不會像鍾拂梢一樣，因為害死曹畔而畏罪墜樓？」

「曹畔不是鍾拂梢殺的。」

藺冷不防斬釘截鐵地說，將我與樨臣兩人都嚇了一跳。

無視我們兩人的震驚，藺再次輕搖了一下頭。「不是她。」他重覆。

樨臣倒吸了一口短氣。

「你憑什麼肯定，羔戮？靠五蘊之間的感應？」

「不是，沒有那麼複雜。」藺困擾地半傾著頭，試圖解釋：「單純因為她做不到。」

我與樨臣同樣匪夷所思地瞪著他。

「拂梢無法使用自己的法寶檀扇，她的右手腕筋早就斷了。」繭說：「所以，沒有法寶的義人，不可能打敗有法寶的義人。只是因為這樣。」

「右手腕筋斷了？拂梢？怎麼可能！」

樨臣不敢置信。我則因太吃驚而啞口無言。

「是真的。」不太習慣說這麼多話，繭有點吃力地解釋：「……在你們全體出庭，追捕天道那個能在白晝活動的謫仙時，她的手筋便因勉強抵擋對方攻勢而斷了。黃翁雖將她治療到日常生活無礙，但對於需要精確技巧運勁的檀扇起不了功效。」

照繭的說法，拂梢雖之後好幾次嘗試復健，但仍是因為劇痛而不得不死心。在她本人的強烈要求下，此事除了黃翁外，只有替她鎮痛的繭知曉而已。

聞言，我眼前浮現三番兩次，掩人耳目出入繭住所的拂梢身影。

那麼，那也是……

「我不懂。」樨臣受到的衝擊絕不在我之下：「為什麼非保密不可？」

「對最懼死的拂梢而言，被箱玉之術保護的籠庭毋寧是天底下最為安全的地方。一旦承認自己無法再戰鬥，勢必會被則剝奪義人資格，足以自保的法寶也會被奪走，並被逐出籠庭。」

繭歪著頭，半推測半猜想：

「我想拂梢是想避免演變成那樣吧。」

而我這時才後知後覺地懂了。

在被阿修羅道村民攻擊時，為何理當遊刃有餘的拂梢，會反過來被村民們壓制；為何在阿鼻塔與我交手時，會集中下盤出招；為何在我滅掉離魂香之後，拂梢的反應會顯得那麼失控的驚恐。

心念一動，明白了的我驚駭地伸手摀住自己的嘴，但絕望的尖叫還是自我的指間洩漏而出：「離魂香！」

「……離魂香？」樨臣受干擾地皺眉。

「所以，拂梢不是畏罪才想逃出塔外！」

迅速流過我腦中的意念如沸騰的水泡，一個破開後另一個立即浮上，我必須用飛快的速度才能跟上水泡出現的頻率。

「那天，交換守夜的獄卒遲到了吧？若是拂梢無法如我們預期的使用法寶，那麼一旦囚室中的離魂香燒盡，她待在阿鼻塔內等於是自殺。」

所以她才會做出如此異樣的行動。

「一牆之隔，阿鼻塔外便是箱玉之術的禁制範圍，謫仙不敢擅入。拂梢是為了逃避塔內的謫仙，才冒險攀爬出窗外的！」

我急切陳述。

櫂臣沉默了半晌。

而後，緩緩地，用之前注視過拂梢的同樣眼神注視著我。

冷凍徹骨。

「……櫂……臣？」

櫂臣面上那雙冰水色的眸子太過狠寒。我不懂他的意思，卻不由自主往後退了一步。

「可是，拂梢房內的九連環又怎麼解釋？」

櫂臣輕問。

我啞口。

「唔……」

「而且，如果不是拂梢幹的，那就代表害死那小子的另有其人——還是晴和妳其中一人，對吧？」

面對櫂臣惡狠狠的眼神，我只能不斷無聲搖著頭否認。櫂臣卻搶前一步，猛地扯住我的衣襟。

「是妳殺的嗎，塚幽冥？回答我！是妳殺了曹畔的嗎！」

櫂臣高聲質問。

我想掙脫，卻掰不開他緊迫的雙手。我用眼角餘光瞄到繭的罌粟藤已從袖中竄出，想逼櫂臣放手。

但，下一瞬間，樨臣的手卻自行放鬆了。

我踉蹌站穩，愕然地看著樨臣的手改掐住自己喉嚨，指節因極度痛苦而大力隆起。他的皮膚開始冒出一點一點淚滴形狀的小黑斑，從手開始，再來是與手相觸的咽喉，再分別往上往下蔓延，很快黑斑布滿他的全身。

樨臣無力的軀體頹倒在地。一陣急速的痙攣擄獲住他。而後，他睜大了空洞的眼，躺在地上，一動也不動了。

藺跟著腳步虛晃了一下，他伸手撫住自己的心口，像是溺水的人般喘了口氣。

「『想』的線……斷了。」他說。

滿是困惑，我跌坐在樨臣屍體的旁邊，無助而茫然。

「樨臣！」

階梯有腳步聲響起，是晴與黔潤；他們兩人見狀，急奔下階。黔潤衝到樨臣身旁跪下，伸手探後者鼻息。

「怎麼樣？」晴忙問。黔潤遺憾地對她搖了搖頭。

晴的臉色頓時變了，她轉向我，又驚又怒，濃重的恨意在那對美麗的鳳目中焚燒。

「塚系的內賊！都是妳！是妳害死他們每一個人的！」

畔兒。拂梢。樨臣。大家都死了。

我望著怒火勃發的睛，突然疲倦得不想再為自己辯解任何一字。

「不說話是默認了嗎？好，我現在就在這裡為他們報仇！」

睛反手抽出無防備的黔潤配劍，清斥一聲，朝我凌厲刺來。

「東方姑娘，不要衝動！」

黔潤忙大叫，空手去抓睛揮動的劍刃。後者劍鋒因此偏離，要刺穿我眉間的雙鋒劍改削飛我髮側的結穗。

黔潤的手鮮血淋漓。

畔兒送我的結穗繩珞從中斷開，尾端繫著的透明碎玉飛了出去，卻沒有再墜落。

它們與漂浮在地殿半空的亙玉融合在一起。彼此毫無隔閡地互相溶入，彷彿兩者本就是一體似的。

我們全都被眼前不可思議的景象給懾住了。唯有黔潤例外。

「……雞鳴珠……竟然是雞鳴珠……」目不轉睛看著滿天亙玉，他喃喃自語。

他口中漏出的那三字扯動我虛脫的神經。

我的神智開始恢復運作。

撐起身，我從睛的手中取過了劍，睛大概是太過震驚，沒有多加反抗便讓我取走。她的眼神一直停留在露出異狀的黔潤身上，不可置信地。

而我倒轉劍身，令劍尖這次好端端地瞄準了黔潤的胸口。

誰都可能是內賊。

「……為什麼你會知道那是雞鳴珠？」我平靜地詢問好不容易回過神來，雙眼露出悲傷色彩的無常殿判官：「——你是誰，黔潤？」

年輕判官臉色一瞬間變得蒼白，但隨即靜靜自榍臣屍身旁站起。

「……亙玉本就是雞鳴珠的仿作，會互融並不值得驚異。」他說，斷咳了幾聲：「我也早就曉得真正的雞鳴珠已裂成碎片，只是沒想到竟是落入曹畔的手中罷了。」

「早就曉得？」

「在它碎裂以前，雞鳴珠長年被我權充墜鍊戴在身上。雖然平時是藏在衣領裡，旁人看不出來就是了。」

黔潤自嘲地聳肩，說道。

「雞鳴珠有拘魂的法力。因此，某種程度上，謫仙會不由自主地向佩帶著雞鳴珠的人聚

集，其吸引效果雖不及羔戮，但模式跟羔戮是相同的。多虧了此，我根本不用費心蒐尋，謫仙也會乖乖送上門來，只管揮劍就是。不然，如何在短短時間內就獲得了比無常殿任何一人都多的功勳呢？」

「等等，這也就是說……」

頭痛欲裂。我勉力回想起自己三番兩次被謫仙莫名圍攻的經驗。每一次，我都沒有例外地在髮上繫著畔兒送我的結穗。

——好了，幽冥果然適合。

半強迫幫我繫上結穗時，嬌小的畔兒對我露出的柔和笑靨。

從一開始，就是為了陷害我，才以那麼溫暖的粲然笑顏，將藏了雞鳴珠碎片的結穗贈與我的嗎？如此大費周章，處心積慮？

為什麼？

我陷入混亂的困惑泥沼，僅能呆立當場。我身旁的睛奮力左右搖首。

「我不懂，就算那些碎玉真是雞鳴珠好了，畔兒又是從哪裡拿到失傳已久的雞鳴珠？命冊記載，自罪弒後就沒人再見過它的蹤影了。」

「從你們在天道流域鎮殺的那尊謫仙體內。」

看來已全盤想通的黔潤回答得很快。

「那尊謫仙在魂魄的墜化初期，恰巧與破碎的雞鳴珠本體結合，藉由雞鳴珠的拘魂能力，獲得了尋常謫仙所不會有的特徵。不但能在白晝下行動，被切割開來也不會立即魂飛魄散。一切，都是因為魂魄體內的珠子發揮了固魂的作用。我猜曹畔是在滅殺那尊謫仙的同時，發現了這個祕密，並偷偷將雞鳴珠碎片收為己有吧……那小子，意外的深沉啊。只是鍾姑娘倒楣做了替死鬼而已。」

黔潤的評論中不無刮目相看的味道。

「……拂梢？」

「對。難道沒人覺得可疑嗎，如果內賊目的只是破壞箱玉之術的話，根本毋須特地將會成為證據的九連環保留下來，直接毀掉不就好了？」黔潤眨眼，一貫的明朗在這時卻倍顯諷刺：「事實上，唯一保存九連環的理由，除了當作指認的證據以外，根本沒有其他解釋。」

「……那麼，害死畔兒的人，不論是誰，都是刻意讓樨臣在拂梢房裡發現九連環，好羅織後者入罪的？」

「正確。現在剩下的問題只有一個。」

黔潤豎起手指。

「誰有這能耐可以把九連環偷渡進鍾姑娘房內而不被查覺？雖說當時籠庭是一片混亂，但要拿著醒目的九連環從地殿一路走到鍾姑娘的廂室，而途中完全沒人看見，未免太沒有說服力了。」

「——串坤術。」

藺依舊老樣子，處變不驚地以己身的步調反芻得到的資訊。他斜著頭：

「就另當別論了。你是這個意思嗎？」

「等等，串坤術？你們想說內賊是用串坤術將九連環傳送到拂梢房內的嗎？但能施那咒法的只有曹畔本人……」

晴說到中途，陡然伸手掩嘴。

黔潤贊同地點了點頭。

「曹畔就是眾人找破頭的『內賊』。是的，我正是這個意思。」

「少說笑了！」

晴大叫，雖然發顫的語尾已洩漏出她的動搖：

「那樨臣的死又要如何解釋？總不至於說是畔兒的冤魂作祟吧？」

「雖不中亦不遠矣。」

黔潤指著樨臣身上肉眼可見的斑點。

「出現在烏公子身上的這些黑斑，是典型被轉嫁帝女草毒性的人的症狀。服用帝女草的人毒發時毫無異狀，經由肢體接觸被轉嫁毒素之人卻並非如此。眾所皆知，烏公子連續將曹公子的屍身抱在懷中一天一夜，直至下棺，過程中從未假他人之手。我說的可有誤？」

「……難不成，黔潤，你是想說，」晴難以忍受地：「曹畔是這一切的元凶？」

「不。」

黔潤否認。「我沒這麼說過。」

「但你的意思……」

「我的確認為曹畔計畫這一切時帶著殺人的預期。不管是贈與塚姑娘會招致殺身之禍的結穗；還是在祥憩殿偷了帝女草後，才佯裝恰巧拜訪地出現在現場；自行服下毒草，在毒發身亡前，打破部分地殿亙玉，再用串坤術將九連環傳送到不知情的鍾姑娘房裡；他的屍身則變成對他最親近的人而言，最不可避免的劇毒……」

黔潤頓了一頓：

「但話說回來，畢竟除了他自己以外，曹畔並未親自動手殺害任何人。他埋下了死亡的火種，但點燃它，並讓其連鎖燎原的，是籠庭內害怕內賊會帶來危險的所有人。是我們自己互相殘殺，出於對死的恐懼。」

我們全體都是殺人凶手。黔潤說。

「為了什麼？反珠？」

「饒了我吧，這我可就真的猜不到了。人們的舉動背後可以為了任何一種動機。」黔潤從我手中取回劍：「這種問題，除了本人沒有人能回答得出來。曹畔已死，當真是死無對證了。不過，要我猜的話……是想試試看吧。」

「試試看？」我疑惑。

「號稱絕對不破的籠庭，一旦破了，羔戮是否就會死去？號稱是人類最後希望的羔戮，一旦當真死去，珠罌神是否就真的會再臨世上？而，一旦珠罌神再臨，這個世界是否就真的會血流成河，萬劫不復？我想，曹畔是想藉著這麼做，來驗證這些問題的真假吧。」

「我不太懂……」

「箱玉之術在珠罌牢已運轉四百年了。也就是說，所謂的籠庭，其建立的基礎都是由四百年前的人所決定的吧。因為世界不能滅亡，所以珠罌神不能再臨。因為珠罌神不能再臨，所以羔戮不能死。因為羔戮不能死，所以——由無數的五義人代替死去。」

無常殿判官的聲音宛如飄進水酒杯中的花瓣，在表面打轉後被捲入底層。

「然而，四百年來的前提，四百年來的信念，如果，都是虛假的呢？」

「耶？」我愕然。

「其實根本沒人能確定羔戮死絕，珠罌神便一定會再臨吧。最大的原因，便是羔戮從未真正死絕。」一黔潤斂了斂眼神：「如果這四百年來，人們都想錯了呢？如果這四百年來，義人的職務根本不需要存在呢？那麼，歷代的義人不就是白白犧牲了嗎？」

一旦開始產生這個疑問，就再也無法回頭了吧。黔潤說。

因為那代表了自己捨棄的一切背後的所有價值。

「明明答案只有對與不對兩種，不是這個就是另外一個。可是，最弔詭的，是這種事，不抱著玉石俱焚的覺悟親自嘗試一次的話，是不會知曉結果的……所以，曹畔利用了自己的性命，做出了以整座珠罌牢的命運為賭注的演出。他的所作所為，也許只是為了替自己這個揮之不去，猶如被詛咒的疑問找出個解答吧。」

黔潤的話像是擾亂一池春水的小石子。我腦海中，漣漪聚散，逐漸朦朧地浮出天道鎮殺那日，佇立在暮色中的畔兒身影。

——欸，幽冥。這世上，還有比變成謫仙更恐怖的事嗎？

我懊悔不已地握緊貼在身側的手。

——在我娘呼吸停止的瞬間，芙蓉面具便覆現在臉上了，簡直就像是她有意識地徹底拒絕水燈的歸引一般……

拒絕籠庭的，並不僅僅是畔兒的母親一人而已。然而聽畔兒說話的我卻沒有察覺。一丁點都沒有懷疑過。

睛有半晌一聲不吭，才開口問：

「……先不管畔兒是怎麼想的，黔潤你又如何能確定那尊謫仙體內有著雞鳴珠？」

「……因為我親眼看見了。」

黔潤難得地低下頭，像是充滿罪惡感地在逃避誰的視線。

「塚之亂的最後那一天，無常殿做為前鋒，奉命攻打塚系封地。我們與對方浴血奮戰，直到日薄西山，雙方勝負情勢才終於明朗……」

幾乎聽不見的微弱低音，自黔潤振動的喉頭發出。

「戰事接近尾聲，正鬆口氣的我，卻發現我派去追回逃跑女眷的小隊遲遲沒有回來。」

於是黔潤隻身趕赴現場。

等著他的，卻是在奈河河水中漂浮著的十幾具屬下死屍，以及一個佇立在河中央，劍與身上衣衫都同樣血跡斑斑的少女。

少女紫紅的髮絲隨著摻有血味的河風飄動，黑色髮穗低垂，暗金眸子與背後的夕陽輝映成一片。單手持劍，而自劍身滑下的血跡，如絲縷般地滑進了奈河半紅的河水之中。

那肅殺到近乎美麗的情景，令黔潤怔立了短暫片刻。

真的是極為短暫的時刻。

因為少女間不容髮地對黔潤發動了攻擊。

「我一開始還反應不過來……等到那少女追著幾劍朝我刺來，讓我差點就變成那些死屍一員時，我才明白，我的屬下們全是被那少女獨力殺死的。」

少女的劍術造詣極高，而且招招是不惜命的同歸於盡打法，黔潤被迫拿出全力反擊。就在過招數回合之際，那少女不顧防守大忌，舉劍直取黔潤咽喉。黔潤雖千鈞一髮躲開，隨身掛著的項墜，也就是雞鳴珠，卻隨著割開的衣領滑下，恰巧到了少女手裡。

「對我而言，雞鳴珠重逾性命……」黔潤明亮的黑眼晃動：「或許你們可想像當下我有多氣急敗壞。我反射動作地反手一劍朝少女刺去，陰錯陽差，我的劍連同少女手中珠子一迸刺穿她的胸口。」

劍氣一止，珠子應聲而破。少女臉上血色快速退去，栽進河中。

「我慌忙撈起沉進河水的少女，但後者已無氣息……我放棄地嘆了一口氣，正想將她放下時，我判斷已死的少女，卻突然短促地喘了一口氣。很微弱，但無庸置疑，是活人的氣息。」

黔潤當時錯愕地望著蒼白臉色漸漸紅潤起來的少女，有瞬間無法了解到底是發生了什麼事。那名少女已經被自己殺死了，黔潤敢以無常殿判官的名譽起誓。然而，事實卻又清楚擺在眼前。被黔潤刺穿的那名少女，無論之前究竟死了沒有，現在都是真真切切活著。

「我將那名少女橫抱上岸，無法理解地凝視著她，再懷疑地看著自己沾著她的血的劍……然後，我突然懂了。死去的少女之所以會復活，完全是因為一連串的因緣巧合。」

「因緣巧合？」晴反問。

黔潤頷首，隨即解釋：

「在被我的劍刺穿，少女斷氣的那一剎那，原先她手中破碎四濺的珠子裡拘著的魂，以穿透兩者的劍為媒介，輔以奈河的引路水燈，湊巧進入魂魄甫離體的少女體內。嚴格來說，這不是復活，而是借屍還魂。而少女真正的魂魄，則因執念在死後墜化，與珠子的碎片結為一體，成為遊盪人世的謫仙。」

我愕然，覺得全身的血液都在瞬間被倒吸而去。黔潤敘述的情節聽來太過熟悉。

「你……你的意思，該不會是……」

黔潤避開我的視線，彷彿僅僅直視我也足以令他感到痛苦。但他仍明確地點了點頭。

「正是如此……在妳來到籠庭後的第一件任務，妳所鎮殺的，正是妳那副軀殼原本的主人，塚幽冥真正的魂魄。」

睛倒吸口涼氣。

而我幾乎想放聲大笑，這太荒謬了。

「怎麼可能？我不是塚幽冥，而真正的塚幽冥另有其人？」

我勉力控制情緒，才不讓自己失笑出聲：

「我是籠庭授命的受義人，不但能夠使用法寶，也被鬼門承認了。如果我不是塚幽冥，怎麼可能做得到這些事情？」

「兩者毫無衝突。」

黔潤抿住下脣，抬起頭，像是決心打破我所有不切實際幻想地注視著我。

「妳之所以能照常使用檀鈴，是因為妳的肉身還是塚幽冥，的確流著塚系的血。但妳的魂魄不是。」

我因判官的強詞奪理而感到憤怒。

「那我對塚之亂的記憶呢？我看到的那些血海、刀劍、屍體又是怎麼回事？」我咄咄逼人反問。

「……妳看見的那場屠殺，並不是塚之亂時發生的。」

「什麼？」

「借屍還魂會對魂魄帶來莫大壓迫，妳原來的記憶也因此變得不完整。」黔潤緩緩說道：「但妳不是因失憶才記不得身為塚幽冥的種種。而是從一開始，妳就不擁有那些記憶。妳並非塚幽冥。」

「那我是誰！」

我朝著判官大聲咆哮，瀕臨崩潰邊緣，無法理解現在呈現在我眼前的任何一塊名為真實的拼圖。

「告訴我啊，你既然說我是由你的雞鳴珠中移轉過去的。那麼，我原本到底是誰！我那些模糊的回憶又是誰的過去，告訴我！」

黔潤看著我，欲言又止。

當他正要開口時，無數燐火從天而降。黔潤一把拉過我滾地數圈才避過。我直覺往上看去，數不清的謫仙穿過地殿天井降落，猶如一朵朵顛倒的池面白蓮。

負重傷的地殿判官焉火踉踉蹌蹌地自階梯滾下。

「⋯⋯結界破⋯⋯全⋯⋯死了⋯⋯」他掙扎地告知我們：「謫⋯⋯仙⋯⋯攻⋯⋯了進來，我⋯⋯們擋不⋯⋯住⋯⋯大家⋯⋯則先⋯⋯生⋯⋯酆喬⋯⋯玄荷⋯⋯所有人都死⋯⋯了⋯⋯快帶羔⋯⋯戮⋯⋯逃⋯⋯走⋯⋯快逃！」

「箱玉之術的禁制範圍呢？你們沒待在禁制範圍裡嗎，只要我跟樨臣還在——」

急急說到一半的睛突地失聲，瞭解到她說的人已經不在了。

現在籠庭只剩下一個義人，最後的防禦也遭破解，已經沒有人能阻止籠庭的毀滅了。

謫仙娉婷的身影舞臨在我們之間，穿梭其中的燐火取代了蠟燭，照亮了整座大殿猶如白晝。相對於數量眾多的謫仙，勢單力孤的我們幾人反而更像是幽靈。

藺的手少許痙攣地握住我的。

「⋯⋯該死，我絕不承認！」

帶領我們，睛掀起一襲紅竹褂袖，一馬當先，氣勢凌人地衝入謫仙群中。她單手劈開左臨的謫仙，一個漂亮轉身，墨綠長髮飛揚，肘擊另一謫仙胸腹，再起腳迴旋連踢開數名謫仙。

面對痛得打滾的謫仙，晴優雅地冷哼，抬起袖襬。我對這個動作熟悉不過，那是晴準備用檀墨來對付敵人的信號。但晴信心十足的冷豔面容忽然扭曲，鳳目中奏著恐懼。

她的褂袖毫無動靜。

「後面，晴！」

我出聲警告，卻已來不及了。我驚恐地看著腐白的芙蓉面具，出現在晴紅皙的臉頰之後，前者手中的扇骨毫釐不差地插入後者的頸邊。

晴的熱血噴得我滿胸，與我心跳一起劇烈顫動。

畔兒。

晴的檀墨藏於她慣穿的三套褂袖之中，藍蟬，紫月，紅竹。

我幾乎是絕望地記起，在清明流宴當夜，一如往常用柔和微笑替周圍人收爛攤子的畔兒，善解人意的畔兒，是如何自告奮勇接下將髒汙的紅竹褂袖送到陰陽殿一責的。

是那時候掉包的嗎？

到頭來，我們五名義人，甚至連一個都逃不過嗎？

絕望之中，我眼睜睜地看著晴睜大了眼，半開著口，卻只有咕嚕的血沫不斷自她的唇溢出。晴緩緩在自己的血泊之中軟倒下去。

彷彿被抽離了所有力氣，我也跟著摔跪在地。

用雙手抱住頭，覺得好冷，好冷，好冷。

數名謫仙朝我撲抓而來，我沒有朝祂們投去一眼，僅僅坐在原地。不想理會。

「……退下。」

我輕聲道。

那一瞬間，宛如臣眷圍繞帝王般地，圍繞著中心的我，十數株的深紅罌粟自地底拔竄而起，警示地高聳成一個完滿的圓。

所有謫仙都退避三舍地往後退開。

「花……輪罌粟的……花………」

某人粗重喘著氣，沙啞聲音喃道。

「……竟然……妳是……」

那聲音中透著幾許痛苦，卻在說完的同時，轉成了斬斷情緒的決裂。

「塚姑娘！」

聽見黔潤著急喚著我，我抬頭，只見臉色灰敗，重傷的焉火勉力將手中斷劍對準我擲來。

我尚未回過神，藺便衝到我面前，下一刻，焉火的劍從藺的背後直刺而出。

「羔戮！」黔潤隨即衝過來，制住奄奄一息的焉火：「蠢蛋！你以為你在做什麼！」

「不能讓她……活……著……為了珠罌……牢……」焉火拚著擠出胸中最後一口氣：「絕……不能讓……珠……罌……再臨……殺……」

地殿判官闔上了眼。

而藺，先是伸手捂住自己前腹被刺穿深可見底的傷口，再慢慢挪開了手，低著頭，看著自己白皙掌中點點滴落的，赤得怵目的朱液。

箱已破。

玉已碎。

四百年來的禁錮已在這刻解開。

藺緩緩地，緩緩地，望著自己胸腹間不斷湧出的血液，然後，總算俯下視線，注視著我。

如此悠久的注視。

「我，將我的血還給妳了。」他說。

在話出口的同時，再也支撐不住的藺閉眼往前虛軟一倒，剛好倒在我的懷裡。他的鮮血迅速淹沒了我膝頭的裙襬。

我顫抖著，反掌，發現自己雙手滿是藺的鮮血。

條條肉色中灌溉出的血脈，猶如株株沉眠奈河水畔的深紅罌粟。

綻放吧。

體內的那個聲音說。

「不要！」

我終於瘋狂大叫出口。

十弔　紅罌生

我，將我的血還給祢了。

在藺的鮮血滴到我掌心的瞬間，一切都呈鮮紅的漩渦擴散開來了。

失足，我墜入深沉的水中。冰冷的河。在悠悠時光中停滯不動，持續沉睡的輪迴之河。綿延無盡的罌粟藤在我兩邊生長。

我愣住，突然覺得眼前看到的東西並不是眼前的東西。

我的眼已不是我的眼。

我不是我。

然而，我又是我。無比確信地。

我低目，看見自己的手臂裹在棗紅的蟬羅紗衣中，金線華麗纏繞，絳色罌粟親暱地捲生在我指間。

「兇手！等於是祢殺了他們的，太冷酷了！」

人們在我面前喧囂。

隱身在屏風後，坐在殿上垂聽的我無法避免地不耐瞇起眼來。每日，這樣的場景總會在血榭上演好幾回。

妄想逆天而行的人似乎總是絡繹不絕。

「別多費唇舌了，我不會因為汝等求情就更改命數。退下吧。」

我從榻上起身，想起駕回寢宮處理其餘政務。一個男人卻突然擠出人群，不等殿前陰司制止便衝上殿，撞倒屏障在我與他之間的金絲屏風。

「至少，至少讓我妻子多活幾年，我們最小的孩子才六歲啊！求求您了，請讓我妻子照顧到那孩子懂事——」

「然後你就會要求讓她活到你們孩子成親，生子，置產，甚至是垂垂老矣。」我不留情面直指：「無論何時死去，汝等凡人都會心生怨懟。我看過太多了。」

那男人的臉色由白轉紅，再由紅轉青：「祢這傢伙，瞧不起我們凡人嗎！可惡，神有什麼了不起的！憑祢這種沒血沒淚的東西根本不配自稱是神！」

對於他的怒罵，我不置可否地轉身離開，沒有跟他爭論的打算。

「給我站住！」

男人激動地伸手想抓住我的肩頭，我輕輕一偏身避開。隨侍我身旁的孟婆立即抖劍出鞘，斜指男人雙目。

「不要動手。」

「神君！可是……」

「我說不要動手。」

不顧孟婆的不滿，我用指腹輕推開屬下的劍。

「多餘的血會令輪罌粟迷惑。這邊的事情已處理到一個段落，我回後榭，你讓這些人退下吧。」

「……是。」

孟婆雖不贊同，還是恭敬地彎身領命。

孟婆揮揮手，殿前陰司撩起槍尖，將男人及他吵嚷不休的同伴們一同趕出殿外，還給大殿原有的清靜。

對他們失去興趣，我不等孟婆便獨自昂首步回後榭。

異物。

在廊下快步走著的我驀地站住。輪罌粟的訊息再次清楚流進我心中。

危險。異物。人類。

我皺眉，改變行進方向，抄捷徑往訊息發出最強烈的血池方向靠去。

我還沒到血池，遠遠就看見池邊有個百姓裝束的男童，正不知險惡地按住池沿，傾身往池中望去。從男童身上散發出的強烈生之氣息，已讓池裡潛伏在罌粟叢中的死魂蠢蠢欲動。

我甩袖，與我同源而化的輪罌粟隨我心念竄出，綁住那童子的腰，將他及時從血紅池水邊拉開。我讓罌粟蔓縮回池水之中，自己在男童面前站定。

幼小的孩子，穿著男童裝束，仍屬秀美得難以分辨雌雄的稚氣的臉。

事出突然，男童似乎著實被嚇了一大跳，像是受驚而又孤立無援的幼鹿，睜著一雙圓滾滾的眼，眨都不眨，連大氣也不敢出一聲地盯著比他高出許多的我。

即使是懵懂不識世事的孩子，只要是出生在珠罌牢，大概只瞧一眼也能懂得我臉上面具的涵義。

「……血池是輪罌粟棲息之地，凡人掉下去必然屍骨無存。」我對看來只有五六歲的那童子冷淡道：「你是外面那些人帶進來的孩子吧，別再到這裡來。快回去。」

覺得責任已了，我欲離去，那男童卻突然開口，稚嫩而不見混濁的嗓音：「我迷路了。」

我興致缺缺。

「……所以呢？」

「我自己出不去的。而且，爹說來這裡就能見到娘。」那童子固執地低頭：「我想要見我娘。」

「你爹是在騙你。」我沒有用謊言矇蔽小孩子的習慣。真實到了幾歲還是真實：「就算是我，也無法讓陰陽分隔的死人與活人相見。不然分生死就沒有意義了。」

「……我想見我娘。」那孩子堅持己見。

「你娘這世因緣已了，來世正等著她。不是你這小娃兒三言兩語就能改變命數的。」

又是一個不肯認命之人。我忍不住厭煩起來，拂袖打算離開。

「珠罌牢有自己的律法。你還是趁被陰司發現之前，快跟著你爹那些人離開血榭吧。」

「律法什麼的……與我一點干係也沒有。」

那孩子喃喃。我微帶驚訝地看著他用力到泛白的指節，雖然驚訝之情並沒在我的外表上顯示出來。

「因為我們跟你不一樣，跟不老不死的神祇不一樣！」

那孩子爆發了，衝向我，搥打我的衣襬。

「我們是會死的凡人。所以會怕死，這不是理所當然的嗎！」

他弱小的拳無法讓我感到疼痛，卻讓我感到震驚。

無暇細想，我本能喚出罌粟，將那孩子強制自我身邊拉開。輪罌粟護主力道太猛，一時不慎，男童被反推跌落在地。他怔怔地看著自己膝蓋的輕微擦傷，蛛網般的血絲逐漸滲了出來。

我啊了聲，才發覺自己做得太超過，連忙收回罌粟藤，卻於事無補。

男童在下一剎那淚眼婆娑，不等我出聲阻止，便驚天動地地嚎啕大哭起來。

「……是我不對。別哭了。」

將茶盤置於遊廊，我無奈地說。坐在我身旁的男孩忿忿不平地瞥我一眼，又別過頭去開始抽噎。受不了這種柔性噪音的我頭痛地翻眼望天。

常夏的蟬襯著水藍的天，知了，知了地鳴著。

因為止不住男童的哭泣，又怕引來其他陰司的注目，我只好勉為其難地將男童帶回自己的廂室。但他的哭聲雖轉弱，卻沒有中斷的趨勢，讓我好幾次必須非常努力，事實上是極端努力，才能壓下用罌粟藤塞住他嘴的衝動。

我只能拚命提醒自己我不是為了欺凌凡人，才殘留地上創世的。

但同時，小男孩的啜泣讓我不得安寧。束手無策之下，我只好隨手拿起房裡几上的冥紙，摺出一隻簡陋的紙鶴，遞給那孩子。

「……冥紙？」

男童中斷抽噎，困惑地看著我遞到他手邊的紙玩。

「不，鶴。」我說。

「這……這種騙小孩的玩意，我才不要！」

明顯口是心非的男童，掙扎了好一番後，轉開戀戀不捨的眼神，將那隻土黃色的紙鶴丟進最近的小薰爐中。爐中線香末端的明橘光點立即在鶴翅燃起灰火。

「這種東西，燒了算了！」

沒時間責備男童的魯莽舉動，我霍然起身，抓起茶杯將裡頭的冷茶朝薰爐潑去。但紙鶴已被燒得僅賸半邊。

我小心翼翼地捧起那似乎隨時都會四崩五裂的半鶴，走出曬似白銀的外庭。前幾日才下過大雨的緣故，我很快找到某個不平的淺窪，將鶴放了進去，再用其他潔白石塊填補起周圍。

猶如墓塚一般。

「——對……對不起。」

男童跟著跑下遊廊，內疚清楚寫在他的臉上。

「我不曉得這隻紙鶴對祢那麼重要……對不起。」

我沉默了半晌。才轉過身來，面對因罪惡感而垂首的童子。

我拿下了象徵永恆的諸神面具。童子訝愕地望著我反常的行為而說不出話來。

「……我無法讓你與你娘見面，也無法讓你娘起死回生。」

我靜靜道，紙鶴的石塚在我足邊。其上，青色的苔正蓄勢待發。生與死的交替。

「而也許，我也永遠無法體會汝等凡人恐懼死亡的心情。但我懂尊敬生死的道理，所以，不能擅自更改。對珠罌牢的轉動而言，生並不比死更重要。」

「……」

半仰起面，自天庭灑下的陽光，久違地降臨我長年藏在面具底下的蒼白的臉，卻感覺不到絲毫暖度。

「我送你出去吧。」我對一言不發的男童說。

「這是哪裡？」

一路上保持緘默的男童，直至抵達目的地才忍不住驚訝開口問道。

「血池正下方，奈河六道的匯集處。我的降世之地。」我不再解釋，朝眼前如凍質凝結的奈河源頭平伸出雙臂：「聽從我身內珠罌之血，在我眼前，開啟。」

隨著我的聲音迴盪在空蕩的水穴，自血池流刷而下的瀑布停住，檀黑的河水紛紛領命往後倒退流去，露出濕潤光潔的水道。穴內無風，水道中原本靜靜眠睡的罌粟花莖卻紛紛搖曳著，歡迎我的到來。

我的花朵。

「這是我專用的祕道。」我向男童說明：「通過水道，沿著罌粟莖走便能走出血榭。天亮之時河水便會回灌，自己注意。」

男童溫順地應了聲，卻沒有接著動作，反而欲言又止地看著我。

我不明所以地看著他。

「那、那個……」男童帶點遲疑，清澈的眸中帶有渴望：「我以後，如果只是偶而的話，真的是偶而，想來找祢的話……可不可以走這條路進來？」

「找我？」

因為太出乎意料了，我當下重覆反問了一遍。

「……嗯、嗯……不行嗎？」男童緊張地窺著我的臉色。

「我說過，我無法令你娘復活了。」

以為男童還未死心，我直截了當重申。

男童唔唔地氣惱嘟起水玉般透潤的腮，像是被揪住尾巴的幼貓。

「不是因為這樣……」

我看著支吾其辭，非常困擾該如何表達的童子。

「那個，聽了剛才祢說的那些話，我已經知道身為神有身為神的堅持了……可是，我們身為人，身為人的堅持應該也很重要不是嗎？」

「……追根究柢，你想說什麼？」

童子振首。

「我不知道。我不覺得爹或是我想錯了，可是，剛才聽到祢說的話，我開始覺得祢可能也沒錯。」

男童抬起頭懇切地直視著我。

「只是，我覺得就這樣彼此互不理解下去，絕對不是對的。」

「…………」

我第一次真正怔住，看著這活在世上遠不及我千分之一壽命的小小的人的孩子。

然後我認輸地嘆了口氣，將我繫在袍腰，垂落衣上的兩片玉牙中的其中一半，交給那個孩子。

「……你若想來時，便將之浸在水中。這樣，另外一半勾玉一旦共鳴，我就會來這裡打開水道。」

我不情願地說道。

那孩子將玉牙握在手中，慎重其事地點了點頭。

「那麼，快離開吧。」為了掩飾不自在，我趕人般地催促：「你爹要是又率一大群人來血榭興師問罪要人，我不敢保證孟婆這次會跟前次一樣好講話。」

男童嗯地應聲，依言輕快跳下水穴臺地，站在罌粟藤上向我道別地揮了揮手後，朝水道外頭走了出去。

那孩子相當信守承諾。

隔沒兩日，我垂在腰間的勾玉便發出陣陣水音。我依約到水穴打開河道，約莫一兩個時辰過後，神采奕奕的男童現身在我的園庭外圍。

我不免有些訝異。沒想到他不靠任何人指點，便能憑著上次的記憶找到我的居殿。

我原本是想讓他知難而退的。

「祢好，我又來了。」男童有禮貌地彎身跟我打招呼。

「……喔。」

毫不熱衷，不帶語調起伏地冷淡應了一聲，低估男孩聰慧程度因而失算的我，低頭繼續專心處理堆積的政事。

男孩自動自發地爬上與外庭相連的遊廊，進到我半開放的起居室中。

他左顧右盼，最後視線停留在我隨意堆置在榻上的冥紙玩堆。

「都是紙鶴……摺那麼多紙鶴，是想為誰祈福嗎？」

那孩子翻著紙鶴，突然問著從他進來就沒搭理他的我。

我感到奇妙，說實話是無法了解他為什麼要這麼問。於是我搖了搖頭。對我而言，已是難得一見的情緒反應。

「不是。我不知道紙鶴能為凡人帶來好運。」

「啊，也對，神跟我們的規矩不同。這麼說來不是為了祈福？」男童睜大了眼，潤潤的白皙手足。果然還是小孩子，好奇心似乎壓過了他對陌生的我感到的警戒：「那是為了什麼？」

「……」

無言以對，我皺眉。

已經很久沒人問過我問題了。

人們罵我，怕我，景仰我，崇拜我，但就是沒有人問我。所以我也沒想過自己摺紙鶴是為了什麼。

只是，望著天空的時候會感到莫名心煩，而後再回神時，便發現我已摺出一堆黃土色的羽鳥了。

我想了一會，同樣是個難得一見的動作，之後方簡短回答。

「……飛。」

一說出口，連我自己都感到無比詫異。

其實有部分的自己是想與其他神祇一同回歸天庭的，這個事實。

是這孩子讓我發現的。

男童聽到我的答案，先是露出像是問到不該問的心虛神情，才低低小聲問道：

「……祢會後悔嗎？」

「啊？」

「為了人類，殘留在地上的事，祢會悔不當初嗎？」

我又想了想。麻木數百年以來，對於凡人的質問如此認真思考的恐怕是首次。

「不會。」

我搖了搖頭回答。

「當初不是我選擇的，但，我並沒有後悔。」

「……太好了。」

原本屏息等待我答案的童子聞言，綻出發自內心的純真笑意，真是鬆了一口氣的模樣。

「那我就放心了。我本來還在想，要是我們被神給捨棄了會怎麼樣呢。」

我一怔，某個難以捕捉，屬於神的預感侵上我的心頭。但太過虛無飄渺，我試了幾次，最後還是放手讓那預感飄逝而去。

「欸欸，能教我摺紙鶴嗎？」

我一抬眼，只見那孩子已笑吟吟地捧著一疊冥紙，立在我的眼前。

那孩子持續地經由奈河水道來血榭見我，時日一久，東窗事發是遲早的事。得知此事的孟婆帶頭反對，但都被我獨排眾議給壓下來了。

——那孩子的家族是反對您的百姓中最有力的領袖。讓那孩子隨心所欲進到血榭實在太冒險了！請您三思！

孟婆幾乎是一日早中晚不停歇地向我耳提面命，希望能改變我的決定。但我仍一意孤行。為什麼呢？我自己也不清楚。

或許是血榭裡雖然聽我言者眾多，卻沒有一個會對我發問的人也說不定。

「啊，下雨了。」

坐在我起居室的遊廊上，那孩子伸出掌心承接起自琉璃屋簷滑下的雨點。

「會淋濕的，還是進屋裡比較好吧？」

「你自己進去吧。」正站在園庭中剪枝的我淡淡道：「我無所謂。神無生老病死。」

那孩子嘟起嘴。

「……那我也不進去。」

「隨便你。」

我習慣了男童有時莫名其妙的固執，沒有多加爭論，繼續我的剪枝作業。

「欸，珠罌神。」

過了一會，男童不甘寂寞的聲音響起。

「所謂的輪迴轉世，就是所有人，都有再碰到彼此一次的機會吧？」

「……理論上是如此沒錯。」

「這樣啊。」

那孩子抬起頭，仰望著打在烏綠琉璃簷上的透明雨點。遠方是被血榭重重樓閣遮去大半的深色山丘。

「那麼，神會很寂寞啊。」他說。

我剪枝的動作一頓，又若無其事地接了下去：「為什麼？」

「因為只有神不能輪迴轉世吧。誰都是為了再見某一個人而生的，只有神一直存在著卻不為任何人。很寂寞啊，我覺得。」

「……是嗎？」

「嗯。」

那孩子煞有其事地說完，又笑了。

「不過，在我看來，終究不得不與某一個人離別的人類，也是很寂寞的喔。」

他輕輕道。

「欸欸，珠嬰神。祢想不想喝茶？」

「不要。」

我沒抬頭，手上墨筆也未停歇。

「喔。」

男童落寞應聲，在原地坐下，雙手抱膝等了一會之後，再次精力充足地爬了起來，跳到我耳邊。

「欸欸，珠罌神。祢想不想喝茶？」

「…………」

我有瞬間以為是我自己時間錯亂了。

「……你剛才不是問過同樣的問題了嗎？」我不恥下問。

咦？滿臉不解的童子將頭顱歪到一邊，一副這是當然的啊的表情。

「剛剛是剛剛啊。說不定現在祢就想喝茶了嘛。」

「……我懂了。不要。」

連續回答兩個話題完畢，我繼續埋首於公事中。

「是嗎。」男童像是碰到什麼難題似的蹙起眉來，隨即豁然開朗地點了點首：「我知道了。那我等一下再問祢。」

我登時沉默。

「……你的意思，是要問我第三次同樣的問題？」

「嗯！」

男童天真無邪地用笑臉用力點了點頭。

「…………」

再這樣下去，總有一天，我會不管命數律法，直接把這纏人的人類孩子丟進輪罌粟裡去。

有了這層體悟，我嘆口短氣，放下筆置於硯台。

「說吧。到底是為了什麼？」

男童彷彿等待這刻已久地，一抹心滿意足的微笑出現在他稚幼的臉上。

「因為，為了泡出好喝的茶，我今天特地帶了很特別的井水過來嘛。」

所以才這麼躍躍欲試？

「…………」再次無聲地嘆了口氣，我無奈地揮揮手。「要泡就泡吧。」

男童一聽，立刻自動自發地翻出我房間中的茶具，杯壺相撞，弄出不少聲響。

「對了，茶裡要加桂花醬還是菊花釀？」

「隨便。」

正打算泡茶的童子愣怔了下，反身回過頭看我。

「隨便？祢不喜歡喝茶嗎？」

「沒有喜歡也沒有不喜歡。」我已經逐漸習慣跟這孩子間的一問一答的互動，雖然腔調仍稍嫌僵硬：「我喝不出茶跟水有什麼差別。」

神的五感與人不同。人能感知到的，神不一定能感知到。反之亦然。

「那，硬要選的話，桂花跟菊花祢比較喜歡哪那一個？」

我蹙眉。

「……桂花？」單純因為筆畫較少。

「那，就決定桂花了。」

那孩子手腳俐落地將一匙桂花醬放入茶壺中，徐徐倒入熱水，蓋上壺頂，等了一會時間，再將壺裡熱茶注入瓷杯中，端到我正批改各地水患災情報告的案上。

「請用。」

「下次不需如此大費周章。」我皺著眉，男童的殷勤令我略感無所適從：「我喝水也差不多。」

「不行啦！」那孩子堅持地說：「就像得風寒的時候不是會鼻塞嗎？啊，就是生病，吃什麼聞什麼都沒有味道。不過，即使是這種時候，我都還是想吃自己喜歡的食物。」

「即使根本嚐不出味道？」我徹底無法理解。

那孩子微笑。

「嗯，即使根本嚐不出味道，還是想吃好吃的東西。只要一想到自己是在吃很喜歡的食物，即使吃不出來，也還是會覺得很滿足啊。」

「……所謂活著就是這麼一回事嗎？」

如真是這樣，也未免太草率了。凡人的思考果然非我區區一神所能掌握。

「『這麼一回事』是很重要的。」那孩子鼓著雙頰：「請盡力想像眼前桂花茶的味道。」

為什麼非得花時間想像這種雞毛蒜皮小事不可？

我喝進杯中的茶，果然與水毫無分別。充其量能分辨出滑入我喉中的是液體罷了。

「怎樣怎樣？」那孩子充滿期待追問。

「平淡無味。」我據實以告。

「唔，失敗了嗎……」

看到男童臉上的不甘神情，我開始有些憂心他下次會試圖將蔥薑蒜還是八角都一併加入我的茶中。

「別管我了，對你來說茶又是什麼味道？」我有點好奇地反問。

「咦，茶的滋味啊。」

那孩子軟軟地笑了起來。

「就像是我一個人睡了很久很久，在睜眼醒來的瞬間，發現自己的腳趾頭與手指頭，都長出了春天的青苔，像是剛沐浴過一般潔淨的感覺。如何，很好懂吧？」

「……」

我搖搖頭，放棄與孺兒的邏輯搏鬥。又喝了一口杯中的熱茶。

還是喝不出味道。

孟婆卻在這時大驚失色地奔入我的房間，連禮節都省了，直接仆跪在我跟前。

童子嚇得捧著茶壺往後退了一步。

我伸出二指輕按在孟婆太陽穴上，用罌粟之力讓喘息的後者稍微冷靜下來後，才問：

「……怎麼了？」

「是！樹外來報，據傳有暴民意圖造反，目前已突破血樹罪最外圍的禁牆，朝血樹本體而來！」

孟婆幾乎是呻吟地吐出這些話。

「突破禁牆？」

我驚愕直起身。

「不可能！守護五鬼門的五瘟官呢？」

包圍著血樹，設在禁牆上的五鬼門是近乎絕對的防禦機制。至少，光憑凡人之力很難隨意突破。

我不理解事態怎會演變至此。

「目前我們得到的情報也很混亂。但……」孟婆死命咬了咬下唇：「五瘟官中……似乎有成員與那群暴民勾結，與其他瘟官發生內鬥，兩敗俱傷……唯一能夠確定的，是五瘟官無一生還。」

「無一……」

我幾乎啞然，不知是該對五瘟官全數陣亡，還是對有瘟官背叛我的事實感到打擊。五瘟官是我的屬神，與人不同，靈魂不歸輪迴。因此，就算他們死了，我也無法從輪罌粟感知。

「是的！另外，推斷血榭中也有陰司是他們的臥底，裡應外和，禁牆的防線才會那麼快就被——」

「宿狐呢？」

打斷孟婆無助的報告，我問起血榭中負責監控命數盤的一族。如此巨變，該有觀測到異樣才是。

孟婆搖了搖頭。

「不知道，無法聯繫……屬下怕也是兇多吉少。」

「……」

我咬住脣，難得一見地被強大的挫折與悲憤籠罩著。

「神君，還是……」

一揮手，我沉著聲問：「那些想殺我的百姓在哪？」

孟婆深吸了口氣：

「正在血榭前頭聚集，似乎打算一齊硬闖血榭。目前我們的人正極力與其對抗。」

我蹙起眉。

「為何……」

「神君？」孟婆訝問。

我不語，以手撫脣，疑慮在我心中揮之不去。

五瘟官既死，最外圍的五鬼門便會開啟。常理來論，欲造反的暴民早該衝進血榭來了。為何等到現在？這份遲延是為了什麼？

就在這時，戰喝聲忽然如洪水猛獸般動地而來，房內的樑柱因而微微震盪。

我一凜。

對方攻進來了！

「神君！」孟婆著急望向我。

我不再多說，一拂袖，往前榭方向快步走去。

事出緊急，我沒時間管硬要跟著來的男童，與帶路的孟婆直接飛抵前榭。

一進入前榭的範圍，濃郁的血腥味便讓我不由得掩鼻卻步。感受到整座血榭的輪罌粟都在騷動著。

通往大殿的廊道上滿是陰司的死屍。

我扶起重傷倒臥在地的一名陰司，將罌粟之力注入他的體內。那名陰司勉力睜開失神的眼球，對上我的眼神。

「……參……見神君……」

我搖首。罌粟無法阻斷垂危陰司的死亡，他殘餘的生命燭火已不夠支撐這些繁文縟節。

「發生何事？」我直接問。

「那……那些人……」陰司猛地嗆出口血：「比我們多出太多……擋不住……他們攻進血榭了……請您……您原諒……」

精疲力竭說完，陰司斷了氣。我蓋上他的眼皮，將其輕輕放回地面。

「——是你吧，是你偷偷與外頭那些人串通好的吧！」

滿腔怒火的孟婆轉而將苗頭對準怯生生跟在我們後頭的男童，作勢欲刺。我連忙拂身，以長長的水袖擋在兩人之間。

「神，請您讓開！」孟婆的眼中泛出血絲。

「不要。」我低聲說。「別遷怒到小孩子身上。」

突然一陣暈眩，我還來不及感到震驚或困惑，腳下便已踉蹌，虛浮的身體沒有氣力再支撐我。我眼前一黑，不由自主往前倒去。

同樣吃驚的孟婆連忙趨前接住我。

「……是屍毒。」孟婆把了我的脈後脫口道。

孟婆向來是個好醫官。

「但……」

我知曉孟婆的猶豫所為何來。

就算是屍毒，就算身為神的我對不潔之物向來忌諱，然而普通的屍毒不至於會害我至此。因為這屍並不普通。

我閉眼。

在想像中，彷彿能見到五具熟悉的身軀，漂浮在被花朵與苔覆蓋的井水水面，靜靜下沉。覺得痛楚難耐，卻無法分辨那痛楚是誰的。

神？人？

抑或這個由我一手創立的世界？

「是井水……」

了然地，我看向那孩子。後者惶恐地睇著我，晶瑩淚水已然盈眶。

「五瘟官屍身投井。而你，再特地把那井水帶來為我泡茶，是吧。」

五瘟官不但是神，還是與我同源所化的屬神。我將神力與降魂之能分與他們，也因此，由他們造成的屍毒，對我而言猶如自噬己身，是足以造成重大損傷的不潔。

無法在短時間內恢復。

我心中的疑慮迎刃般地解開了。

所以才即使五鬼門已破，也沒馬上便大舉攻入。

他們在等。

等我屍水下肚，毒發乏力的那一刻。

「爹……爹說，」惶恐地望著滿地死屍，那孩子幾乎要哭出來了：「只要讓祢喝了這水，他們……他們就能進入血槲，跟祢好好談一談──」

「談？」我做了個類似冷笑的表情：「不，凡人進入血槲只有一個目的──殺了我。」

就跟男童一樣。

「我、我不知道……」

那孩子搖頭否認，青紫失色的蠕動著唇。

我不再向他投去一眼，運氣行身，才十分勉強地靠自己站了起來。

「神君！」

孟婆急切低喊，我伸出單手示意他安靜。

「我不會撤離此地。」我說：「珠罌牢乃我親手所創，要毀，也得讓我親眼目睹才行。」

「可是……」

「我心意已決，多說無益。你可以不用跟來，孟婆。」

我決然，裝作沒看見孟婆一瞬間失去血色的臉龐。

「……即便跟隨我多年，你仍是一名凡人，孟婆。如露水般消逝，愛惜生命的凡人。」

而那是身為神的我永遠無法擁有的。

深紅的罌粟花在我身前的迴廊地面成一直列綻放，一朵朵地，猶如不謝之世。

指引我。我無聲對著在我面前舞動的藤蔓命令。他們在哪？

輪罌粟的呢喃傳抵我的心中，我展開袖，欲朝奈河水穴疾馳而去，身後卻驀地有隻幼小的手拚命拽住我的。

「別去！」那孩子必死懇求：「…我不知道……我本來以為……不要去，爹跟叔叔他們會殺了祢的。」

但我看出他的動搖。

「你害怕的，是你爹殺了我，還是我會殺了你爹？」

我極其冷酷地問。

我話出口，那孩子一震，整個人都僵住了。

「不、不是的……我……我只是……我不希望你們有哪方受到傷害……我……」

我甩開男童的手。屍毒令我使不出多少力氣，但男童的手卻輕而易舉地被我甩開了。或許是因為他的稚幼，或許是因為我對他的惡言打擊太大。

我不得而知，也不願了解。

「……如果你無法決定的話，從一開始就不該讓自己陷入這種兩難的境地。以凡人之身去理解神，本就是個妄想。」

我的語氣不帶感情。

而那孩子始終沒有出言反駁，宛如一支被遺棄的幼犬，孤伶伶地留在原地，眼瞧著我背身離去。

撼天戰聲離我越來越近。

前方，有更多的陰司猶如潰堤潮水，蹣跚踏過自己同伴的屍體，潰不成軍地朝趕赴水穴的我退來。

我降臨在暴民與苟延殘喘的陰司兩方中間，半手回袖，原本低流在下方河道的奈河河水瞬間高濺而起，水花宛若千頭白虎，齜牙咧嘴沖向暴民那方。

「快走！他們仇恨的對象是我，與汝等無關。」

我對後頭呆若木雞的陰司們低斥。

「我們不能丟下您——」

某個渾身是傷的陰司，拖著他那血跡斑斑的左足，試圖抗議。

作為回答，我再揮手。另外一邊的河水也發出怒吼，飛揚而起，像是一面巨大簾幕地擋在我與陰司們中央。

陰司們顧忌著兇猛水流向後退去。

「還能動的全都離開這裡，一個都不准留。這是命令！」我清喝：「退下！」

陰司你看我我看你的面面相覷好一會，終於，第一個人屈身向我行禮，轉身快步跑開。然後是第二個，第三個……很快，就一個人也不剩了。

是人都會怕死。

我很清楚這個道理。

向來很清楚。

忍不住喘口氣，卻無助於我胸口的苦悶。這裡方才死去太多人了，超出了輪罌粟所能吞食的數量，連帶使得奈河也都混濁不堪，我所掀起的河水中帶著刺鼻的濃濃血腥味。罌粟與奈河的不潔直接影響到我的元神，讓本就因屍毒耗弱的我更加吃力。

隔著轉趨薄稀的水幕，暴民的鼓譟與我的心跳，巨大共鳴快要衝破我的耳膜。

撐不下去了。

河中無數根罌粟發出斷裂的劈啪聲，猶若背後受了重槌，一股衝擊直走攻心，我猛地吐出一口甜血，踉蹌退後。

我的水袖撤垂，奈河的水之簾幕也猶如夾尾的狗嗚咽退回水道。數十名反叛者手持柴刀、斧、匕首衝了進來，一下子就把無力的我打倒在地。劇烈的衝撞令我欲嘔。人們憤恨的臉孔在我上頭交換搖動著。他們用力地撕扯我的肉體，吐我唾沫，拉我頭髮，讓我再也爬不起來。我能感覺自己肉身的各個部位正在分離。我的鮮血四處濺灑。

「住手！」

有人慘叫。

是孟婆的嗓音。我掙扎著在眾多雙箝制住我的手中，瞥轉瞳孔，只見匆匆趕來的孟婆，受脅於手持武器的暴民之下，跪倒在數尺之外，不敢再靠近。我交付他保管的雞鳴珠，連著銀赤穗珠掛在他的胸前，脂般的光澤射耀著我逐漸渙散的眼。我忍著疼痛，換了口氣，再重新轉回眼神，直視頭頂上方。

某個男人舉起了明晃晃的鋼刀，高舉過頭。他的衣衫被我的血玷汙得茶跡點點，刀柄之上珠罌的花紋依稀可見。

「求求你們，饒過……不要啊！」孟婆的哭喊鑽進我的腦袋。

那男人揮刀而下，砍斷了我的頸項。

痛得幾乎要放聲尖叫，卻無法再發出聲音。我的知覺僅止於頭顱部分，其餘散落的肉身，在輪罌粟花的守護下，正開始一朵朵地燃燒著，竄入后土。

我會死。

突然意識到這個事實，僅剩元神與斷頭的我，髮根全都冷得豎立起來。

會死會死會死會死我會死。

好恐怖。

我不想死。

我聽見了歌聲。

殺掉我的人們正慶賀地跳著舞。「贏了！我們贏了！」他們狂喜大喊，互相道賀彼此活了下來。

好可怕，血覆滿我的全身。我抬起眼皮，穿過透明血池與如血管般密布的罌粟蔓藤，有一方小小的蒼穹，懸著。

我為了凡人殘留地上，沒有返去的諸神回歸之處。
我想呼喚，卻已無聲。我想逃走，卻已無足。
璀藍的天空在那麼遙遠，我手再也不能觸及的地方。
好可怕，我不想死。
聽著人的歌聲，流竄在我之內的懼意，緩慢轉成了毒液般的恨意。
無法原諒。
這群把我困在地上，利用了我，卻又在最後背叛了我的凡人。死也絕對不原諒。
於是我詛咒了。
用盡我所剩的全身最後一點一滴氣力。

爾等染我血者當為羔戮，至爾等死絕，還血之日，余將重臨地上。

我惡狠狠地，將那些膽敢沾到我的血的，全都詛咒進去。
我誰都不要原諒。
在那樣狂亂的痛楚中，有人抱起了我的頭顱。我吃力地維持睜著的眼簾，卻瞧見了那孩子泫然欲泣的臉龐。我的血，帶著咒印，濘濕了他潔淨的雙手。

那孩子以近乎無垢的瞳俯視著我。

卻盈滿水氣。

像是願意替我拂去一切汙穢般地，他用幼小的手悄悄覆上我不甘的眼皮，而後柔柔將它蓋下。轉生吧，那隻手的主人小聲對我說。

「那來世，我還是會來見祢的。」

那聲音琮琤如那孩子腰間的兩顆牙玉互擊。

那是被留在全然靜寂的闃黑中的我，失去身為神的意識前，聽到的最後一句話。

我滿臉淚痕地自血紅的漩渦中清醒過來。

渾身是血的繭依然躺在我的膝上，氣息微弱。已經沒有什麼能救得了他。在身為珠璺神的我打破箱玉封印，回復記憶之後，沒有任何方法能救這最後的羔戮。

是我自己下的詛咒。

「……祢想……起來了嗎？」繭用與四百年前一模一樣的無垢瞳眸仰望著我，輕聲問著：

「……教我用冥紙摺紙鶴的……是祢……說想飛的……也是祢……」

我沉默著頷首，任憑髮絲將我哭到泛紅的目遮住。

「是嗎……太好了……」藺綻開一抹淺弱的笑：「……總算，等了四百年……我一直想……再見到祢一……次……」

一陣劇烈的痙攣令藺痛苦曲起身軀，我忙將掌按住他前額，用微量的罌粟麻木他的痛覺。折騰了好一會，終於，藺的痙攣緩和下來。

但也只是暫時的。

最大的證據便是在我周圍盛開的冰紅輪罌粟花。

無可挽回的絕望感染著我，我低下頭，掌中藺若有似無的溫暖令我恐懼。

「……當時，其實我知道不是那孩子的錯。」

我以近乎聽不見的氣音承認：

「不是你的錯。我其實很明白。」

但卻因太害怕了而無暇考慮到這點。死的可怖勝過一切，人神皆然。

「我原諒祢。」藺突然說。

我愣了一下，被我按著額頭的藺向我宛然一笑。毫無血色的純白臉孔，猶如暴風雨前的寧靜，看上去竟有點似謫仙的芙蓉面具。

「我原諒祢。祢對我們下了那麼殘酷的咒詛，讓我們在痛苦中死去，讓我們倖存的人在恐懼中活著，但，這些，我都原諒祢。」

繭安靜道，脣邊一絲鮮血宛如繡上去的紅蛇。

「如果，我原諒祢的話，那麼，祢願意原諒我們嗎？原諒我們曾對祢做了那麼殘酷的行為，讓祢在痛苦中死去，又讓失去記憶的祢在恐懼中活著。原諒當時的我們太過懼怕死亡，以致於除了死亡，我們腦中想不到任何其他與祢溝通的方式——祢肯原諒我們嗎？」

我先是怔住，而後哀傷搖首。

我早就原諒了，只是現在才發覺到而已。

「……原諒我，」我低聲道：「原諒當時我除了將恐懼當恨意用血咒轉移外，怕到想不出其他選擇。」

如今我已經瞭解了。對人而言，死亡有多恐怖這件事，我已親身體驗到了。

「……那樣，只有一半唷。」

我不解地望著繭。

「死僅僅是一半而已。既然祢已懂什麼是死的話……」繭的左手低低觸碰到我的臉頰，潤澈如玉的嗓音：「——那麼，此刻，祢覺得自己在活著嗎，珠璺神？」

我沉默了好久好久，才握住繭努力撐起的左手。垂下眼睛。

「是的。那麼，你也理解不老不死了嗎，人的孩子？」

罌笑了起來，卻虛弱無比。

「是的。很辛苦地，理解了。當年無法弄清楚的答案，現在都懂了。」

「答案？」

「人與神，沒有誰對，也沒有誰錯。因為我們是相同的，無論哪方，都無法戰勝……死亡。」罌痛苦地換著氣，我感覺到我的罌粟逐漸鎮不住他的痛楚。這令我焦躁。「要是早……發現這點就好了…呢。也許四百年……前……大家就不用……唔！」

「罌！」

我緊張叫道，罌搖頭想叫我別擔心，下一瞬間卻翻身咯出更多的血來。貫穿他身中的劍傷出血也有越來越擴散的趨勢。

「啊……」喘了口氣，罌的氣息急促而微弱：「轉眼間，我也活了四百年……忘了四百年了呢……有清醒的時候……我老是會想自己……這樣……到底算是活著……還是死了……呢？可是……還是無法…放棄……想再……見祢一面……想跟祢…道歉……」

我只能充滿罪惡感地拚命搖頭，卻無法否認的清晰感知到罌的手在滑離我的。

「我拚死地……想讓自己記……得……關於祢…的所有事，但是……還是不停不……停地忘記，僅僅這點……除外……」

罌試圖微笑，盈眶的淚水卻阻撓他的努力。

「一直……一直以來……我都戀……慕著祢……從六歲遇見祢的那天開始……一直……這是四百年……來……我唯一沒忘記過……的事……所以……不管經過……多久……不管……經過幾次轉世……不管我……遇……到了多少人……只要我會……死……我的魂……魄就將飄……向祢的所在……一次……又一次地……我們終……將再見……所以……現……在……」

藺的微笑，在我眼前如墜落的螢般，拉下了幕。他放開了我的手，而我徒勞無功想拽住他的，卻仍是鬆脫。

「…再……」

來不及講出語尾的「見」，藺的聲音逐漸低了下去，終無聲息。

我忍住淚，哽住呼吸。一如四百年前藺曾為我做過的一樣，伸出手，輕柔地，顫抖地，覆下他的眼。

在我懷裡的藺，看上去就像是寧靜地睡著了一般。

「……轉生吧。」

我傾身，在已聽不見的藺耳畔低語：

「……即使來世，你不來見我也無所謂。以一個人的身分，轉生吧。」

而我會以神的姿態重臨地上。

足音靠近，我抬起頭，不意外地對上黔潤的眼眸。年輕判官在我面前不發一語地單膝跪下，叩首。
「孟婆。」我輕聲說。
或許是太久沒聽到這個稱謂，我的孟婆苦痛般地皺起了眉間。卻沒否認我的呼喚。
「……我沒想過會再見到你，孟婆。」
我悄聲道，憶起黔潤那些找不出病因的咳嗽與不分寒暑不畏寒的高熱體溫。
「尤其是以與四百年前一模一樣的相貌……你食了我的肉身？」
孟婆起了一個冷顫，再次叩首。
「請您寬恕屬下的僭越。」
「食下神的肉身雖可不衰不老，卻也得同時忍受永不間斷的焚身之苦，作為褻瀆之罰。」
我喃喃：「何苦？」
「……這是我欠您的。」孟婆痛苦閉起雙眼：「進血榭時，我曾誓死賠上自己的性命守護您。但在最後關頭，我卻只能眼睜睜看著自己應該保護的對象在我面前被分屍……這筆債，我永生輪迴都無法還清。」
——還不完的……所以，我會誓死試著還一部分。
「當時，我曉得雖然您已死，但神與凡人不同，身魂不朽不滅。於是，趁那些羔戮還浸淫在屠殺的興奮與被詛的驚駭中，無暇注意到我時，我暗自將您已沒有意識的無主魂魄收入雞鳴珠內，再抓起地上一塊殘餘的肉身……邊哭邊吃，狼吞虎嚥塞入口中，隨即逃離血榭。」

孟婆屈起的指節扭曲青紫，似乎是花了極大力氣才能讓自己在回想時，不在我面前失控。

「逃出來後，不知如何是好的我，毫無目的在珠罌牢四處遊盪……但不論我等待了多久，沉睡在我胸前雞鳴珠的您的魂魄，卻始終沒有反應……終於，悠長的四百年也過去了。走投無路之下，絕望的我加入籠庭，想刺殺最後的羔戮，實現再臨預言，卻一直找不到適當的機會。剛好在這時候，塚之亂爆發了……」

孟婆沒再說下去，因為後頭的事我也已經曉得了。

「孟婆。」

我伸指，仍帶著點不確定地，淺淺觸抵住孟婆咽喉。

「……你不欠我。」曾經說過的話，我重說了一遍：「不論你是黔潤，還是孟婆。不論我是塚幽冥，還是珠罌神。你不欠我。」

這道理，是藺教會我的。

孟婆低下頭去，哽咽而沙啞地應了聲是。

我置於他咽喉的指，逐漸籠罩在一層淡金色的光暈中。我沒有移開，讓光暈逐漸強大，直到孟婆的喉內，隔著皮膚，也回應地發出相同的金光來。孟婆突然一陣劇烈乾咳，張口，將某塊刷著淡淡朱紅的金色物質推出體外。那物質隨即在我頭頂上方懸浮而起，飄在空中。

我殘缺的肉身。

我將猶如睡去的繭交給孟婆，自己站了起來。讓我的意識與在籠庭各處土中死寂已久的輪罌粟同步，停滯已久的奈河在我的呼喚之下重新發出轉動之聲。

宛如對上天懇求般，我仰伸出雙臂。繭以最後羔戮身分還獻給我的血，在我掌上開始珠光燦爛。受到那道珠光導引，在籠庭潛伏的所有煉災都集聚到我腳邊，不再怨憤燃燒，而是平和地縮圓成一道道的澄耀光柱，將我周圍照得瑞光鑑人。

我垂下雙手，一道道光柱紛紛騰空離地，變為類似雜著赤色的金色物質。我在罪弒時四散的肉身，在空中彼此靠近，逐漸結合成一個完整的球體，淡金的光暈濃縮為明亮的金黃，平均卻不刺眼地向周邊擴散，發出比任何亙玉都要璀璨逼人的光華。

那顆球體猶如覆著一層金膜的繭，朝我飛舞而下，帶著懷念的暖意，直衝入我體內。我闔眼，感覺到羽化的金光正漫入我的四肢百骸，宛如母親柔軟的胎水，耐心地，療癒地，昇華地，讓我的人身重生成神身。

而後，那股暖意靜悄悄地自我體內褪去了。

我在尚未完全散開的光芒中緩緩睜目，打開與眼齊高的右手，看見完好如初的雞鳴珠，渾圓地在我蘊光的掌上滾動。

其餘乳白的亙玉持續寧靜地在半空運行。

我仰頭，略微伸出左手食指。在碰觸到其中一顆亙玉的瞬間，所有亙玉都如漣漪相續地爆炸開來，無數的碎片如星辰降臨，宣示著偽輪迴的結束。

神已再臨。

我轉過身，面對那些被輪罌粟花喝阻，不敢越雷池一步的麗白魅影。祂們臉上的芙蓉面具，在我身與魂一併覺醒後，已然紛紛斷裂迸開，脫離下來。

這個世界不再排拒祂們。

「滅息吧。」

我輕聲說，流著淚的謫仙們一個個在我眼前輪流化成煙霧，遁入跟著奈河水波搖曳的罌粟花根。

「輪迴，而後，重生。」

然後，再下一次，以活著的姿態來到我的面前見我吧。

「……沒關係嗎？」孟婆在旁問道：「人們經過洗滌記憶後，通常會做出跟前世類似的事。也許您會再被凡人殺害一次。」

「沒關係。」

我對我的孟婆說道，徐徐轉身出了地殿，走過長廊，每一步的腳邊都生出深紅罌粟花叢。感到諸多我熟識的魂魄反方向穿梭過我的指間，畔兒，拂梢，樨臣，晴，則先生，黃翁……往奈河的源頭歸去。

輪迴，重生。

流轉不息的，愛與憎。

繭的面容。微笑的樣子。側彎著袍衣，小心翼翼捻起死屍身上叢生的罌粟藤的溫柔姿態。

深紅蔓生的花瓣將我包圍。

死亡會帶來恐懼，恐懼會帶來新的死亡。

但正因如此，不論是人或神，我們都祈求著啊，在輪迴不止的死與恐懼中，與特定的誰再見一面的時日。

為了那一天，我們選擇在死與恐懼中活著。

「……那麼，或許我也能再活一遍吧。」我靜靜回答孟婆。

闔上安睡的眼。

這次，請別放開我的手。

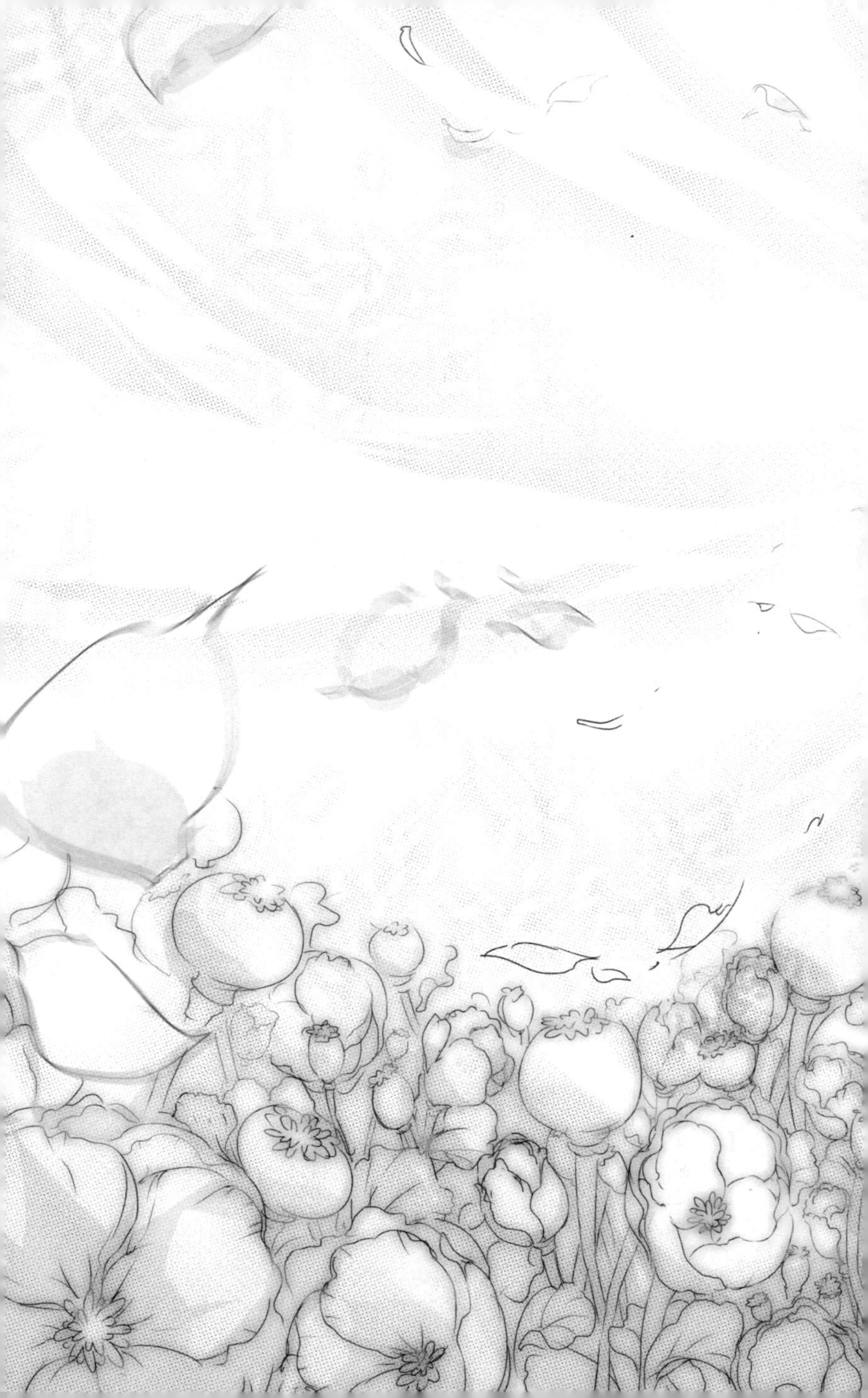

後記

大家好，我是久遠，很榮幸能以這樣的形式跟大家見面。

或許有些讀者已經知道了。這次，《罌籠葬》是在台灣角川舉辦的第一屆輕小說大賞中獲獎，並因此有機會得以出版的。

對於習慣在人群之中盡其可能低下頭，避免引來任何注意的我來說，之所以會做出參加比賽的相對「高調」行為，或許可以解釋成是對寫作的喜愛，強大得讓我得以無視人格而產生的暴走舉動吧。

若單以結果論而言……嗯，請各位在情況容許時，也試試看讓自己暴走一次吧。說不定會有意想不到的驚喜等在前方的。

在這裡請容我大力感謝我的兩位責任編輯，欣怡小姐與阿寬。若不是你們兩位用足以讓作者本人汗顏的熱情，專業，細心，與毅力，一一指出文中盲點，並持續給我建議，向來缺乏戰鬥力的我很有可能會在中途就棄械投降了。事實上，最後的修改版本得以成形，完全歸功於你們二位，謝謝。

感謝擔任本書繪者的Izumi小姐。對於從小到大美術成績總是由後倒數比較快的作者而言，Izumi小姐能夠只從妄想成分居多的文字設定，確實地畫出活靈活現人物的那份才能以及想像力，著實讓我感動與佩服不已。

感謝一路走來，始終親切得不可思議的台灣角川編輯部各位。

感謝所有在這本書的籌備過程中以任何形式參與到的人。經過這次經驗，我深深體悟到一本書是在許許多多人的幫助與努力下，經過不斷討論修改才得以成形的。對於那些我沒有直接接觸到，卻間接從其得到寶貴助力的人們，請接受我最誠摯的謝意。

最後，感謝選擇了這本書的讀者們。

雖然創造故事的是作者，故事卻是為了讀者而存在。我一直覺得，在被閱讀的瞬間，故事才開始被賦予了真正的生命。

謝謝現在正讀到這行的你們。

在《罌籠葬》一書中，雖然牽扯了不少關於生與死的討論。但若追根究柢，我在這個故事中真正想表達的，僅僅是「很想再見某個人一面」的單純願望而已。

只要想見的話，就終有一天會見到面的。

雖然是這麼天真的想法。不過，明知這點卻還是想相信的，也許不是活在珠罌牢中的人物，而是我這個還不夠資格被稱為成熟大人的天真作者也不一定。

希望大家能夠喜歡這個故事。

那麼，衷心期待能再一次跟各位見面的時刻來臨。

二〇〇九年四月　久遠

Kadokawa Light Novels

鳳神醫

Kadokawa Fantastic Novels

作者：華澪　插畫：Chiya

我們可以選擇怨天尤人，
也可以試著讓世界變得好一些。

十七歲生日對高中女生馮香來說，是足以顛覆人生的一天。她第一次聽說自己身上流動著的「鳳雛之血」，竟是繼承「鳳神醫」名號的資格證明！而那些奇奇怪怪、個性十足的人形「藥靈」，更是只有「鳳家人」才有辦法看見的特殊靈體!?

定價 **$190/HK$50**

台湾角川

Kadokawa Light Novels

流光森林 1~2 待續

Kadokawa Fantastic Novels

作者：久遠　插畫：Izumi

過去的，真能就這麼過去了嗎？
歷史是會重演的，無論人們曾做出什麼努力……

珞耶與約就讀的杜蕭學院流傳——只要出現符合特定條件的轉學生，就會為全校師生帶來厄運。他們受命護衛的慘案關鍵證人，竟是符合傳說條件的轉學生！緊接著在學校內頻傳的意外，是傳說作祟，還是……？

台湾角川

各 **NT$220/HK$60**

國家圖書館出版品預行編目資料

罌籠葬 / 久遠作. —— 初版. —— 臺北市：
臺灣國際角川, 2009.06-
面； 公分
—(Kadokawa fantastic novels)
ISBN 978-986-237-138-1（平裝）

861.57 98007944

Kadokawa
Fantastic
Novels

罌籠葬

2009年6月13日 初版第1刷發行
2014年9月24日 二版第5刷發行

作　者：久遠
插　畫：Izumi
發行人：加藤寛之
總　監：施性吉
總編輯：蔡佩芬
責任編輯：吳欣怡、陳君政
資深設計指導：黃珮君
設計指導：許景舜
印　務：李明修（主任）、張加恩、黎宇凡、張則蝶
發行所：台灣角川股份有限公司
地　址：105台北市光復北路11巷44號5樓
電　話：（02）2747-2433
傳　真：（02）2747-2558
網　址：http://www.kadokawa.com.tw
劃撥帳戶：台灣角川股份有限公司
劃撥帳號：19487412
法律顧問：寰瀛法律事務所
製　版：尚騰製版印刷有限公司
ISBN：978-975-030-609-9
香港代理：香港角川有限公司
地　址：香港新界葵涌興芳路223號
新都會廣場第2座17樓 1701-02A室
電　話：（852）3653-2888